Harry Potter™
哈利波特
神秘的魔法石
Harry Potter and the Philosopher's Stone

J.K. 羅琳 J.K. Rowling 著
彭倩文 譯

獻給熱愛故事的潔西卡，
獻給同樣熱愛故事的安妮，
也獻給這個故事的第一個聽眾，黛。

CONTENTS

1 活下來的男孩

水蠟樹街四號的德思禮夫婦總是得意的說他們是最正常不過的人家，託福託福，最不可能扯進任何怪奇事件裡的就該屬這一家人了，因為他們壓根不信這一套。

德思禮先生是一間名叫格朗寧的公司主管，專門做鑽頭生意。他是個肥嘟嘟的大塊頭，肥到脖子都快沒了，鬍子倒有一大把。德思禮太太是個瘦巴巴的金髮婆，她的脖子幾乎有一般人的兩倍長，這對她沒事老愛撐著頭在院子籬笆邊窺探鄰居的動靜真是十分的好用。德思禮夫婦有一個兒子叫做達力，在他們眼裡這樣好的小孩世間少有。

德思禮夫婦擁有想要的一切，卻有著一個秘密，夫婦倆最大的恐懼就是害怕有人發現這個秘密。萬一有誰探聽出波特那一家子的事，那他們真不知要如何承受。波特太太是德思禮太太的妹妹，兩人已經好幾年不來往；事實上，德思禮太太根本裝作自己沒有妹妹，因為這個妹妹和她那一無是處的老公跟他們完全不同，簡直「不德思禮」到了極點。一想到波特家要是踏上這條大街，那些街坊會傳些什麼閒話，夫婦倆就不寒而慄。德思禮知道波特也有個兒子，只是沒見過。這孩子正是不許波特接近的另一個好理由；他們不要讓達力跟那種小孩搞在一起。

我們的故事開始在陰沉灰暗的星期二。德思禮夫婦剛睡醒，外面陰暗多雲的天空絲毫看不出，過不久，許多神秘的怪事就要在全國各地發生。德思禮先生哼著歌挑選著他最沒看頭的上班領帶，德思禮太太興致勃勃地說著閒話，一面使勁把尖聲怪叫的達力塞進嬰兒椅。

誰也沒留意有一隻黃褐色的大貓頭鷹拍著翅膀飛過窗前。

八點半，德思禮先生提起公事包，他在太太面頰上親一下，再想跟達力吻別卻辦不到。達力這會兒在大發脾氣，把玉米片全往牆上扔。「小壞蛋。」德思禮先生笑呵呵地走出家門。他坐上車，倒出四號的私用車道。

就在街角，他注意到了第一個異兆——一隻貓在看地圖。一時間德思禮先生還不太明白自己究竟看到了什麼——緊接著他一扭頭，再仔細看一眼。是有一隻虎斑貓站在水蠟樹街的街角，可是哪裡有什麼地圖。他到底在胡思亂想些什麼？八成是光線的錯覺。德思禮先生眨一眨眼，瞪著那隻貓，那貓也回瞪著他。德思禮先生轉過街角繼續上路，他從後視鏡觀察那貓，現在牠在**讀**那塊寫著「水蠟樹街」的路標——不是，牠是在望那塊路標；貓不可能看地圖或讀路標的嘛。德思禮先生不以為然地甩甩頭，不再想貓的事，開車進城的路上他唯一想著的事是渴望在今天接下的那一大筆鑽頭訂單。

然而快進城的時候，又有一件事轉移了他對鑽頭的注意力。正當他像往常一樣，卡在晨間擁擠的車潮中發愣時，忍不住地看到附近好像有很多奇裝異服的人，一群穿著斗篷的人。德思禮先生就是沒辦法忍受奇裝異服——看看那些年輕人的荒唐打扮！他猜想這大概又是某種愚蠢的新流行。他用手指輕敲方向盤，目光不經意地落到一大群跟他站得很近的斗篷怪胎身上，他們很激動地在低聲交談著。德思禮先生憤怒地發現，其中有一、兩個傢伙顯然是年紀一大把了；這是怎麼回事，那個比他還大上幾歲的男人，竟然還有臉穿上一件翡翠綠的鮮豔斗篷！真是不知羞恥！德思禮先生接著又想，這大概是某種愚蠢的宣傳噱頭吧——這些人正在為某個機構募款——沒錯，就是這麼回事。車潮開始向前移動，幾分鐘之後，德思禮先生駛入了格朗寧公司的停車場，他的注意力又重新轉向鑽頭訂單。

德思禮先生在他十樓[1]的辦公室裡，總是習慣背窗而坐，要不是如此，他很有可能發現，要想在這個早晨專心處理鑽頭的業務，會比往常困難許多。他並沒有看見那些在大白天疾飛而過的貓頭鷹，不過街上的人倒是看得一清二楚；他們張大嘴巴指著天空，看著貓頭鷹一隻接一隻地飛過他們的頭頂，很多人甚至連晚上也從來沒見過一隻貓頭鷹咧。話說回來，德思禮先生度過了一個完全正常，不受貓頭鷹干擾的美好早晨。他對五個不同的人大吼大叫，打了幾通重要電話，又再多吼了幾聲。他的好心情一直維持到午餐時間，當時他決定站起來活動活動筋骨，走到對街的麵包店去買點東西吃。

他已經把那些穿斗篷的怪胎忘得一乾二淨，在麵包店附近竟又遇到了這群人，經過時他忍不住憤怒地瞪了他們幾眼。他自己也不知道這是什麼原因，他們就是讓他覺得很不舒服。這群傢伙同樣在興奮地低聲交談，附近根本就沒看到什麼募款箱。就在他緊抓著一個裝在袋子裡的大甜甜圈擦身走過時，幾句片段的話語飄進了他的耳朵。

1. 英國版原文為「ninth floor」，但英國樓層計算由「Ground floor」開始，所以實際上是指十樓。本書以實際樓層表記。

「波特家，不會錯的，我聽到的就是這麼回事——」

「——沒錯，他們的兒子，哈利——」

德思禮先生猛然停下腳步，恐懼淹沒了他的全身。他回過頭來望著那群低聲交談的人，彷彿要跟他們說話，最後還是打消了這個念頭。

他衝到對面的街道，急急忙忙跑回辦公室，厲聲吩咐秘書不准打擾，他抓起電話開始撥號，就在快要撥完家裡電話號碼的時候，忽然改變心意。他擱下電話，搓著鬍髭，靜靜思索……不，這麼做太笨了。波特並不是什麼罕見的姓，他敢說全英國有一大堆姓波特的，還有個兒子叫哈利的家庭。再想想，他甚至沒辦法確定，他的外甥**是不是**叫哈利。他從來沒見過這個男孩，有可能是叫哈維，或是哈洛。他沒有必要拿這件事讓德思禮太太擔心，只要一提到她妹妹，她的心情就會變得很壞。他不怪她——要是他自己有一個**像這樣**的妹妹……但不管怎樣，那些穿斗篷的人……

那天下午，他發現自己無法專心處理鑽頭業務，五點鐘踏出公司大樓時，他心裡還在惦記著這件事，以致一頭撞上站在門口的一個人。

「對不起，」他低聲道歉，那個小老頭被撞得差點跌倒。過了幾秒之後，德思禮先生才發現，這人身上穿了件紫羅蘭色的斗篷。對於剛才差點就被撞得跌成狗吃屎，他似乎一點也不生氣。相反地，他臉上綻出燦爛的笑容，用一種令路人側目的尖銳嗓音說：「不用說對不起，我親愛的先生，今天什麼事都氣不到我！太樂了，因為『那個人』終於走了！就連你這種麻瓜也該好好慶祝一下，今天真是太樂、太樂了！」

老頭摟一摟德思禮先生的腰，便走開了。

德思禮先生像生了根似地呆站原地。他剛才被一個百分之百的陌生人摟了一下，他還記得自己被叫做什麼「麻瓜」，天知道那是什麼意思。他嚇壞了，連忙跑上車，疾駛回家，心中暗暗希望這一切全都只是他的想像，這是他過去從來沒想過的事情，他向來非常不屑所謂的想像力。

一駛入四號的私人車道，他第一眼看到的就是——一件不能讓他心情好轉的事——那隻早上瞥見的虎斑貓，牠現在坐在他家的庭院圍牆上。他百分之百地確定這是同一隻貓；牠眼睛周圍的斑紋跟早上那隻貓一模一樣。

「噓！」德思禮先生大聲喝道。

那貓一動也不動，只是抬起頭來，狠狠地盯他一眼。這難道是一隻正常的貓應有的行為嗎？德思禮先生不解地想著。他先努力讓自己鎮定下來，再踏進家門。他仍然依照原先的主意，決定不要跟他太太提起任何事。

德思禮太太度過了美好正常的一天。她在晚餐時鉅細靡遺地報告隔壁鄰居家的母女問題，以及達力又如何學會了另一句話（「絕不！」）。德思禮先生努力讓自己表現正常。把達力哄上床之後，他走進客廳，正好聽到當天晚間新聞的最後一節報導。

「最後，來自全國各地賞鳥人的報告顯示，我國的貓頭鷹，今天表現出極端異常的行為。貓頭鷹一般都在夜間狩獵，白天通常完全不見蹤影，然而從今晨日出開始，目前已有數百位目擊者報告，看到貓頭鷹在各處飛來飛去。專家也無法解釋，貓頭鷹為何會突然改變牠們的睡眠習慣。」說到這裡，播報員讓自己露齒而笑，「這實在是太神秘了。現在把鏡頭轉交給吉姆．麥高芬，聽聽氣象報告。今天晚上還會再下貓頭鷹雨嗎，吉姆？」

「好的，泰德，」氣象播報員說，「這我並不清楚，不過今天行為異常的不只是貓頭鷹而已。來自肯特郡、約克夏郡，以及丹地等地的觀眾都曾來電表示，今天並未如我昨日所預報的下雨，反而是下了許多的流星！也許是大家提早開始慶祝烽火夜[2]——這應該是下禮拜的事吧，朋友們！不過我可以保證，今晚一定會下雨。」

德思禮先生嚇得呆坐在他的扶手椅上。全英國都在下流星雨？貓頭鷹在大白天跑出來亂飛？街上到處都是些穿著斗篷的怪人？還有一種耳語，一種關於波特家的耳語……

德思禮太太端著兩杯茶走進客廳。情況不妙，他必須把事情告訴她。他緊張地清清喉嚨。「呃——佩妮，親愛的——妳最近該沒聽到妳妹妹的什麼消息吧？」

正如他意料之中的，德思禮太太顯得又驚又怒。畢竟平常他們只是假裝她沒有妹妹罷了。

「沒有，」她尖刻地說，「幹嘛？」

「剛剛看到一些奇怪的新聞，」德思禮先生嘟囔著，「貓頭鷹……流星雨……我今天還在城裡看到很多怪裡怪氣的人……」

「**那又怎樣**？」德思禮太太厲聲吼道。

「嗯，我只是在想……也許……這跟……妳知道……這跟他們**那群人**有些關係。」

德思禮太太啜嘴啜飲她的熱茶。德思禮先生在心裡盤算，自己有沒有勇氣把他聽到「波特」這個名字的事情告訴她，最後還是不敢。他反而故作輕鬆地開口說：「他們的兒子——現在年紀也該跟達力差不多大了吧？」

「大概吧。」德思禮太太板著臉答。

「他叫什麼名字來著？霍華，對不對？」

「叫哈利。真難聽，俗氣死了，至少我是這麼認為。」

「喔，沒錯，」德思禮先生說，他的心猛地往下沉，「是的，我也這麼以為。」

他就此不再提這件事，隨後他倆就上樓睡覺。德思禮太太在浴室梳洗的時候，德思禮先生躡手躡腳溜到臥室窗口，仔細打量前院。那隻貓還坐在原處，牠凝神望著水蠟樹街，彷彿在等待著什麼。

是他自己在胡思亂想嗎？難道這一切都跟波特家完全無關？如果這是……如果這真的牽涉到那一對——唉，他想他是絕對受不了的。

德思禮夫婦上床睡覺。德思禮太太很快進入夢鄉，德思禮先生卻睜大眼躺在床上，思索各種可能的情況。他在入睡前想到一個令他稍感安慰的念頭：就算這**真的**跟波特家有關，他們也沒有理由來干擾他和他太太。波特家心裡很清楚，他和佩妮對他們那種人是何觀感……就算接下來會發生什麼怪事，他也完全看不出，他和佩妮有會被捲入其中

2. 十一月五日夜晚，為英國歷史上火藥陰謀案的紀念日。這天夜晚會放煙火與升起烽火慶祝。

的可能。他打個哈欠，再翻個身。不可能會影響到他們的……

他真是大錯特錯。

德思禮先生或許已在輾轉反側之間漸漸入睡，外面牆頭上的那隻貓，卻不顯一絲睡意。牠像雕像般地端坐不動，眼睛眨也不眨地凝視水蠟樹街遠處的轉角。當鄰街的一輛車砰地一聲關上車門，或是兩隻貓頭鷹在上空呼嘯而過時，牠也不曾稍稍受到驚動。事實上，直到將近午夜的時候，這隻貓才開始挪動身軀。

一名男子出現在貓持續守望的街角，他的出現如此安靜而突然，讓人覺得他彷彿是直接從地上冒了出來。貓的尾巴微微抽動，眼睛也瞇了起來。

水蠟樹街上從來沒見過像這樣的男人。他又高又瘦，而且非常老，這是從他那銀白閃亮，長得足以塞進腰帶的頭髮和鬍鬚來判斷。他穿著長袍，罩一件拖到地的紫色斗篷，腳上踏著一雙鑲環扣的高跟鞋。淡藍色的眼睛十分明亮，在半月形的眼鏡後面閃爍發光，他的鼻子長而扭曲，看起來就好像是鼻梁至少斷過兩次以上。這個人的名字叫做阿不思·鄧不利多。

阿不思·鄧不利多似乎並不明白，自己正踏入一條從他的名字到他的靴子全都不受歡迎的街道。他忙著伸手在斗篷裡面摸索，尋找某樣東西，但似乎又覺得有人在監視他。他突然抬起頭望著那隻貓，牠仍然坐在對街的牆上凝視著他。由於某種原因，這隻貓的樣子似乎令他覺得非常有趣，他咯咯輕笑並喃喃自語：「我早該想到了。」

他在衣服內袋找到了他要的東西，看起來像一個銀色打火機。他將它輕輕彈開，高高舉起，按一下，離他最近的一盞街燈啪地一聲迅速熄滅。他又按一下——下一盞燈開始明滅不定地閃爍，隨即變成一片漆黑。他總共按了十二次熄燈器，直到整條街上的光源只剩下遠方兩個針尖大的光點，也就是那隻貓的眼睛。如果現在有人望著窗外的景象，就算是眼睛特尖的德思禮太太，也沒辦法看清發生在她家門前的任何事情。鄧不利多把熄燈器扔進斗篷內袋，開始沿著街道走向四號，到達之後，他在那貓旁邊的牆上坐了下來，並不看牠。過了一會兒之後，他突然開口對牠說話。

「真高興能在這兒見到妳，麥教授。」

他轉過頭來對虎斑貓微笑，但貓已經不見了。此刻迎接他笑臉的是一個看起來相當嚴肅的女人，臉上戴著一副形狀跟貓眼睛周圍斑紋一模一樣的方框眼鏡。她同樣也穿著斗篷，顏色是翡翠綠。她的黑髮紮成一個嚴整的髮髻，神情顯得非常慌亂。

「你怎麼知道那是我？」她問。

「我親愛的教授，我從來沒看過有哪隻貓的姿勢會這麼僵硬。」

「要是你在磚牆上坐了一整天的話，也會變得那麼僵硬。」麥教授說。

「一整天？那妳怎麼有時間參加慶祝呢！我這一路上至少經過了十二場狂歡會呢。」

麥教授不悅地嗤了一聲。

「喔，是啊，所有人都在慶祝，這也就罷了，」她急躁地說，「你以為他們應該會小心一點，結果不是——甚至連那些麻瓜都注意到有某些事情不太對勁，而且還登上了他們的新聞節目。」她轉過頭，望著德思禮家漆黑的客廳窗戶。「我全都聽到了。成群結隊的貓頭鷹……流星……嗯，他們倒也不算太笨。肯特郡下了場流星雨──我敢說那一定是迪達勒斯．迪歌搞的鬼，他這個人向來就少根筋。」

「妳不能怪他們，」鄧不利多溫和地說，「這十一年來，好不容易才有這麼一件值得慶祝的事。」

「這我知道，」教授忿忿地說，「可是也沒道理讓我們喪失理智嘛。大家實在是太不小心了，大白天就跑到街上去，甚至沒換上麻瓜的衣服，就站在那裡互相交換秘密情報。」

她歪頭瞄了鄧不利多一眼，像是希望他會向她說些什麼，他沒有開口，於是她繼續說下去：「在『那個人』終於消失的好日子，要是讓麻瓜發現到我們的存在，那可就太精采了。我想他是**真的**走了吧，鄧不利多？」

「好像真的是這樣，」鄧不利多說，「我們實在應該對此心存感激。妳要不要吃一個檸檬雪寶？」

「**一個啥**？」

「一個檸檬雪寶，這是一種我非常喜歡的麻瓜甜品。」

「不用了，謝謝你，」麥教授冷淡地答道，似乎認為目前並不是吃檸檬雪寶的恰當時機。「就像我剛才說的，就算『那個人』**已經**走了──」

「我親愛的教授，像妳這樣明理的一個人，當然可以直呼他的名字吧？這些『那個人』之類的無聊話──這十一年來，我一直試著說服大家去直呼他的名字：佛地魔。」

麥教授瑟縮了一下，鄧不利多正忙著掰開兩個黏在一起的檸檬雪寶，並未注意到她的反應。「如果我們老是叫他『那個人』，事情會變得越來越混亂。我就看不出，直呼**佛地魔**的名字，有什麼好怕的。」

「我知道你不怕，」麥教授用半帶惱怒、半是崇拜的語氣說，「可是你不一樣啊。大家都知道你是那個——喔，好吧，**佛地魔**——唯一害怕的人哪。」

「妳太抬舉我了，」鄧不利多平靜地表示，「佛地魔擁有我永遠也無法獲得的力量。」

「那只是因為你這個人太——好吧——**太高尚了**，不屑去使用那種力量。」

「還好這裡黑得很。甚至在龐芮夫人稱讚我的新耳罩的時候，我的臉也沒紅得那麼厲害過。」

麥教授狠狠瞪了鄧不利多一眼，說：「貓頭鷹跟這附近流傳的**謠言**沒什麼關係。你知道大家在說些什麼嗎？就是他是怎麼消失的？最後制止他的究竟是什麼？」

麥教授似乎已經談到了她最急著討論的一個話題，那也是她甘願在冷硬磚牆上等候一整天的真正原因，因為不論是做為一隻貓或是一個女人，她都從來沒有像現在用這麼銳利的目光注視過鄧不利多。事情很明顯，不管「大家」說了什麼，除非從鄧不利多口中得到證實，她才相信那是真的。然而，鄧不利多卻喜孜孜地挑了另一個檸檬雪寶，並沒有開口回答。

「**他們說的是**，」她繼續追問，「昨天晚上，佛地魔出現在高錐客洞，他是去找波特夫婦。謠傳莉莉和詹姆已經——已經——說他們——**死了**。」

鄧不利多垂下頭。麥教授倒抽了一口氣。

「莉莉和詹姆……我真不敢相信……我不要相信……喔……阿不思……」

鄧不利多伸手拍拍她的肩膀。「我知道……我知道……」他沉重地表示。

麥教授用顫抖的聲音繼續說。「還不只是這些。他們說，他本來還想要殺死波特夫婦的兒子哈利，可是——沒有成功，他沒辦法殺死那個小男孩。沒有人知道為什麼，或是怎麼回事，他們說，在他沒辦法殺死哈利波特的那一刻，他的法力就消失了——那就是他離開的原因。」

鄧不利多神情陰鬱地點點頭。

「這是——這是**真的**？」麥教授遲疑地問道，「他造了這麼多孽……殺了這麼多人……竟然沒辦法殺死一個小男孩？這實在是太驚奇了……我們花了那麼多力氣去阻止他……可是哈利波特究竟是怎麼逃過一死的？」

「這我們只能猜測，」鄧不利多說，「也許永遠都不會知道答案。」

麥教授掏出一條蕾絲手帕，朝鏡片下面的眼角輕輕按了幾下。鄧不利多用力吸吸鼻子，從口袋中取出一支金錶凝神觀看。這是一支非常怪異的錶，上面有十二根指針，卻看不到數字，此外還有幾枚小行星繞著邊緣打轉。鄧不利多必然從中看出了一些道理，因為他將錶放回口袋後說：「海格遲到了。順便問一聲，我會到這兒來應該是他告訴妳的吧？」

「是的，」麥教授說，「不過我想你大概不會告訴我，既然有這麼多地方可去，你

為什麼偏偏要到這兒來呢？」

「我到這兒來，是為了把哈利交給他的阿姨跟姨丈，現在他們是他唯一的親人了。」

「你該不會是指──你**不可能**是指住在**這兒**的人吧？」麥教授喊著，跳起來指著四號的房子。「鄧不利多──你不能這麼做啊。我在這裡觀察了他們一整天，你再也找不到這麼不像我們的兩個人了。而且他們還有一個這樣的兒子──我親眼看到他把他媽媽一路踢到街上，大哭大鬧地吵著要吃甜點。你居然要哈利波特到這兒來住！」

「這是對他最好的地方，」鄧不利多堅定地說，「等到他年紀夠大的時候，他的阿姨和姨丈就可以把這一切對他解釋清楚。我寫了一封信給他們。」

「一封信？」麥教授虛弱地喃喃重複，頹然坐回牆上，「說真的，鄧不利多，你以為你可以只用一封信，就把這一切全都解釋清楚嗎？這些人永遠都不會了解他的！他會變得非常有名──一個傳奇人物──我甚至不會驚訝今天將被叫做哈利波特日──有許許多多的書籍，都會記載著關於哈利的事蹟──我們世界中的每一個孩子都將會知道他的名字！」

「完全正確。」鄧不利多說，他半月形鏡片上方的眼神顯得非常嚴肅。「這足以使任何孩子都樂昏了頭。在他還不會走路講話前就這麼出名！何況還是某些他根本就不記得的事情！妳難道看不出，讓他在遠離這一切的地方好好長大，等他可以接受的時候再告訴他，不是更好嗎？」

麥教授張大嘴巴，想法完全改觀，她吞了一口口水，然後說：「是──是，你說得對，這是當然。可是要用什麼方法把孩子送到這兒來呢，鄧不利多？」她突然瞄了他的斗篷一眼，彷彿他把哈利藏在衣服裡面似的。

「海格會把他帶到這裡。」

「你覺得這是——**明智之舉**嗎？把這麼重要的事情交給海格去辦？」

「我可以把我自己的性命交到海格手中。」鄧不利多說。

「我並不是說他的心地不好，」麥教授不情願地表示，「但是你別忘了，他這個人粗心得很，他總是——那是什麼聲音？」

一陣低沉的轟隆聲打破周遭的寂靜。聲音變得越來越大，他們四處張望，察看街道上是否有車燈出現；聲音增強成可怕的咆哮，兩人抬起頭望著天空——一輛巨大的摩托車從天而降，停在他們前方的街道上。

這輛摩托車雖然十分巨大，卻還比不上跨坐在上面的男人。他的身高幾乎是一般人的兩倍，那寬度至少大上五倍。他看起來高大得不合常理，而且**粗野不馴**——長而糾結的濃密黑髮和鬍鬚，掩蓋了他大部分的面龐。他的手掌就跟垃圾桶蓋一樣大，穿著皮靴的雙腳，看起來簡直就像兩隻小海豚。在他粗壯、肌肉突起的手臂中抱著一捲毛毯。

「海格，」鄧不利多說，像是終於鬆了一口氣，「你總算到了。這輛摩托車是哪兒來的？」

「借來的，鄧不利多教授，先生，」巨人一面說，一面小心翼翼走下摩托車，「是小天狼星・布萊克借給我的。我找到他了，先生。」

「沒碰到什麼問題吧？」

「沒有，先生——房子幾乎全毀了，不過我趕在麻瓜聚攏以前，把他給抱了出來。他在我們飛過布里斯托的時候睡著了。」

鄧不利多和麥教授俯身望著那捲毛毯。毯子裡裹著一個熟睡的小男嬰，在他額前那簇黑玉般的頭髮下，有著一個形狀奇特的傷口，看起來就像是一道閃電。

「那就是——？」麥教授低聲說道。

「是的，」鄧不利多說，「這道疤會一輩子跟著他。」

「你難道不能想點辦法嗎，鄧不利多？」

「就算我有辦法，我也不會去做，這疤痕將來很可能會派得上用場。我左邊的膝蓋上就有一個疤，看起來就是一幅完美的倫敦地下世界地圖。好了——把他交給我吧，海格——我們最好盡快把事情辦好。」

鄧不利多把哈利抱在懷裡，走向德思禮的房子。

「我可以——我可以先跟他說聲再見嗎？先生？」海格問道。

他巨大、蓬鬆的頭顱湊到哈利上方，給了嬰兒一個鬍碴扎得人發癢的熱吻。然後，海格突然發出一聲像是負傷野狗的嚎叫。

「噓！」麥教授發出噓聲說，「你這樣會把麻瓜給吵醒！」

「對，對，對不起，」海格抽抽噎噎地說，掏出一條沾滿污跡的大手帕，把整個臉埋到裡面，「我真的是忍不住，莉莉和詹姆死了，可憐的小哈利又要去跟麻瓜住在一起……」

「是啊，是啊，這真的讓人很難過，可是你必須控制一下，要不然我們就會被發現了。」麥教授低聲說，小心地拍拍海格的手臂，此時鄧不利多已跨過低矮的庭院圍牆，來到大門前。他溫柔地將哈利放置在台階上，從斗篷裡取出一封信，塞進哈利的襁褓，再回到其他兩人身邊。整整有一分鐘的時間，他們三人只是站在原處，默默望著那捲毛毯；海格的肩膀不停抖動，麥教授用力眨眼，而鄧不利多眼中的閃亮光芒似乎也暗淡了。

「好了，」鄧不利多最後終於開口說道，「就這樣吧。我們沒必要再待在這裡，我們還是去參加慶祝會吧。」

「是啊，」海格的聲音變得十分低沉含混，「我最好還是快點把這車弄走。晚安，麥教授——鄧不利多教授。」

海格舉起夾克袖口，揩揩他淚流不止的雙眼，轉身跨上摩托車，踩動引擎；車子轟隆隆地飛起來，消失在遠處的夜空。

「希望很快就可以見到妳，麥教授。」鄧不利多對她點點頭，麥教授用擤鼻涕代替回答。

鄧不利多轉身踏上街道。他在轉角處停下腳步，取出銀色熄燈器。他按了一下，十二個光球迅速飛回它們的街燈，水蠟樹街立刻散發出橘紅色的光輝。他可以清楚看到，有一頭虎斑貓正輕悄地繞過另一端的轉角，也可以看到躺在四號階梯上的襁褓。

「祝你好運，哈利。」他低喃著，急轉身，咻地一聲揮動斗篷，就此消失不見。

一陣微風將水蠟樹街雅致的矮樹籬吹得婆娑舞動，街道寂靜整潔地躺在墨黑的天空下，看起來完全不像是會發生任何驚人事蹟的地方。哈利波特在襁褓中翻滾，依然不曾醒來。一隻小手緊貼在信封旁邊，他繼續沉睡，完全不知道他是多麼特殊，不知道他的名氣有多大，不知道他將會在幾個鐘頭之後，被德思禮太太開門放牛奶瓶時的尖叫聲驚醒，也不知道往後幾個星期他會在達力表哥的戳擠掐咬中度過……他更無法知道，就在這個時刻，全國各地所有參與秘密宴會的人都在高舉著酒杯，用一種刻意壓低的聲音說：「敬哈利波特——！那個活下來的男孩！」

2 消失的玻璃

自從那天德思禮夫婦早上醒來，發現他們的外甥躺在前門台階上之後，已匆匆度過了十載寒暑，但水蠟樹街幾乎完全不曾改變。太陽在同一個端整的前院上空升起，照亮德思禮家大門上的四號黃銅門牌；陽光悄悄爬進這家的客廳，這裡跟德思禮先生當年看到那則有關貓頭鷹大新聞的夜晚，簡直可說是一模一樣。只有壁爐架上的照片，才能真正顯示出時間的飛逝。十年前，此處放了許多照片，看起來都像是戴上各色嬰兒帽的一個粉紅色大海灘球——達力自然已不是嬰兒了，現在照片中的主角變成了一個肥胖的金髮男孩，一一呈現出他第一次騎腳踏車、在遊樂場坐旋轉木馬、跟他父親玩電腦遊戲、被他母親擁抱親吻的種種畫面。這裡沒有任何跡象可以看出，這棟房子裡其實還住著另一個男孩。

哈利依然住在這裡，此刻他熟睡著，但不會太久。他的佩妮阿姨已經起床，而她尖銳的嗓子正發射出今日的第一道噪音。

「起來！起床了！快點！」

哈利驚醒過來。他的阿姨又在敲擊他的房門。

「起來！」她尖叫。哈利聽到她走向廚房的腳步聲，接著是煎鍋放在爐子上的聲音。他翻身背對著門，努力回想他剛剛做的夢。那是一個好夢，夢裡有一輛會飛的摩托車。他有一種奇怪的感覺，覺得他以前好像也做過同樣的夢。

他的阿姨又回到門外。

「你起來了嗎？」她逼問。

「快了。」哈利說。

「很好，動作快一點，我要你看著培根。要是焦掉你就小心了，我可不希望在達力生日這天出任何差錯。」

哈利低聲抱怨。

「你說什麼？」他的阿姨在門外怒吼。

「沒什麼，沒什麼……」

達力的生日——他怎麼會忘記呢？哈利慢慢爬下床，開始找襪子穿。他在床底下找到一雙，先從其中一只裡面掏出一隻蜘蛛，再把襪子穿上。哈利對蜘蛛早就習以為常，樓梯下碗櫥裡的蜘蛛多得要命，而那就是他睡覺的地方。

他穿好衣服，沿著走廊走到廚房。餐桌幾乎被達力堆積如山的生日禮物給完全淹沒，看來達力似乎如願收到了他想要的新電腦，更別說是他的第二台電視和變速腳踏車了。哈利完全想不通，達力為什麼會想要一輛變速腳踏車。達力是個大胖子，又痛恨運動——除非這種運動能夠讓他對某個人拳打腳踢。達力最喜歡的拳擊沙袋就是哈利，只是他能逮到哈利的機會不太多。哈利看起來文弱，身手卻非常靈活。

哈利一直比同年齡的孩子瘦小許多，這或許跟一直住在黑暗的碗櫥裡有些關係。他看起來甚至比他實際的體型還要瘦小一些，原因是他只有達力的舊衣服可穿，而達力的體積整整比他大上四倍。哈利有一張瘦削的面孔、骨節突出的膝蓋、漆黑的頭髮和一雙明亮的綠眼睛。他戴著一副用許多透明膠帶黏起來的圓框眼鏡，這是因為達力老是喜歡揍他的鼻子。哈利對自己外表唯一滿意的部分就是額上那道形如閃電的淡淡疤痕，自他有記憶開始，那條疤痕就已經在他的額上了，他記得，他這輩子提出的第一個問題，就是問佩妮阿姨這道疤痕是怎麼來的。

「那是在你父母被撞死的那場車禍中受的傷，」她說，「你給我好好記住，下次不准再問問題了。」

不准問問題——與德思禮家和平相處的首要法則。

威農姨丈在哈利忙著把培根翻面時走進廚房。

「去把頭髮梳好！」他怒喝，這是他慣用的早晨問候語。

大約每隔一個星期，威農姨丈就會從他的報紙後探出頭來，吼著叫哈利快去理髮。哈利理髮的次數，大概比班上其他男孩的理髮總數還要多。可惜沒有多大作用，他的髮型很快就恢復原狀——披頭散髮，雜亂不堪。

哈利煎蛋的時候，達力和他母親一起走進廚房。達力跟威農姨丈長得很像，他有一張肥大的粉紅面龐、幾乎看不見的粗短脖子、水淋淋的藍眼睛，和一頭緊貼在他肥厚頭顱的厚重金髮。佩妮阿姨常說達力長得像小天使——哈利反倒覺得達力像是戴著假髮的肥豬。

哈利把盛滿蛋和培根的盤子放上餐桌，那很不容易，因為桌上幾乎沒有任何多餘的空間。達力此時正忙著計算他的生日禮物。他的臉垮下來。

「三十六，」他說，抬起頭來望著他的父母，「比去年少兩樣。」

「親愛的，你還沒把瑪姬姑姑的禮物算進去啊，你看，它就放在媽咪爹地送的大禮物下面呢。」

「好吧，那就是三十七。」達力說，臉開始脹得通紅。哈利看出達力即將大發雷霆，連忙狼吞虎嚥地將他的培根全都塞進嘴裡，以防達力突然把餐桌掀翻。

佩妮阿姨顯然也嗅到了危險的氣息，她趕緊說：「我們今天出去玩的時候，還會再替你多買**兩樣**禮物。怎麼樣啊，乖寶貝？再多買**兩樣**禮物唷。這樣好不好啊？」

達力想了一會兒。這個「工作」好像非常困難。終於他慢慢說道：「那麼我就會有三十……三十……」

「三十九耶，小甜心。」佩妮阿姨說。

「喔，」達力重重坐下並拿起離他最近的包裹。「那就好。」

威農姨丈咯咯輕笑。

「這個小壞蛋可真會斤斤計較呢，這點就跟他老爸一模一樣。好小子，達力！」他揉揉達力的頭髮。

電話在那一刻響起，佩妮阿姨跑去接電話，哈利和威農姨丈看著達力拆禮物：一輛變速腳踏車、一台攝影機、一架遙控飛機、十六種新的電腦遊戲軟體和一台錄影機。在他撕開一支金錶的包裝紙時，佩妮阿姨講完電話走回來，她顯得既生氣又擔心。

「壞消息，威農，」她說，「費太太摔斷了腿，她今天沒辦法帶他了。」她的頭朝哈利的方向點一下。

達力害怕地張大了嘴，哈利的心卻興奮地怦怦跳動。每年在達力生日這一天，他的父母都會帶著他和他的一位好友一起出門，到遊樂場玩，去吃漢堡，或是看場電影。這時候哈利就會被送到費太太、一位住在兩條街外的瘋老婆子家。哈利痛恨那個地方，整間屋子充滿包心菜的味道，費太太還一直逼他看她養過的每一隻貓的照片。

「現在怎麼辦？」佩妮阿姨問道，她憤怒地瞪著哈利，就好像這全都是他故意造成的。哈利知道他應該為費太太的傷勢感到難過，但是想到可以再過一整年，才會再去看踢踢、雪兒、爪子先生和多多的照片，就實在難過不起來。

「我們可以打電話給瑪姬啊！」姨丈建議。

「別傻了，威農，她最討厭這個孩子了。」

德思禮夫婦經常當著哈利的面這樣講話，就好像他根本不存在似的——更正確的說法是，就好像他是某種低能、完全聽不懂話的噁心生物，比方說，蛞蝓。

「還有那個叫什麼名字來著的，妳的那個朋友——伊芳呢？」

「到馬約卡島度假去了。」佩妮阿姨沒好氣地答道。

「你們可以把我留在家裡。」哈利滿懷希望地插嘴（這樣他就可以任意觀賞所有他想看的電視節目，甚至還可以偷玩一下達力的電腦）。

佩妮阿姨看起來像是剛吞下了一顆檸檬。

「然後回來發現整棟屋子全毀了嗎？」她怒喝。

「我又不會把房子炸掉。」哈利說，但他們根本就不理他。

「我想，我們可以帶他去動物園，」佩妮阿姨緩緩說道，「……然後把他留在車上……」

「那可是新車耶，不能讓他一個人待在那裡……」

達力開始放聲大哭。事實上，他並不是真的在哭，他已經有好多年沒真正哭過了。他知道，只要皺起面孔，大聲哀號，他母親就會滿足他的任何願望。

「我的小小心肝寶貝哪，不要再哭了，媽咪不會讓他破壞你的生日的！」她喊著，撲過去一把抱住他。

「我……不……要……他──他──他去！」達力一面抽抽噎噎地假哭，一面斷斷續續地吼叫，「他就是會掃我的興！」他咧開嘴巴，透過母親的臂彎空隙，對哈利露出惡劣的笑容。

這時，門鈴響了──「喔，我的天啊，他們來了！」佩妮阿姨慌亂地說──過了一會兒，達力最好的朋友皮爾．波奇斯，跟著他母親走進來。皮爾是個骨瘦如柴的男孩，有著一張愚昧的老鼠臉。他通常都在達力揍人時，擔任從背後抓住人質雙手的幫兇角色。達力立刻停止假哭。

半小時之後，無法相信自己竟會如此好運的哈利，已經跟皮爾和達力，一起坐在德思禮家的汽車後座，前往他此生第一次去的動物園。他的阿姨和姨丈完全想不出其他任何安置他的方法，在出門前，威農姨丈把哈利拉到一旁。

「我警告你，」他說，他將大紫臉湊到哈利面前，「我現在警告你，小子——要是有任何奇怪的事情發生，只要發生一點怪事——你就得在櫥櫃裡待到聖誕節才能出來。」

「我什麼都不會做的，」哈利說，「真的……」

但是威農姨丈並不相信他。從來沒有人相信過他。

問題是，哈利身邊常常會發生一些古怪的事情，就算他費盡唇舌，解釋說這跟他完全無關，德思禮家的人也絕對不會相信。

有一次，佩妮阿姨對於哈利每次理髮回來，看起來卻跟完全沒剪過一樣這件事忍無可忍。她拿了一把廚房用剪刀，把他的頭髮剪得幾近全禿，只留下額前的劉海，為了「遮住那個可怕的疤痕」。這讓達力幾乎笑破了肚皮，哈利當晚卻擔心得睡不著，想像明天上學時會遭遇的慘狀，他早就因為寬大的衣服和用透明膠帶黏起來的破爛眼鏡，成為同學心目中的笑柄。然而，他第二天早晨起床時，發現他的頭髮又變回了佩妮阿姨替他剃髮前的老樣子。雖然他努力對他們解釋，他自己也**搞不懂**頭髮為什麼長得這麼快，他還是因為這件事被罰在碗櫥裡關了一個禮拜。

還有一次，佩妮阿姨逼迫他穿上一件達力不要的難看套頭毛衣（褐底上印著橘色的氣泡）。她試著把他的頭套進去，她越用力，毛衣似乎就變得越小，最後縮得變成一件只有布偶才穿得下的玩具衣裳，這自然不是哈利能勉強湊合的尺寸。佩妮阿姨下了個結論，斷定這一定是洗得縮水了，哈利因此沒受到處罰，這讓他大大鬆了一口氣。

另外還有一次，因為被發現坐在學校廚房的屋頂上，給他惹上很大的麻煩。當時達力的黨羽就像往常一樣追著他跑，忽然間，他就坐到了煙囪上，當時哈利受到的驚嚇絕對不下於其他人。哈利的級任導師寫了一封措詞非常強烈的信寄給德思禮夫婦，告訴他們哈利大膽爬上學校的屋頂。其實當時他只是（他在上鎖的碗櫥裡嚷著向門外的姨丈辯解）跳到廚房門外那堆大垃圾袋後面而已。哈利猜想大概是在跳到一半的時候，被風給吹了上去。

但是今天，絕對不能再出任何差錯了。只要能在學校、他的碗櫥和費太太家充滿包心菜氣味的客廳之外的任何地方度過一天，即使得跟達力和皮爾在一起也無所謂。

姨丈一面開車，一面嘮嘮叨叨地跟佩妮阿姨發牢騷。他喜歡抱怨許多事情：工作時碰到的人、哈利、開會、哈利、銀行和哈利，而這些只是他最喜歡抱怨主題中的一小部分。今天早上，他的主題是摩托車。

「……一路上像瘋子似地大吼大叫，這些小流氓。」他在一輛摩托車呼嘯著超車時表示。

「我夢到過一輛摩托車，」哈利說，他突然記起了他的夢，「它會飛呢。」

威農姨丈差點撞上前面的汽車。他把整個身子轉過來，臉孔活像是長了鬍子的大甜菜根，衝著哈利大吼：**「摩托車不會飛！」**

達力和皮爾吃吃竊笑。

「我知道摩托車不會飛，」哈利說，「那只是一個夢嘛。」

他真希望自己什麼也沒說。如果說世上還有比他問問題更令德思禮夫婦痛恨的，那就是他隨便說出一件不合常理的事情。不管是夢到或是在卡通裡看到的——他們都認為，他或許會因此又想出什麼危險的念頭。

那是一個陽光普照的週六假日，動物園裡擠滿一同出遊的家庭。德思禮夫婦在入口處替達力和皮爾各買一個大巧克力冰淇淋，由於在還來不及把哈利趕走之前，冰淇淋車上那位笑容滿面的小姐，就已經開口問他想要點些什麼，他們只好替他買了一根最便宜的檸檬冰棒。其實冰棒也很不錯呢，哈利心想，一面舔著冰棒，一面欣賞一隻不停搔頭、長得非常像達力的大猩猩，唯一的差別就是牠沒有一頭金髮。

這是哈利長久以來最棒的一個早晨。他刻意和德思禮家人保持一小段距離，以防看膩了動物的達力和皮爾，會退而求其次從事他們鍾愛的嗜好，揍他。他們在動物園的餐廳吃午餐，達力因為他點的「寶彩聖代」不夠大而氣得大發脾氣，威農姨丈趕緊再替他重新點一份，這才把先前點的那份讓哈利吃了。

哈利事後回想，不禁覺得他早該想到，這樣的好運不可能會持續太久。

午餐過後，他們踏入爬蟲類館。這裡黑暗涼爽，兩邊牆壁上各有一長列明亮的窗口。在玻璃窗後方，各式各樣的蛇和蜥蜴都在木塊和石頭上蠕動滑行。達力和皮爾想看劇毒的大眼鏡蛇和可以把人纏死的巨蟒。達力很快就找到了這裡最大的蛇，牠顯然可以用身體環繞威農姨丈的汽車整整兩圈，再把它壓扁成一個破爛的垃圾箱——但此刻牠似乎並沒有這樣的興致。事實上，牠在呼呼大睡。

達力站在展示窗前，鼻子緊貼著玻璃，盯著那團幽光閃爍的褐色蛇捲。

「叫牠動嘛！」他哭兮兮地哀求他的父親。威農輕敲玻璃，蛇卻文風不動。

「再敲一次！」達力下達命令。威農用指關節用力敲擊玻璃，蛇還是繼續打盹兒。

「無聊死了。」達力抱怨一聲，就快速離去。

哈利走到展示窗前，專注地望著這條蛇。如果這蛇因為無聊而死，他也不會感到驚訝——除了那些忙著用手指敲玻璃，吵得牠整天不得安寧的笨人之外，牠完全沒有任何同伴。這甚至比把碗櫥當做臥室還要糟糕，雖然那裡唯一的訪客就是猛捶房門逼他起床的佩妮阿姨——但至少他還有機會到屋子其他地方遛達遛達。

蛇突然張開牠珠子般的眼睛。牠用非常緩慢的動作漸漸抬起頭來，直到與哈利的視線相接。

牠眨了一下眼睛。

哈利瞠目瞪視，然後回過頭來，迅速巡視了一圈，看看有沒有人在注意他們。沒有。他迎上蛇的目光，也眨了一下眼睛。

蛇猛然把頭轉向威農姨丈和達力，再抬頭望著天花板。牠的表情對哈利傳達出一個非常清楚的訊息：「我老是碰到這一類的人。」

「我知道，」哈利對著玻璃窗喃喃地說，他並不確定蛇能不能聽到他的聲音，「那一定讓你煩得要命。」

蛇用力點頭。

「你是從哪兒來的？」哈利問。

蛇用尾巴猛拍玻璃窗邊的一個小牌子。哈利瞇眼閱讀上面的文字。

蟒蛇，巴西。

「那裡是不是很美？」

蟒蛇又用尾巴猛拍那面牌子，哈利繼續往下看：此為動物園孵育樣本。「喔，我懂了——所以你從沒到過巴西？」

就在蟒蛇搖頭回答時，哈利背後突然響起一聲震耳欲聾的吼叫，令他們這一人一蛇嚇得同時跳了起來。「**達力！德思禮先生！趕快來看這條蛇！你絕對不會相信牠在做什麼！**」

達力搖搖晃晃地跑過來。

「你別擋路！」他說著，一拳揍向哈利的肋骨，哈利大吃一驚，重重摔在水泥地上。接下來發生的事快得沒有人知道究竟——在前一秒，皮爾和達力還俯身緊貼在玻璃窗邊，下一秒兩人就嚇得尖叫著跳向後方。

哈利坐起來，驚得直喘氣；蟒蛇展示櫃前面的玻璃消失了。巨蟒快速展開纏繞的身軀，滑到地板上——整個爬蟲類館裡的人都在尖叫，拚命奔向出口。

當蛇迅速滑過哈利身邊時，他敢發誓自己聽到一陣低沉的嘶嘶聲說：「巴西，我來了……多謝啦，朋友。」

爬蟲類館的管理員嚇傻了。

「可是玻璃，」他不斷重複說，「玻璃到哪兒去了呢？」

動物園長一面再三道歉，一面親自為佩妮阿姨泡一杯濃濃的甜茶，皮爾和達力只是嘰哩咕嚕地在一旁胡言亂語。根據哈利所看到的，蛇除了在經過他們身邊時，好玩地用尾巴拍拍他們的腳後跟之外，其他什麼事也沒做。但是等到他們全部坐上威農姨丈的汽車時，達力繪聲繪影的說那條蛇是如何差點咬斷了他的腿，皮爾則是指天發誓，說蛇企圖纏在他身上把他給活活勒死。最糟糕的是——至少對哈利來說是如此——皮爾漸漸恢復鎮定後突然迸出一句：「哈利還在跟牠說話呢，是不是啊，哈利？」

威農姨丈等到皮爾安全離開他們家之後，才開始對哈利開火。他氣得幾乎說不出話來。最後好不容易擠出幾個字：「去——碗櫥——待著——不准吃飯！」就頹然倒在椅子上，佩妮阿姨看情況不妙，趕快跑去替他倒了一大杯白蘭地。

＊　＊　＊

哈利在黑暗的碗櫥裡躺了很久，希望自己能有一支錶。他不知道現在幾點，無法確定德思禮一家人究竟睡了沒有。等他們睡著以後，他就可以冒險偷溜去廚房找些東西吃。

從他還是個襁褓中的嬰兒，父母不幸死於車禍時算起，他已在德思禮家住了將近十個年頭，在他的記憶中，那是十年的悲慘歲月。他並不記得那場奪走他父母的車禍，有時，深夜躺在碗櫥中努力回想時，他會出現一個詭異的幻覺：一道炫目的綠光和額頭上燒灼的痛楚。他猜想這大概是車禍的後遺症，但他怎麼也想不出那道綠光是怎麼來的。他對他的父母完全沒有任何印象。他的阿姨和姨丈從來沒提過他們，當然也不准他提出任何問題，家裡也找不到一張他們的相片。

在哈利年紀還小的時候，他不停地夢想，希望能有某個未知的親戚出現，帶他離開這個地方，這個夢想不曾實現；德思禮家是他唯一的親人。然而有時他會覺得（或許是希望），街上的陌生人似乎認得他，而且還都是些很奇怪的陌生人。有一次在他跟佩妮阿姨和達力出外購物時，一個戴著紫羅蘭色高頂絲質禮帽的小男人對著他鞠躬。佩妮阿姨氣急敗壞地質問他是否認識這個男人，之後什麼也沒買就帶著他們匆匆離開商店。另一次，公車上有個穿著一身綠衣，看起來瘋瘋癲癲的老女人高興地朝他揮手。另外還有一次，街上有個穿著紫色拖地外套的禿頭男人，莫名其妙地跑過來跟他握手，什麼也沒說就逕自離去。這些人最詭異的地方就是，每當哈利想要凝神細看的時候，他們就像煙一樣地突然消失。

在學校，哈利連一個朋友也沒有。大家都知道達力的同黨痛恨那個穿著寬大的舊衣服、臉上掛著一副破爛眼鏡的怪胎哈利波特，誰也不想要跟達力的同黨唱反調。

3 從天而降的信函

巴西蟒蛇脫逃事件使得哈利遭受有史以來最長的禁閉處罰。等到他獲准踏出碗櫥時，暑假已經開始，達力也已經玩壞了他的新攝影機，摔爛了他的遙控飛機，並在首次騎他的變速腳踏車出遊時，就把拄著枴杖穿越水蠟樹街道的費太太撞倒在地。

哈利很高興學期已經結束，但這並不能讓他避開達力的黨羽，他們每天都會到家裡來玩。皮爾、丹尼、莫肯和郭登，全都又大隻又蠢，由於達力是他們之中最蠢最大隻的一個，他自然成為這個團體的首領。其他人都十分樂意加入達力最喜歡的運動：追捕哈利。

這就是哈利總是盡量待在外面的原因，他四處遊蕩，暗暗揣想假日結束後的情景，這樣才能替他的生活帶來一絲希望。到了九月他就要上中學，這將是他這輩子第一次，不必再跟達力在一起。達力已獲准進入威農姨丈以前的學校，司梅汀中學就讀，皮爾．波奇斯也要念這個學校。在另一方面，哈利要上的學校是石牆中學，一所地方性的綜合制中學[3]，這讓達力覺得非常好笑。

3. 供社會各階層就讀的五年制中等學校，從十一歲開始入學。

「石牆中學的人會在開學第一天，把新生的頭塞進馬桶裡去，」他告訴哈利，「要不要先到樓上去預習一下啊？」

「不用了，謝謝，」哈利說，「可憐的馬桶從來沒吞過像你的頭這麼噁心的東西，它說不定會吐呢。」他趕在達力還沒弄懂他的意思之前迅速跑走。

七月的某一天，佩妮阿姨帶達力到倫敦去買他的司梅汀制服，把哈利留在費太太家。費太太沒有以往那麼壞了，原來她是被自己的貓絆倒才摔斷了腿，所以她不再像以前那麼喜歡牠們了。她讓哈利自己看電視，還給他一小塊吃起來好像放了很多年的巧克力蛋糕。

那天傍晚，達力穿上嶄新的制服，得意洋洋地在客廳裡為家人表演服裝秀。司梅汀的男生制服是栗色燕尾服、橙色燈籠短褲，再配上一頂早期舵手戴的平頂硬草帽。此外他們還有一根多節手杖，主要是用來趁老師不注意時互相擊打。這對未來的社會生活算是一種良好的訓練吧。

看到達力穿上嶄新的燈籠短褲，威農姨丈不禁聲音啞啞地表示，這是他這輩子最驕傲的一刻。佩妮阿姨突然哭了出來，說她真不敢相信這會是她的小心肝乖阿力，他看起來是這麼地成熟帥氣。哈利死都不敢發表意見。因為拚命忍笑，他覺得他的肋骨都快要憋斷了。

第二天早上，哈利到廚房吃早餐時，聞到一股可怕的臭味。氣味似乎是來自水槽中的一個大鐵盆，他走過去察看，盆子裡的東西看起來像是一大堆浮在灰水上的髒抹布。

「這是什麼東西？」他問佩妮阿姨。她的嘴立刻抿緊，每當他膽敢發問的時候，她都是這種表情。

「你的新制服。」她說。

哈利再次看向那個鐵盆。

「喔，」他說，「我不曉得還得把它弄得這麼溼呢。」

「不要這麼笨，」她厲聲吼道，「我現在正在替你把達力的舊衣服染成灰色。等我染好以後，看起來就會跟大家的制服一模一樣了。」

哈利對這點非常懷疑，不過最好還是別跟她爭論。他坐在餐桌旁，試著想像他第一天去石牆中學上學時的模樣——大概就像是身上披了一塊舊象皮吧。

達力和威農姨丈走進來，兩人都因為哈利新制服的味道而皺起鼻子。姨丈像平常一樣打開報紙，達力舉起他片刻不離身的司梅汀手杖，砰地一聲敲在餐桌上。

他們聽到信箱咔嗒一聲，一堆信件落到踩腳墊上。

「去拿信，達力。」姨丈的聲音在報紙後面響起。

「叫哈利去拿。」

「去拿信，哈利。」

「叫達力去拿。」

「用你的司梅汀手杖推他去，達力。」

哈利閃過司梅汀手杖，走出去拿信。踩腳墊上躺著三樣東西：一張威農姨丈的姊姊寄來的明信片，她現在在威特島度假；一個看起來像是帳單的褐色信封和——**一封寄給哈利的信**。

哈利撿起信，望著它發愣，他的心就像一根大橡皮筋似地轟然彈起。沒有一個人，這輩子從來沒有一個人寫信給他。這會是誰呢？他沒有朋友，沒有其他親戚——他沒有圖書館證，所以也從來沒收過催他還書的無禮通知。然而就在這裡，一封信，地址寫得一清二楚，絕對不可能會出錯：

薩里郡小惠因區
水蠟樹街四號
樓梯下的碗櫥
哈利波特先生收

信封是微帶黃色的厚重羊皮紙袋，地址是用翡翠綠色墨水寫成，上面沒貼郵票。哈利用顫抖的手翻過信封，看到後面蓋了一個紫色盾徽蠟印；一個大大的「H」字母，周圍環繞著一頭獅子，一隻老鷹，一隻獾和一條蛇。

「快點，小子！」姨丈在廚房喊著，「你究竟在蘑菇什麼，檢查郵包炸彈嗎？」他為自己的幽默而咯咯笑著。

哈利回到廚房，眼睛依然離不開他的信件。他把帳單和明信片遞給姨丈，然後坐下來，慢慢拆開黃色的信封。

威農姨丈打開帳單，不悅地嗤了一聲，再把明信片翻過來。

「瑪姬生病了，」他向佩妮阿姨報告，「她吃了個怪怪的油螺……」

「爸！」達力忽然開口，「爸，哈利拿了一樣東西！」

此時哈利正準備把信攤開，信和信封一樣都寫在同樣厚重的羊皮紙上，卻冷不防被威農姨丈一把抓走。

「**那是我的**！」哈利說，試圖把信搶回來。

「誰會寫信給你？」威農姨丈冷笑著，用一手抖開信紙，低頭瞥了一眼。他的臉就像交通信號燈似地迅速由紅轉綠，而且變化還不僅止於此。在短短幾秒之內，又變成了腐壞麥片粥的灰白色。

「佩——佩——佩妮！」他喘著氣說。

達力想要搶過來看，威農姨丈把信舉得老高，不讓他抓到。佩妮阿姨好奇地接過信，看了第一行。在那一瞬間，她看起來彷彿就要昏倒。她一把抓住咽喉，發出窒息的聲音。

「威農！喔，我的天啊——威農！」

他倆面面相覷，似乎完全忘了哈利和達力的存在。達力不習慣被忽略，他用司梅汀手杖往他父親頭上用力敲了一下。

「我要看那封信！」他大聲說。

「是**我**要看，」哈利憤怒地說，「那是**我的信**。」

「出去，兩個都出去！」威農姨丈沉著聲氣說，將信塞回了信封。

哈利不走。

「**我要我的信！**」他大喊。

「給**我**看！」達力要求。

「**出去！**」威農姨丈怒吼，伸手攫住哈利和達力兩人的後頸，把他們扔到外面的走廊，砰地一聲關上廚房門。哈利和達力為了爭奪鑰匙孔邊的偷聽權，立刻展開一場激烈而沉默的肉搏戰；結果達力獲勝，於是被揍得眼鏡掛在一邊耳朵上的哈利，連忙把整個身子趴在地上，貼在門和地板間的空隙偷聽。

「威農，」佩妮阿姨正用一種顫抖的聲音說，「看看那個地址——他們怎麼可能有辦法知道他睡在哪裡？你想他們該不會是在監視這棟屋子吧？」

「監視——刺探——可能還偷偷跟蹤我們呢。」威農姨丈喃喃囈語。

「可是我們該怎麼辦呢，威農？我們要不要回封信？告訴他們我們不希望——」

哈利可以看到威農姨丈閃亮的黑皮鞋在廚房中來回踱步。

「不行，」他終於開口說，「不，我們乾脆來個相應不理。他們要是希望得到回應……沒錯，這是最好的方法……我們什麼也不做……」

「可是——」

「我絕對不要讓他們踏進這棟屋子，佩妮。在我們把他抱進來的時候，我們不是發過誓，要想盡辦法消滅所有危險的荒唐事嗎？」

那天傍晚，威農姨丈下班回家之後，做了一件他過去從來沒做過的事：他進碗櫥看哈利。

「我的信呢？」威農姨丈剛把他肥胖的身軀擠進櫥櫃，哈利就問：「是誰寫信給我？」

「沒有人。是因為地址寫錯了才會寄給你，」姨丈簡單地答，「我已經把它燒掉了。」

「根本就**沒有**寫錯，」哈利氣憤地說，「它連我住的碗櫥都寫了。」

「**閉嘴！**」威農姨丈怒吼，把兩隻蜘蛛從天花板上震落下來。他做了幾次深呼吸，然後使勁在臉上擠出一個微笑，看著卻像是苦笑。

「呃——是的，哈利——關於碗櫥的事。你阿姨跟我一直在想……你現在長大了，住這個地方是小了些……我們在想，你要是搬到達力的第二間臥室去住，或許還滿適合的。」

「為什麼？」哈利說。

「不准問問題！」他的姨丈怒斥，「把東西收一收，搬到樓上，現在就去。」

達力家一共有四間臥室：一間威農姨丈和佩妮阿姨的主臥室，一間客房（通常都是由威農的姊姊瑪姬來訪時使用），一間是達力的臥室，還有一間是專門用來放他房間塞不下的玩具和其他物品。哈利總共只走了一趟，就把他的東西全部從碗櫥運到了這個房間。他坐在床上，望著周圍的環境。這裡每一樣東西幾乎都是壞的，才買了一個月的攝影機，放在一輛達力曾用來輾隔壁家小狗的推車上面；角落擱置著達力的第一台電視機，這是在他最愛看的電視節目停播時，被他在盛怒之下給一腳踩破的；還有一個大鳥籠，原先住在裡面的鸚鵡，達力帶去學校用牠交換一管真正的氣槍，現在這管槍一頭被達力坐彎了擱在架子上。其他的架子上擺滿了書，這些書是這個房間中唯一看起來完好如新的東西。

樓下傳來達力纏著他母親耍賴的哭鬧聲：「我**不要**他住在那裡……我**需要**那個房間……叫他出去……」

哈利嘆口氣，伸展四肢躺在床上。要是在昨天，他可以為了搬到這裡而放棄一切。但是現在，與其搬到這裡而拿不到信，他寧願帶著信回到他的破爛碗櫥。

第二天吃早餐的時候，大家都變得相當安靜。達力是真的氣壞了，他尖叫，用他的司梅汀手杖猛敲他的父親，故意裝吐，狂踢他的母親，還拿他的烏龜砸碎了溫室的屋頂，結果還是沒辦法要回他的房間。哈利在昨天就料到會發生這樣的情形，他後悔莫及地想著，當初要是能在走廊就把信拆開就好了。威農姨丈和佩妮阿姨一直臉色陰沉地互相對望。

信件送到時，威農姨丈似乎是想要對哈利示好，所以叫達力去拿信。他們聽他用司梅汀手杖一路敲敲打打地穿過走廊，接著他放聲大喊：「又有一封信！**水蠟樹街四號，最小的臥室，哈利波特先生**——」

威農姨丈發出脖子被掐住的喊聲，從椅子上跳起來，飛快地跑向走廊，哈利緊跟在他的身後。威農姨丈必須又抓又扭地把達力按倒在地，才能把信件給奪過來，又因為哈利從背後用力抱住他的脖子，過程更加困難。在經過一分鐘左右的混戰，每個人都被司梅汀手杖打了很多下之後，威農姨丈總算站起身來，大口大口地喘氣，手裡緊抓著哈利的信。

「回到你的碗櫥——我是說，回到你的臥室去，」他氣喘吁吁地對哈利說，「達力——走開——快走。」

哈利在他的新房間裡不停地繞圈子踱步。有人知道他搬出了碗櫥，而且好像也曉得，他並沒有收到他的第一封信。這表示他們會再試一次吧？他決定，這一次無論如何一定要拿到信。他想到了一個計畫。

* * *

修好的鬧鐘在第二天早上六點響起，哈利連忙關上鬧鐘，靜悄悄地穿上衣服。他絕對不能吵醒德思禮全家人。他連一盞燈都沒開，偷偷地摸黑溜下樓梯。

他準備走到水蠟樹街角去等郵差，搶先一步把四號的信件拿到手。他的心劇烈地跳著，躡手躡腳穿越黑暗的走廊，朝大門走去……

「**哎喲！**」

哈利嚇得跳到半空中——他踩到了踩腳墊上一樣又大又軟的東西——一樣活的東西。

樓上的燈光迅速亮起，哈利驚恐地發現，那個又大又軟的東西，其實是他姨丈的臉。威農姨丈裹著睡袋躺在大門口，顯然就是為了要阻止哈利去做他正想去做的事。他對哈利狂吼了半個鐘頭，才命令他去泡杯熱茶。哈利慘兮兮地趕緊逃到廚房，等到他回到大門口，信件正好送達，剛巧落在威農姨丈的大腿上。哈利可以看到三封寫著綠墨水字跡的信。

「我要——」他準備開口討信，威農姨丈卻當著他的面把信撕成碎片。

威農姨丈那天沒有去上班。他留在家裡，並且把信箱釘死。

「看到了吧，」他嘴裡含著一把釘子對佩妮阿姨解釋，「只要沒辦法再**投遞**，他們就只好放棄囉。」

「我不確定這是不是真的有用，威農。」

「喔，這些人的腦袋奇怪得很，佩妮，他們跟妳我可完全不一樣！」威農姨丈一面說，一面努力敲著一枚釘子，釘子上還沾著佩妮阿姨端給他的蛋糕。

* * *

星期五，至少有十二封信送到。既然沒辦法經由信箱就全部改道，改從門底下推進來、從門兩邊嵌進來，有幾封甚至從樓下廁所的小窗戶塞進來。

威農姨丈再度留守在家裡。在燒掉所有的信件之後，他拿起槌子、釘子，把前門後門四周圍的空隙全部釘上木板，誰都出不去了。他邊幹活邊哼唱〈踮腳走過鬱金香〉，只要有一點點聲響他就驚得一跳。

＊ ＊ ＊

星期六，事情開始完全失去控制。二十四封寄給哈利的信順利潛入這棟屋子，它們捲成小捆，分別藏在兩打蛋裡面，由滿臉迷惑的送奶服務員，透過客廳的窗戶遞給佩妮阿姨。威農姨丈憤怒的打電話給郵局和乳酪農場，想要找個人來聽他發牢騷的時候，佩妮阿姨用食物處理機把這些信全部攪成碎片。

「究竟是什麼人會這麼想要跟**你**聯絡？」達力驚訝地詢問哈利。

＊ ＊ ＊

星期天早上，威農姨丈坐下來用早餐時，顯得疲累、氣色又差，神情卻十分愉快。

「星期天不送信，」他高興地提醒大家，一面把果醬抹到他的報紙上，「今天不會有那些該死的信件──」

就在他說話時，有某種東西颼颼響地從廚房煙囪灌了進來，不偏不倚砸到他的後腦勺。下一刻，三、四十封信就像子彈似地，從壁爐中劈哩啪啦彈射出來。德思禮家人忙著閃躲，哈利跳起來想要抓住一封信──

「出去！**出去！**」

威農姨丈攫住哈利的手腕，把他摔到走廊。在佩妮阿姨和達力抱著頭跑出廚房之後，威農姨丈就砰地一聲關上大門。他們可以聽到信件依然源源不絕地湧進廚房，在牆壁與地板間彈來跳去。

「就這麼辦吧，」威農姨丈說，一面努力維持冷靜的口吻，一面大把大把扯掉臉上的鬍鬚，「我要你們在五分鐘之內全部回到這裡，準備出門。我們要離開這個地方，只要帶幾件衣服就行了。不准有什麼其他的意見！」

臉上大半鬍鬚被扯落的他看起來非常危險嚇人，因此沒有人敢提出異議。十分鐘後，他們奮力拆開被木條封死的大門，坐上車，飛快地駛向高速公路。達力在後座抽抽搭搭地哭泣，剛才在打包行李時，他想要把他的電視機、錄影機和電腦全都塞進他的運動背包，耽擱不少時間，所以腦袋被他的父親捶了好幾下。

他們向前行駛，再繼續向前行駛。甚至連佩妮阿姨都不敢開口詢問，他們究竟要開到哪兒去。每隔一段時間，威農姨丈就會故意繞過一個急轉彎，往相反的方向走一段回頭路。

「甩掉他們……甩掉他們！」每次這麼做的時候他口中都會念念有詞。

他們一整天都不曾停下來吃過東西。到了天黑的時候，達力開始大聲哀號。這輩子從來沒這麼慘過。他餓得要死，錯過了五個他想看的電視節目，也從來沒有隔這麼長的時間沒坐在他的電腦前，痛快地炸掉一個外星人。

車子開到一個大城市郊外時，威農姨丈終於在一座外貌陰森的旅館前停了下來。達力和哈利共住一個有著雙人床和霉溼床單的房間。達力呼呼大睡，哈利清醒地坐在窗台上，凝視下方流逝的車燈，默默思索……

＊＊＊

第二天早上，他們吃了一些不新鮮的玉米片，和夾了冷罐頭番茄的吐司當早餐。才剛吃完，旅館老闆就走到了餐桌前。

「抱歉，請問你們之中有一位哈利波特先生嗎？櫃台那兒收到了一百封像這樣的信。」

她舉起一封信，大家都可以清楚看到那個用綠墨水寫的地址：

寇克渥斯
鐵路風景旅館
十七號房
哈利波特先生收

哈利伸手抓信，威農姨丈猛地推開他的手。那女人睜大眼睛望著他。

「我去拿信。」威農姨丈說著，飛快地站起來，跟著她走出餐廳。

「乾脆回家吧，你覺得這樣是不是比較好呢，親愛的？」幾個鐘頭之後，佩妮阿姨膽怯地提出建議，威農姨丈好像完全沒聽到。至於他究竟在找些什麼，車上沒有人摸得著半點頭緒。他開車帶著他們駛入森林深處，走下車，往周遭環視一圈，搖搖頭，回到車上，再繼續向前行駛。此後同樣的過程又分別在一片新耕農田之中、一座吊橋正中央，以及一座立體停車場樓頂重新搬演了一遍。

「爸爸發瘋了，是不是？」達力呆呆地詢問佩妮阿姨。此時已接近傍晚，威農姨丈把車停靠在海岸邊，把他們全都鎖在車上，就此失去了蹤影。

天開始落雨，斗大的雨珠滴滴答答地打在車頂上。達力抽抽搭搭地哭了出來。

「今天是星期一欸，」他告訴他的母親，「晚上會演《偉大的杭伯托》呢。我好想待在一個**有電視**的地方。」

星期一，這讓哈利想到了某件事情。如果今天**真的是**星期一——在這方面達力非常值得信賴，因為電視節目的關係，他對日期的推算從來不會出錯——那麼明天，星期二，就是哈利的十一歲生日了。當然，他的生日向來都沒什麼樂趣可言——去年，德思禮夫婦送給他的是一個外套衣架，和一雙姨丈的舊襪子。即使如此，一個人一生畢竟只有一次十一歲生日。

威農姨丈滿臉笑容地走回來。同時還帶回來一個又長又細的包裹，可是佩妮阿姨問他買了什麼東西，他沒有回答。

「找到了一個棒透了的地方！」他說，「來吧！全部下車！」

車子外面非常寒冷。威農姨丈指著一塊孤懸在海上的巨岩，上面棲息著一座你所能想像出最破爛的一棟小屋。可以確定的是，裡面絕對不會有電視可看。

「氣象預報今晚會有暴風雨！」威農姨丈愉快地表示，並拍了一下手，「而這位紳士非常好心地同意把船借給我們！」

一個牙齒掉光的老男人慢吞吞地走向他們，臉上掛著不懷好意的笑容，伸手指著一艘在鐵灰色海面上起伏搖晃的破船。

「我已經替大家弄到了一些糧食，」威農姨丈說，「所以現在全體上船吧！」

船上冷得要命。冰冷的浪花和雨水鑽進他們的頸項，刺骨的寒風拍擊他們的面頰。在過了彷彿有好幾個鐘頭的時間之後，他們攀上了巨岩，威農姨丈連滑帶滾地領著大夥走向那棟搖搖欲墜的小屋。

屋子裡的狀況非常糟糕；空氣中瀰漫著強烈的海草腥味，寒風呼嘯著從木牆的縫隙鑽進來，壁爐潮溼，看不到一片柴薪。這裡總共只有兩個房間。

威農姨丈所謂的糧食，結果只是每人一包馬鈴薯片和四根香蕉。他試著生起爐火，那些空的薯片袋只是冒了一陣濃煙，就全部皺縮成一團灰燼。

「現在要是有信件送來，就可以派上用場了，是不是啊？」他愉快地說。

他的心情非常好。他顯然覺得，絕對不可能有人會在這樣的暴風雨中，把信件送到他們面前。哈利私下同意他的看法，卻沒辦法像他那麼高興。

天黑之後，預料中的暴風雨吹到了他們附近。洶湧翻騰的浪花啪啦啪啦地拍打木屋牆壁，獵獵狂風把污穢的窗戶吹得唧嘎亂響。佩妮阿姨在另間房裡，找到幾條發霉的被子，在蟲蛀的沙發上替達力鋪了張床。她和威農姨丈到隔壁那張疙哩疙瘩的破床上去睡覺，哈利勉強找了一塊最不硬的地板，縮著身子躺在一條最薄、最破的被子下面。

入夜之後，暴風雨越吹越烈。哈利睡不著。他打著哆嗦，在地上翻來覆去，努力想讓自己睡得舒服一些，肚子也開始餓得咕咕叫。將近午夜，一陣低沉的隆隆雷聲掩蓋住達力的鼾聲。達力的一條胳膊垂掛在沙發邊緣，肥胖手腕上發光的錶面，告訴哈利再過十分鐘，就是他的十一歲生日了。他躺在地上，望著他的生日滴滴答答地越走越近，想著德思禮夫婦會不會記得他的生日，想著寄信的人現在會在什麼地方。

還剩下五分鐘。哈利聽到屋外傳來某種碎裂的聲音，他暗暗祈禱屋頂別被風給吹垮，雖然說不定這反而會讓他變得溫暖一些。還剩下四分鐘。也許他們回家時，水蠟樹街的房子裡已經擠滿了信，他或許可以想辦法偷到一封。

還剩下三分鐘。難道是海浪在用力拍打巨岩嗎？（還剩下兩分鐘。）那嘎扎嘎扎的怪聲音又是從哪兒來的？難道是岩石碎裂掉到海裡的聲音嗎？

再過一分鐘他就十一歲了。三十秒……二十秒……十秒——九秒——也許他應該把達力吵醒，故意惹他生氣——三秒——兩秒——一秒——

砰。

整間木屋被震得不停搖晃，哈利坐起來望著大門。有個人站在門外，敲門想要進來。

4 鑰匙管理員

砰。敲門聲再度響起。達力驚醒過來。

「炸彈在哪裡？」他茫然問道。

他們背後突然砰通一聲，威農姨丈連翻帶滾滑進了房間，他雙手抱住一柄來福槍——現在他們總算明白，他一直帶在身邊的細長包裹裝的是什麼東西了。

「什麼人？」他喊道，「我警告你——我有武器！」

外面暫時靜默了一會兒。然後——

轟隆嘩啦！

大門在一股強大力量的捶擊下，鉸鏈完全鬆脫，伴隨著一聲震耳欲聾的巨響倒落下來，整個平貼在地板上。

門口站著一名巨人般的男子。他的臉幾乎全都被毛糟糟的長髮和雜亂糾結的鬍鬚掩蓋，但你一眼就能看到他的眼睛，像黑甲蟲似地在鬚髮之下閃閃發光。

巨人奮力將他龐大的身軀擠進小屋，刻意駝著背，才不至於讓頭撞到天花板。他彎下身來，抬起大門，輕而易舉地將它重新裝好。外面暴風雨的呼嘯聲稍稍變小了些，他回過身來望著他們。

「不能泡杯熱茶喝嗎，嗄？這段路可真不好走哪……」

他大步踏向沙發，達力嚇得呆坐原位，動都不動。

「挪個位子吧，你這個大胖呆。」陌生人說。

達力尖叫著跑到他的母親背後，他母親嚇得蹲伏在威農姨丈後面。

「哈利就在這兒！」巨人說。

哈利抬頭望著那張兇惡、粗野，看不清長相的面孔，發現那雙甲蟲似的眼睛皺了起來，露出濃濃的笑意。

「上次我看到你的時候，你還只是個小嬰兒呢。」巨人說，「你長得很像你爹，但眼睛跟你娘一模一樣。」

威農姨丈發出一種刺耳的怪聲。

「我要你立刻離開，先生！」他說，「你是非法毀損與侵入民宅！」

「啊，閉嘴，德思禮，你這個大笨伯！」巨人說著，把手探到沙發後面，一把奪走威農姨丈的槍，像扭橡皮般輕鬆地把它拗過來打一個結，然後扔到角落。

威農姨丈又發出另一種怪聲音，聽起來像是被踩了一腳的老鼠。

「不管怎樣——哈利，」巨人轉過身來，背對著德思禮夫婦，「得先說聲祝你生日快樂。我還替你準備了個禮物——好像不小心壓到了，不過味道是不會變壞的。」

他從他的黑外套內袋中，掏出一個被壓得有點扁的盒子。哈利用顫抖的手指打開盒子，裡面放了一個濃稠香黏的大巧克力蛋糕，上面用綠色糖霜寫著：哈利生日快樂。

哈利抬頭望著那個巨人。他原本是想說聲謝謝，話到舌尖卻不知怎地消失了，反而衝口而出問了一句：「你是誰？」

巨人咯咯發笑。

「問得好，我還沒向你自我介紹呢。我是魯霸·海格，霍格華茲的鑰匙管理員和獵場看守人。」

他伸出一隻巨掌，握住哈利的整條臂膀。

「來杯熱茶怎麼樣，嗄？」他搓搓手，「你知道，如果有更帶勁兒的東西我也不反對。」

他的目光落在爐柵上，看到裡面除了幾個縮成一團的薯片袋之外，其他什麼也沒有，他不屑地嗤一聲。他彎身俯向壁爐；沒有人能看清他究竟做了什麼，然而當他在下一刻退回原位時，那裡已出現了一盆熊熊的爐火。潮溼的斗室在剎那間大放光明，搖曳著閃爍不定的火光，哈利感到一陣暖意籠罩住他的全身，彷彿跳進了熱水池。

巨人再度坐下，龐大的身軀把沙發壓得直往下陷，他從外套口袋中掏出各式各樣的物品：一個銅水壺、一袋壓扁的臘腸、一把撥火鉗、一個茶壺、幾個有缺口的馬克杯和一個裝著琥珀色液體的瓶子。他先舉起瓶子喝了一大口，再開始泡茶。沒過多久，屋子裡就充滿了烤臘腸的聲音與香味。在巨人專心做事的時候，沒有人開口說過一句話，但是在他將第一批肥腴、多汁、微微烤焦的六根臘腸，從撥火鉗上抖落下來時，達力就變得有些坐立難安了。威農姨丈嚴厲地說：「不准碰他給你的任何東西，達力。」

巨人不懷好意地笑笑。

「你這個傻瓜胖兒子不需要再多長肥肉了，德思禮，這點你倒是不用擔心。」

他把臘腸遞給哈利。哈利早就餓壞了，他覺得這輩子從來沒吃過這麼好吃的東西，但他依然沒辦法將目光自巨人身上移開。最後，在發現沒有任何人打算要解釋任何事情時，他忍不住問道：「很抱歉，我還是不清楚你到底是誰。」

巨人嚥下一大口茶，用手背揩揩嘴巴。

「就叫我海格吧，」他說，「大家都是這麼叫我的。我剛剛告訴過你啦，我是霍格華茲的鑰匙管理員——你一定知道霍格華茲吧？」

「呃——不知道。」

海格顯得非常震驚。

「對不起。」哈利連忙道歉。

「**對不起**？」海格大吼，回過頭來瞪德思禮夫婦，他們倆嚇得趕緊逃回陰暗的角落。「該說對不起的是他們！我知道你沒收到信，可是沒想到，你竟然會連霍格華茲是什麼都不曉得，真是的！你難道從來沒想過，你的父母是在哪兒學會這些東西的？」

「學會什麼？」哈利問。

「**學會什麼**？」海格厲喝，「等我一下！」

這時他已經跳起身。在盛怒之下，他的龐然巨軀似乎把小屋子整個塞滿了。德思禮一家嚇得貼在牆邊發抖。

「難道你們要告訴我，」他對著德思禮家人咆哮，「說這個男孩——這個男孩！完全不知道，不知道**任何事情**嗎？」

哈利覺得這麼說未免過分了些。不管怎樣，他至少有上學念書，成績還相當不錯呢。

「我知道**一些**事情啊，」他說，「比方說，我會做算術之類的功課。」

海格把手一揮：「我指的是**我們**的世界。**你**的世界、**我**的世界、**你父母親**的世界。」

「什麼世界？」

海格看來快要氣炸了。

「**德思禮！**」他狂吼。

威農姨丈面無血色，嘴裡嘰哩咕嚕地念著一些誰也聽不懂的怪話。海格緊盯著哈利。

「可是你總該知道你爹娘的事情吧，」他說，「我是說，他們很**有名**。**你也很有名**。」

「什麼？我的——我爸媽沒什麼名啊，是不是？」

「你不知道……你不知道……」海格抓著頭髮，用慌亂的眼神定定地望著哈利。

「你不曉得自己是**什麼人**？」他終於說。

威農姨丈突然恢復說話的能力。

「閉嘴！」他命令道，「不要再說了，先生！我不准你告訴這個男孩任何事！」

即使比威農．德思禮再勇敢許多的男人，此刻在海格憤怒的逼視下也會為之膽寒；海格再度發話時，他吐出的每一個音節都因憤怒而顫抖。

「你從來沒告訴過他？從來沒把鄧不利多信裡寫的事情告訴過他？我當時也在場！我親眼看到鄧不利多留下了一封信。德思禮！這麼多年來，你一直都把這些事情瞞著不告訴他？」

「是**什麼事情**瞞著不告訴我？」哈利焦急地問。

「**閉嘴！我不准你說！**」威農姨丈驚恐地喊道。

佩妮阿姨驚恐地喘著氣。

「啊，氣死好了，你們兩個，」海格說，「哈利——你是一個巫師。」

小屋內一片死寂，只聽得到海浪翻騰與狂風呼嘯的聲音。

「我是一個**什麼**？」哈利喘著氣問。

「一個巫師，這是當然的啦，」海格說，他再回座，沙發呻吟一聲，又往下陷了一吋，「我敢說，只要你接受一些訓練，一定可以變成第一流的巫師。有那樣的爹娘，你怎麼可能不是巫師呢？我想，現在你應該看看你的信了。」

哈利伸出手，終於拿到了那個微黃色的信封，上面用綠色墨水寫著：大海，岩石上的小屋，地板上，哈利波特先生收。他取出信紙開始閱讀：

霍格華茲魔法與巫術學院

校長：阿不思．鄧不利多

（第一級梅林勳章、大魔法師、巫審加碼首席魔法師、國際巫師聯盟主席。）

親愛的波特先生：

我們很榮幸能在此通知你，你已獲准進入霍格華茲魔法與巫術學院就讀。隨信附上一張必要書籍與用具的清單。

學期預定九月一日開始。我們會在七月三十一日前，靜候你的貓頭鷹帶來回音。

你誠摯的 副校長 麥米奈娃

無數問題像煙火似地在哈利的腦袋中迅速爆炸，他一時之間無法決定該先問哪一個。幾分鐘之後，才結結巴巴地問：「他們說，會靜候我的貓頭鷹，那是什麼意思？」

「疾馳的蛇髮妖怪啊，我居然忘了這回事。」海格說，用一種力道大得足以推倒馬兒的力量，往自己的額上拍一下，再從另一個外套內袋中掏出一隻貓頭鷹——一隻活生生、毛茸茸，看起來有些邋遢的貓頭鷹——一枝羽毛筆，和一捲羊皮紙。他用牙齒咬住舌頭，匆匆寫了一張便箋，哈利可以在反方向看到它的內容：

親愛的鄧不利多先生：

已經把信交給哈利，明天會帶他去買他要用的東西。天氣糟透了，希望你一切平安。

海格

他把紙條捲成一捆，交給貓頭鷹，讓牠叼在嘴裡，然後走到門口，把貓頭鷹拋向屋外的暴風雨。他泰然自若地走回來重新坐下，彷彿這一切就跟打電話一樣地稀鬆平常。

哈利發現自己像呆子似地張嘴發愣，趕緊閉上嘴巴。

「剛才我說到哪兒啦？」海格問道，就在那一刻，依然面如死灰、但是異常憤怒的威農姨丈，勇敢地踏進明亮的火光裡。

「他不能去。」他說。

海格哼了一聲。

「我倒想看看，像你這樣的一個超級大麻瓜，能用什麼方法來阻止他。」他說。

「一個什麼？」哈利感興趣地問。

「一個麻瓜，」海格說，「這是我們對他們這類不會魔法的傢伙的稱呼。你還真倒楣，居然在我所見過最超級的一個麻瓜家庭裡面長大。」

「在我們收容他的那一天，我們就對天發誓，要完全杜絕這一類的胡說八道，」威農姨丈說，「發誓要讓他跟這一切完全隔離！什麼巫師，真是的！」

「**你早就知道了**？」哈利說，「**你早就知道**我是一個——巫師？」

「**早就知道**！」佩妮阿姨突然尖叫著說，「**早就知道**！我們當然早就知道啦！我那個該遭天譴的妹妹是那副德性，你又怎麼可能會好到哪兒去？喔，她當初也是收到一封這樣的信，人就不見了，跑去那個——那個學校——而且每次放假回家的時候，口袋裡都裝滿了蟾蜍蛋，還把茶杯全都變成老鼠。全家只有我一個人能看清她的真面目——一個怪胎！可是我的父母親呢，喔，他們卻看不清這一點，老是莉莉這個莉莉那個的。他們甚至還覺得家裡出了一個女巫，是件很光榮的事呢！」

她停下來，深深吸了一口氣，再繼續怒吼。這些話似乎已在她心裡積了好多年，她早就想一吐為快了。

「之後她在學校認識了那個叫波特的傢伙，畢業後他們就結婚，生下了你。我當然知道你也是同樣的德性，就跟他們一樣奇怪，一樣——一樣——**不正常**——然後，如果你想聽的話，她就這樣讓自己給炸死了，結果我們只好收容你！」

哈利的臉色變得非常蒼白。等到好不容易才能說得出話來時，他第一句就問：「炸死？妳告訴我他們是出車禍死的！」

「**車禍**！」海格厲聲咆哮，暴跳如雷。德思禮夫婦嚇得抱頭鼠竄，逃回他們的黑暗角落。「車禍怎麼可能傷得了莉莉和詹姆．波特夫婦？這是一種侮辱！一種毀謗！我們世界裡的每個小孩都聽過哈利波特的名字，哈利竟然不知道他自己的故事！」

「可是為什麼？這是怎麼發生的？」哈利急切地追問。

海格臉上的怒色迅速消退。他突然顯得憂心忡忡。

「我從來沒想到會是這樣的情形，」他的語氣低沉而憂慮，「鄧不利多告訴過我，找你的時候可能會遇到一些麻煩，因為你有很多事情都不知道。我當時完全沒想到，情況竟然會這麼糟糕。喔，哈利，我不曉得讓我來告訴你究竟合不合適——但總得有某個人把事情對你解釋清楚——你不能什麼都不知道，就跑去霍格華茲上課啊。」

他很不高興地瞪了德思禮夫婦一眼。

「好吧，最好是把我知道的事情全都告訴你——注意，我沒辦法告訴你一切，有很多事情到現在還都是解不開的謎團……」

他坐下來，望著爐火愣了幾秒鐘，然後說：「我想，事情應該是從——從一個叫做你竟然連他的名字都不曉得，這實在是太不可思議了，我們世界裡的每個人都知道——」

「是誰？」

「好吧——要是可以的話，我真不想說出他的名字。沒有人想說。」

「為什麼不想說？」

「那些吃人的怪獸，哈利，現在大家都還是會怕啊。哎呀，這真是困難得很。聽我說，有一個巫師他變得——變得很壞。壞到骨子裡去了，比這還更壞，壞得不能再壞了。他的名字是……」

海格吞了一口口水，還是說不出來。

「還是你用寫的好了？」哈利建議。

「不行——這個字我不會拼。好吧——**佛地魔**。」海格打了個哆嗦，「千萬別逼我再說一次。不管怎樣，這個——這個巫師，在二十年前，開始尋覓他自己的門徒，結果找到了不少願意追隨他的人——有些人是因為害怕，有些人只是想要得到他的魔力，因為他的力量變得越來越強，就是這樣。那真是一段可怕的日子，哈利。完全不知道誰可以信任，死都不敢跟不認識的巫師或是女巫做朋友……另外還發生很多可怕的事情。他接管了我們的世界。當然，有些人出來反抗──他把他們全都殺掉，用很殘忍的手段殺害。剩下唯一一個安全的地方就是霍格華茲，這是因為，『那個人』唯一害怕的就是鄧不利多。他不敢來碰這個學校，不管怎樣，至少那時他還不敢。

「現在要說到你爹娘了，他們可說是我這輩子知道最厲害的巫師和女巫。當年他們可是霍格華茲的學生會男生主席和女生主席呢！想不通的是，為什麼『那個人』以前從來沒試著去籠絡過他們……也許是他知道他們跟鄧不利多太過親近，絕對不可能去跟黑暗力量扯上關聯。

「也許他覺得可以想辦法說服他們……也可能只是想要把他們給除掉。大家清楚的只是，他在十年前的萬聖節，來到你家住的那個村莊，那時候你才只有一歲大。他走到你們家，然後──然後──」

海格突然掏出一條污跡斑斑的髒手帕，用力擤鼻涕，聲音響亮得像是在吹霧角。

「對不起，」他說，「可是這實在太讓人難過了──我認識你的爹娘，再也找不到像他們那麼好的人了──不管怎樣──

「『那個人』殺了他們。然後──這是最讓人想不通的地方──他也想要殺你，大概是希望斬草除根吧，也可能是他那時候已經變得很喜歡殺人。可是他做不到。你難道從來沒想過，你額上那個疤是哪兒來的嗎？那可不是普通的傷疤。那是在一個最厲害惡毒的魔咒找上你時才會有的──它毀了你爹娘和你的家──可是對你卻發揮不了作用，那就是你為什麼會這麼出名的原因。他一旦決定要殺誰，從來沒有任何人能逃得過，只有你活了下來，當時一些最好的女巫和巫師都已經死在他的手下——像是麥金農、波恩、普瑞這些家族的人——你那時還只是個小嬰兒，你卻活了下來。」

哈利的腦海中出現某種非常痛苦的記憶。海格的故事接近尾聲，他又再度看到那道炫目的綠色閃光，比以前更加清晰——這是生平第一次，他記起了其他一些事情——一陣高亢、冰冷而殘酷的笑聲。

海格憂傷地望著他。

「我奉鄧不利多的命，把你從那棟毀壞的房子裡給拖了出來，把你送到這些……」

「一派胡言！」威農姨丈說。哈利嚇得跳起來，他幾乎完全忘了德思禮他們還在場。威農姨丈此刻似乎已恢復勇氣。他握緊拳頭，怒目瞪視海格。

「現在，你給我聽好，小子，」他吼道，「我可以接受，你這個人的確有些怪裡怪氣的地方，這大概不是一頓痛打可以改得掉的——至於你父母親的事，好吧，我只能說他們是怪胎，這是不能否認的，依我的看法，這個世界沒有這種人會好得多——他們完全是咎由自取，成天跟那些魔法怪物混在一起——我早就料到他們不會有什麼好下場——」

就在此時，海格一躍而起，從外套裡掏出一把破爛的粉紅雨傘。他用雨傘指著威農姨丈，就好像那是一把劍，說：「我警告你，德思禮——我警告你——你敢再說一個字……」

面臨一個亂髮巨人用雨傘尖刺穿的險境，威農姨丈的勇氣再度消失；他把整個身子緊貼牆壁，立刻安靜下來。

「這樣好多了。」海格說，呼吸沉重地重新坐下，這次沙發終於承受不住，整個垮塌到地板上。

哈利的腦袋裡還有許多問題想問，幾百個問題。

「可是那個佛──對不起──我是說『那個人』，他後來怎麼樣了？」

「問得好，哈利。不見了。消失了。就在他想要殺死你的同一天晚上，這讓你變得更加出名。但這也是最讓人搞不懂的地方……那時他的力量變得越來越強──他為什麼要離開呢？

「有人說他死了，真是胡說八道。我的看法是，他已經不能算是個人了，所以他也不可能會死。有人說，他現在還躲在某個地方暗中活動，等待適當的時機，這我也不相信。本來支持他的人又回到了我們這邊，有些人好像剛從夢裡醒過來似的。如果他還準備再回來，他們是不可能這麼做的。

「我們大多認為，他現在還藏在某個地方，可是失去了力量，變得太虛弱，沒辦法再採取行動。是你的某種力量把他給毀了，哈利。那天晚上發生了某種他意料之外的事情──我不知道那是什麼，沒有人知道──可是你的某種力量，把他給難倒了，就是這麼回事。」

海格望著哈利，眼裡閃耀著溫暖的笑意和尊敬，然而哈利並沒有感到高興或是驕傲，他只覺得這一定是個可怕的錯誤。一個巫師？他？他怎麼可能會是巫師？他這輩子一直都是在達力的毆打、佩妮阿姨和威農姨丈的欺凌下苟且偷生；如果他真的是一個巫師，那為什麼在他們想把他關進碗櫥的時候，他們沒有變成噁心的癩蛤蟆？如果他曾經打敗過全世界最厲害的魔法師，那為什麼達力可以把他當足球踢得到處亂跑？

「海格，」他平靜地表示，「我想你一定是弄錯了。我想我不可能會是一個巫師。」

他驚訝地發現，海格竟然咯咯笑出聲。

「不是一個巫師，嗄？難道你在害怕，或是生氣的時候，從來沒有發生過什麼事嗎？」

哈利望著爐火發愣。他現在，才慎重思索這個問題……過去每一件曾令他阿姨和姨丈大發雷霆的怪事，全都發生在他，哈利波特這個人，感到難過或是憤怒的時候……在被達力的黨羽追打時，他不知怎地突然就跑到了他們追不到的地方……擔心滑稽的頭髮會被同學嘲笑而不敢上學，他就設法讓頭髮立刻恢復原狀……上次達力揍他的時候，他不是在自己都不清楚的情況下，就成功地報了一箭之仇嗎？他不是放了一條蟒蛇去嚇達力嗎？

哈利回過頭來，面帶微笑地望著海格，他看到海格臉上也堆滿了濃濃的笑意。

「知道了吧？」海格說，「哈利波特，居然說他不是巫師——你看著好了，你在霍格華茲一定會大大出名的。」

但威農姨丈不會這麼輕易棄械投降。

「我不是告訴過你他不能去嗎？」他嘶聲低吼，「他要去上石牆中學，而且我相信他未來會感激我。我看過那些信，說他需要準備一大堆亂七八糟的垃圾——咒語書和魔杖什麼的——」

「要是他想去的話，像你這樣的超級大麻瓜，是絕對沒辦法阻止他的，」海格怒喝，「不讓莉莉和詹姆．波特的兒子去霍格華茲上課！你真是瘋了。他才剛出生，他的名字就已經列入學生名冊了。他要上的可是全世界最棒的魔法與巫術學院啊，七年之後，他就會脫胎換骨。在那裡他可以換個環境，跟一些和他同類的小孩子一起念書，還可以接受有史以來最偉大的霍格華茲校長，阿不思．鄧不利多的教導——」

「**我絕對不會花錢讓某個瘋癲老傻瓜來教他變魔術！**」威農姨丈吼道。

這次他實在是說得太過分了。海格抓起他的粉紅傘，舉在頭頂上不停地兜圈子。

「**永遠**——」他怒喝如雷，「**不准**——**在我**——**面前**——**侮辱**——**鄧**——**不**——**利**——**多！**」

他咻地一聲揮動雨傘指向達力——一道紫羅蘭色的閃光出現，一種像爆竹的聲音，一聲尖叫，下一秒鐘，達力就雙手抱著他的胖屁股，像發瘋似地亂蹦亂跳，因為疼痛而哀號。在他轉過身來背對著他們時，哈利看到一根捲曲的豬尾巴，從他的褲子破洞中戳了出來。

威農姨丈大吼一聲，連忙把佩妮阿姨和達力拉到隔壁房間，滿臉驚恐地瞥了海格最後一眼，就砰地一聲摔上房門。

海格低頭望著雨傘，伸手撫摸他的鬍鬚。

「我不應該發脾氣的，」他後悔地說，「反正也沒成功。本來是想把他變成一隻豬的，大概是他本來就夠像豬了，所以也沒剩多少好變。」

他垂下濃密的雙眉，斜睨了哈利一眼。

「如果你可以不把這件事告訴霍格華茲的任何人，我會很感激的。我——呃——嚴格說來，我其實是不能用魔法的。只有在差遣我去找你，還有送信給你的時候，他們才允許我用上一點——這也是我這麼熱心接下這個任務的原因之一。」

「你為什麼不能用魔法？」哈利問道。

「喔，這個嘛——我自己也在霍格華茲念過書，可是——唉，坦白說，我後來被開除了。在我三年級的時候。他們折斷了我的魔杖，其他東西也全部沒收。多虧鄧不利多讓我待在那裡做獵場看守人，真是個了不起的人，這個鄧不利多。」

「你為什麼會被開除？」

「現在很晚了，明天我們還有好多事要做呢，」海格大聲說，「得進城去，把你的課本和其他東西全部買齊。」

他脫下厚重的黑外套，扔給哈利。

「你可以蓋這個睡，」他說，「要是覺得有東西在亂動，不必在意，我有個口袋裡好像還藏了兩隻睡鼠。」

5 斜角巷

第二天早上，哈利醒得很早。他明知道天亮了，可還是緊閉著眼睛。

「這是一個夢，」他堅定地告訴自己，「我夢到一個叫做海格的巨人來找我，叫我上一所巫師學校。等我張開眼睛，我就會回到家裡的碗櫥。」

他耳邊突然響起一陣響亮的敲打聲。

「這是佩妮阿姨敲門的聲音。」哈利想著，一顆心沉了下來。他還是沒有張開眼睛。那是個非常棒的夢呢。

叩。叩。叩。

「好吧，」哈利咕噥著，「就起來了。」

他坐起來，海格的厚外套從他身上滑落下來。小屋裡充滿了陽光，暴風雨已然平息。海格躺在被壓垮的沙發上呼呼大睡，一隻貓頭鷹正在用爪子敲打窗戶，牠嘴裡銜著一份報紙。

哈利站起來，心裡高興得不得了，就好像身體裡脹起一個大氣球，感到渾身輕飄飄的。他直接走到窗前，用力推開窗戶。貓頭鷹立刻飛進來，把報紙丟到熟睡的海格身上。貓頭鷹拍著翅膀降落到地板上，開始對海格的外套發動攻擊。

「不要這樣。」

哈利揮手想要把貓頭鷹趕開，牠兇惡地張開利喙對他示威，毫不顧忌地繼續蹂躪那件外套。

「海格！」哈利大聲喊道，「這裡有一隻貓頭鷹——」

「付錢給牠。」海格把頭埋在沙發裡咕嚕了一聲。

「什麼？」

「牠要收送報費，在口袋裡找找看。」

海格的外套似乎全是由口袋拼湊而成——鑰匙串、小彈丸、毛線球、硬薄荷糖、茶包——最後，哈利終於掏出一把古里古怪的硬幣。

「給牠五個納特。」海格睡意矇矓地說。

「納特？」

「青銅色的小硬幣。」

哈利數了五個小青銅硬幣，貓頭鷹抬起一條腿，示意他把錢放進綁在腿上的一個小皮袋，然後牠就從敞開的窗口飛了出去。

海格打了一個大呵欠，坐起來伸懶腰。

「最好是早點上路，哈利，今天有好多事要辦。我們得進倫敦城去，把你在學校要用的東西全都買齊。」

哈利把玩巫師的銅板，若有所思望著它們。他想到了一件事，這使他覺得身體裡的快樂氣球彷彿被戳了一個大洞。

「呃——海格？」

「嗄？」海格應了一聲，忙著套上他的大皮靴。

「我一毛錢也沒有——昨天晚上你也聽到威農姨丈說的話——他不會花錢讓我去學魔法的。」

「這你不用擔心，」海格說，站起身來搔搔頭，「你以為你父母什麼也沒留給你嗎？」

「可是，要是他們的房子全都毀了——」

「他們可不會把金子擱在家裡啊，孩子！好了，我們今天要去的第一站就是古靈閣。那是巫師的銀行。來根臘腸吧，冷了味道也不壞呢——再加上一塊你的生日蛋糕，那就更棒了。」

「巫師也有**銀行**？」

「只有一家，古靈閣，是妖精開的。」

哈利手裡的臘腸掉到地上。

「**妖精**？」

「沒錯——我可以告訴你，除非你是瘋了，才會想去搶他們。千萬別去招惹妖精，哈利。如果你有什麼需要小心保管的東西，古靈閣可以算是全世界最安全的地方——除了霍格華茲之外。坦白說，我不管怎樣都得去古靈閣一趟，去替鄧不利多辦件霍格華茲的正事。」海格驕傲地挺起胸膛，「他經常把重要的事交給我去辦，比方說是去接你啦——還有去古靈閣拿東西什麼的——因為他知道他可以信任我，懂吧？

「東西都拿了嗎？那就走吧。」

哈利跟著海格走到外面的巨岩上。天空晴朗無雲，海水在陽光下閃爍發光。威農姨丈租的那艘船依然停在原處，暴風雨過後船上有很深的積水。

「你是怎麼過來的？」哈利問，目光忙著搜尋另一艘船隻。

「飛來的。」海格說。

「**飛**？」

「沒錯——可是我們得坐這個回去。找到你以後，我就不能再用魔法了。」

他們坐上船，哈利仍舊盯著海格，努力想像他飛翔的模樣。

「划船好像挺丟臉的，」海格說，又歪頭偷瞄哈利一眼，「要是我——呃——讓它開快一點，你可不可以不要在霍格華茲提這件事？」

「當然可以。」哈利說，急切地想要看到更多的魔法。海格又掏出了他的粉紅傘，朝船側輕敲了兩下，船立刻飛快地駛向對岸。

「為什麼你說，除非瘋了才想去搶劫古靈閣？」哈利問。

「因為他們會下咒——施妖術啊。」海格一面說，一面翻開報紙，「他們說，那些防護最嚴密的地下金庫，都有龍在前面看守，而且你還得先找到路才行——古靈閣是在倫敦地底下好幾百哩的地方，懂了吧，比地下鐵要深得多啦。就算你想辦法偷到了某些東西，在你找到路出來之前早就餓死了。」

哈利坐著思索這些新鮮事，海格專心閱讀他的《預言家日報》。哈利從威農姨丈身上學到，人們在看報紙的時候很不喜歡有人打擾，這對他來說實在太困難了，他這輩子從來沒有過這麼多問題想問。

「魔法部老是把事情弄得一團糟。」海格發了一句牢騷，順手翻過報紙。

「還有魔法部啊？」哈利還來不及阻止自己，問題就已衝口而出。

「當然啦，」海格說，「他們想要請鄧不利多當部長，這是一定的啦，可是他從來都不肯離開霍格華茲，所以這份差事就落到了老康尼留斯．夫子身上。這傢伙成事不足，敗事有餘，老是把事情搞砸，所以他每天早上都派一大堆貓頭鷹來煩鄧不利多，要他提供意見。」

「可是這個魔法部究竟是**做什麼**的？」

「這個嘛，他們最主要的工作，就是不要讓麻瓜發現，這個國家還有這麼多巫師和女巫。」

「為什麼？」

「**為什麼**？我的天哪，哈利，這樣麻瓜隨便碰上一個小問題，就會來煩我們，要我們用魔法替他們解決。不行，我們最好還是別去蹚這渾水。」

此時船身輕輕地撞上了碼頭。海格捲起報紙，兩人沿著石階走上街道。

兩人穿越小城走向車站時，路上的人紛紛對海格投以注目禮。哈利不怪他們，海格不僅體積比一般人大上兩倍，而且還老是大驚小怪地指著一些像停車計費器之類稀鬆平常的東西，直著喉嚨對哈利喊道：「你看到了嗎，哈利？原來這就是麻瓜想出來的怪玩意兒，嘎？」

「海格，」哈利說，氣喘吁吁地跑著趕上巨人的腳步，「你剛才是不是說，古靈閣有**龍**在看守？」

「嗯，他們是這麼說的。」海格說，「哎喲喲，我好想要一條龍喔。」

「你**想要**一條龍？」

「我從小就希望能養一條龍——走這裡。」

他們已到達車站。再過五分鐘就有一班開往倫敦的火車。海格聲稱他不知道該怎麼用「麻瓜錢」，便把鈔票全都塞給哈利，讓哈利去買車票。

海格在火車上招來更多好奇的目光。他一個人占據兩個座位，還熟練地編織起看起來像是淡黃色馬戲團帳篷的東西。

「你的信還帶在身上吧，哈利？」他問，暫時停止編織，仔細計算針數。

哈利從口袋掏出羊皮紙信封。

「很好，」海格說，「裡面有一張必備物品清單。」

哈利攤開昨晚沒注意到的第二張信紙，讀著：

霍格華茲魔法與巫術學院

制服

一年級新生將需要：

1. 三套素面工作袍（黑色）
2. 一頂白天戴的素面尖帽（黑色）
3. 一雙防護用手套（龍皮或類似材質）
4. 一件冬天穿的斗篷（黑色，銀釦銀帶）

請特別注意，學生所有衣物都應縫上名牌。

課本

所有學生都應準備下列用書：

《標準咒語．初級》，米蘭達．郭汐客著

《魔法史》，芭蒂達．巴沙特著

《魔法理論》，阿達柏．瓦夫林著

《初學者的變形指南》，墨瑞克．思為奇著

《一千種神奇藥草與蕈類》，費麗．斯波兒著

《魔法藥劑與藥水》，雅森尼．吉格爾著
《怪獸與牠們的產地》，紐特．斯卡曼德著
《黑暗力量：自衛指南》，昆丁．特林保著

其他用具

一根魔杖
一個大釜（白鑞製，標準尺寸二）
一組玻璃或是水晶的小藥瓶
一副望遠鏡
一組黃銅天平

學生尚可以攜帶一隻貓頭鷹、貓或是蟾蜍。
在此特別提醒家長，一年級新生不得擁有自己的飛天掃帚。

「我們可以在倫敦把這些東西全都買齊嗎？」哈利驚訝地問道。
「只要你知道門路就可以。」海格說。

* * *

哈利以前從來沒到過倫敦。海格對要去的地方相當清楚，但他顯然不習慣用正常的方法前往，先是卡在地下鐵收票口動彈不得，接著又大發牢騷，抱怨車位子太擠、車子開得太慢。

「我真不知道，這些麻瓜不會魔法怎麼有辦法過日子。」他沿著故障的電扶梯，爬上一條商店林立的繁忙街道時，又忍不住地埋怨。

海格巨大的身軀嚇得行人紛紛退避，他因此輕而易舉地穿越人潮；哈利只要緊跟在他身後就行了。他們一路上經過了書店和唱片行、漢堡店和電影院，卻找不到任何有可能會賣給你一根魔杖的地方。這只是一條擠滿了正常人的正常街道，他們的腳底下真的埋藏著成堆的巫師金幣嗎？真會有一些販賣咒語書和飛天掃帚的商店嗎？或者這一切只不過是德思禮夫婦開的一個大玩笑？如果哈利不是太清楚德思禮家的為人，知道他們毫無幽默感，他真的會這麼認為；但不知怎地，到目前為止，海格告訴他的事全都怪誕離奇得令人難以置信，哈利還是沒辦法不信任他。

「就是這裡，」海格突然停下腳步，「破釜。這是個很有名的地方。」

這是一家狹窄而髒亂的小酒吧。要不是海格指著它，哈利絕對不會注意這個地方。匆匆路過的人群從不曾朝它瞥上一眼。他們的目光只是從這邊的大書店，直接移到那邊的唱片行，就好像根本就看不到破釜酒吧。哈利有一種非常奇怪的感覺，這家小店似乎只有他和海格才看得見。他還來不及說出心中的感想，海格就把他推了進去。

以一個有名的地方來說，這裡實在太過黑暗寒酸。一群老女人窩在角落啜飲小杯的雪利酒，其中一個抽一根長長的煙斗。一個戴著高頂絲質禮帽的小男人，正在跟一名頭頂幾乎全禿、長得像乾癟胡桃的老酒保聊天。他們一踏進大門，原先低沉的交談聲就戛然而止。這裡似乎人人都認識海格，他們向他揮手微笑，酒保伸手拿了一個玻璃杯說：

「老樣子對吧，海格？」

「不成，湯姆，我正在替霍格華茲辦事呢。」海格說，用巨掌拍拍哈利的肩膀，差點兒把哈利給壓得跪在地上。

「我的天啊！」酒保說，瞇起眼睛打量哈利，「這位是——難道這位就是——？」

整間破釜酒吧在剎那間變得鴉雀無聲。

「老天有眼，」老酒保輕聲說，「哈利波特……我真是太榮幸了。」

他連忙從吧台後走出來，衝到哈利面前，抓住他的手，眼裡泛著淚光。

「歡迎回來，波特先生，歡迎你回來。」

哈利完全不知道該說些什麼。每個人都在看著他，抽煙斗的女人甚至沒發覺她的煙早就熄了，還在那兒稀哩呼嚕地吸個不停。海格臉上堆滿了快樂的笑容。

接著響起很大一陣桌椅的摩擦聲，在下一刻，哈利忽然就陷入人群，忙著跟破釜酒吧的每一個人握手致意。

「我是桃莉．克羅克福特，波特先生，真不敢相信我終於可以見到你了。」

「太榮幸了，波特先生，我真的太榮幸了。」

「早就想跟你握手了——我的心在怦怦跳呢。」

「太高興了，波特先生，不知道該怎麼樣形容我心裡的感覺。我叫迪達勒斯．迪歌。」

「我以前見過你！」哈利喊道，而迪達勒斯．迪歌的高頂禮帽因太過激動而掉落下來，「你有一次在店裡跑過來向我鞠躬。」

「他記得欸！」迪達勒斯．迪歌喊道，驕傲環視全場，「你們聽到了嗎？他記得我欸！」

哈利握得手都發痠了——桃莉．克羅克福特一再地跑回來，要求再跟他握一次手。

一個臉色蒼白的年輕人走過來，神情顯得非常緊張。他一隻眼睛不停地抽搐跳動。

「奎若教授！」海格說，「哈利，奎若教授是霍格華茲的老師呢。」

「波——波——波特，」奎若教授抓住哈利的手，結結巴巴地說，「真——真不知道該——該怎麼告訴你，見到你我心裡有多麼高——高興。」

「請問你教哪一類的魔法，奎若教授？」

「黑——黑魔法防——防禦術，」奎若教授低聲回答，彷彿壓根沒想到這回事，「這你已經不——不用去學了，你說是不是啊，波特？」他神經質地縱聲大笑，「你現在是打算去——去買齊所有必備物品吧？我——我——自己也得去買——買一本關於吸——吸血鬼的新書。」似乎只要一想到這件事，就足以把他給嚇得半死。

其他人不會讓奎若教授一個人獨占哈利，哈利花了將近十分鐘的時間，才好不容易擺脫他們。最後，海格的嗓音終於穿透喧譁的交談聲，傳送到他耳中。

「現在得上路了——有好多東西要買呢。走吧，哈利。」

桃莉又跟哈利握了最後一次手，海格就領著他穿越吧台，踏進圍牆環繞的小院子，這裡除了一個垃圾桶和幾株雜草，什麼也沒有。

海格咧開嘴對哈利微笑。

「我告訴過你的，是不是？我跟你說過你很有名。甚至連奎若教授看到你都忍不住發抖呢——不過我得提醒你一聲，他這個人動不動就會發抖。」

「他一直都是這麼緊張嗎？」

「喔，沒錯。可憐的傢伙，頭腦聰明得不得了。他在學校的時候情況還算正常，他後來請了一年假，想要得到一些實際的經驗……他們說他在黑森林裡遇到了吸血鬼，又跟一個醜老巫婆結下樑子，替自己惹上不少麻煩——在這之後整個人就完全不一樣囉。怕學生，怕自己教的科目——對了，我的雨傘在哪兒？」

吸血鬼？老巫婆？哈利的思緒有如野馬般地盡情馳騁。這時，海格專心計算起垃圾桶上的磚塊來。

「往上數三塊……再往旁邊數兩塊……」他喃喃自語，「這就對了，退後一步，哈利。」

他用雨傘尖往牆上輕輕敲了三下。

他又敲又拍的那塊磚頭開始抖動——其實應該說是蠕動才對——在它的中心位置，出現了一個小洞——洞口越變越大——沒過多久，他們眼前就出現了一個寬大得足以讓海格穿越的拱道，通向一條蜿蜒向前，直到看不見的圓石路。

「歡迎，」海格說，「歡迎來到斜角巷。」

他咧開嘴巴，對滿臉驚訝的哈利露出微笑。兩人踏進拱道，哈利連忙側過頭一看，拱道迅速縮小，還原成堅硬的牆壁。

陽光把附近商店前的一堆大釜照得閃閃發亮。門前的招牌上寫著：釜——各種尺寸——銅、黃銅、白鑞、銀——自動攪拌——可折疊。

「沒錯，你得買一個，」海格說，「不過我們要先去把你的錢提出來才行。」

哈利恨不得能多長四雙眼睛。他左顧右盼，儘可能不要漏掉任何有趣的畫面：商店、店門前的物品、正在購物的人。一個站在藥店前的胖女人，在他們經過時搖著頭說：「龍肝，一盎斯賣十六西可，他們真是瘋了……」

從路邊一家黑漆漆的商店裡，傳出一陣低沉柔和的嗚嗚聲，門前的招牌上寫著：咿啦貓頭鷹商場——灰林鴞、嗚角鴞、草鴞、褐鴞、雪鴞。幾個年紀跟哈利差不多大的男孩，把鼻子緊貼在一扇擺滿掃帚的櫥窗前。「你看，」哈利聽到其中一個人說，「那是最新型的光輪兩千——最高速——」還有賣長袍的店，賣望遠鏡和一些哈利從沒見過的古怪銀器的商店，櫥窗裡擺滿了一簍簍蝙蝠的脾臟和鰻魚眼珠、堆成小山的符咒書、羽毛筆和羊皮紙捲、藥瓶、月球儀……

「古靈閣到了。」海格說。

他們眼前出現一棟雪白的巍峨建築，在周遭小商店的襯托下顯得更加鶴立雞群。在閃閃發亮的青銅大門旁邊，那個穿著一套猩紅鑲金制服的身影，不就是——

「沒錯，那是一個妖精。」海格輕聲告訴他，他們沿著白色石階走向大門。這個妖精大約比哈利矮一個頭，他有著一張聰明外露的黝黑面孔，和兩撇又尖又翹的鬍鬚，哈利發現，他的手指和腳丫都非常長，跟身體其他部分不成比例。他鞠了一個躬，將他們迎進大門。眼前又出現了第二扇門，銀色的門板上上面鐫刻著這樣的文字：

進來吧，陌生人，不過
你得當心貪婪之罪招致的後果，
那些想要不勞而獲的傻瓜，
必將遭受到最嚴厲的懲罰，
如果你意圖追求我們的地下金庫
一份永不屬於你的財富，
竊賊啊，你已受到警告
當心招來寶藏之外的噩運。

「我說過了嘛，除非你瘋了，才會想去搶劫這家銀行。」海格說。

兩個妖精彎腰行禮，恭請他們穿越銀色大門，進到一個寬敞氣派的大理石廳堂。這裡大約有一百多名妖精，坐在一列長櫃台後面的高凳上，忙著在大帳本上塗塗寫寫，用黃銅天平秤銅板，用鏡片檢驗寶石。廳堂四周排列著數不清的門，分別通往不同的地方，有更多的妖精帶著顧客在這些門裡進進出出。海格和哈利走向櫃台。

「早，」海格對一個沒在忙著的妖精說，「我們要到哈利波特先生的保險庫裡去拿點錢。」

「你有他的鑰匙嗎，先生？」

「就在這兒吧。」海格應了一聲，把口袋裡的東西一古腦地全倒在櫃台上，一不小心將一把發霉的狗餅乾撒在妖精的帳本上，妖精忍不住皺起鼻子。哈利望著右手邊的妖精，他正忙著秤一堆大得像發光煤炭的紅寶石。

「找到了。」海格終於開口說，舉起一支小小的金鑰匙。

妖精緊盯著鑰匙看了一會兒。

「應該沒什麼問題。」

「而且我這兒還有一封鄧不利多教授寫的信。」海格很了不起地宣告，並驕傲地挺起胸膛，「這是關於七百一十三號地下金庫裡的那個東西。」

妖精仔細閱讀那封信。

「很好，」他說，把信遞回給海格，「我找個人帶你進這兩個地下金庫。拉環！」

拉環是另一個妖精。等到海格把狗餅乾全都塞回口袋之後，他和哈利就跟著拉環從其中一扇門走了出去。

「什麼是七百一十三號地窖裡的那個東西？」哈利問道。

「這我不能告訴你，」海格神秘兮兮地說，「這可是最高機密呢，是關於霍格華茲的事。鄧不利多信任我啊，不過這只是我的工作，你不會有興趣聽的。」

拉環替他們開門。原本以為會看到更多大理石的哈利，此時不由得大吃一驚。他們踏進了一道狹窄的石廊，牆上懸掛著燃燒的火把。這條石廊是一條陡峭的下坡路，地上還有著一列小鐵軌。拉環吹了一聲口哨，一輛小推車猛地衝到了他們面前。三個人爬上車──這對海格來說有些困難──然後出發上路。

在一開始，他們只是橫衝直撞地穿越如迷宮般的蜿蜒通道。哈利試著認路，左邊、右邊、右邊、左邊、中間、右邊、左邊，根本就不可能記得住。那輛咔嗒咔嗒前進的小推車似乎自己會認路，因為拉環根本沒費神去駕駛。

呼嘯而過的冷空氣，讓哈利的雙目感到陣陣刺痛，他還是努力睜大眼睛。在路途中有一次，哈利似乎瞥見通道盡頭冒出一團火光。他扭過身子，想要看看那裡是不是有一條龍，已經來不及了──他們此時已往下衝向更深的地底，經過了一個上下全都長滿鐘乳石和石筍的地下湖泊。

「我從來就分不清，」哈利在推車的唧嘎聲中朝著海格喊道，「鐘乳石和石筍究竟有什麼不同？」

「鐘乳石是三個字啊。」海格說，「現在拜託不要再問我問題了，我覺得我快要吐出來了。」

他的臉色發青，推車最後在通道牆邊的一扇小門前停下來時，海格連忙爬出來，把整個身體靠著牆，才不至於雙腿發軟倒在地上。

拉環打開門，從裡面冒出許多綠色的濃霧，霧氣消散之後，哈利不禁驚訝地屏住氣息。裡面是成堆的金幣、銀條、堆積如山的青銅納特。

「全都是你的。」海格微笑著說。

全都是哈利的——這實在是太不可思議了。德思禮夫婦不可能知道這些財產，否則早就在眨眼間全都占為己有。他們經常嘮嘮叨叨地抱怨，說收留哈利害他們多花了好多錢。然而自始至終，他一直擁有一筆屬於自己的小小財富，深埋在倫敦的地底下。

海格幫哈利把錢裝進袋子裡。

「金幣是加隆，」他詳細解釋，「十七個銀西可等於一個加隆，二十九個納特等於一個西可，夠簡單了吧。可以了，這樣夠用一、兩個學期了，其餘的放在這裡替你保管。」他轉過來對拉環說，「現在請你帶我去七百一十三號金庫，順便拜託，那個車可不可以開慢一點？」

「這種車只有一個速度。」拉環說。

他們繼續深入地底，速度漸漸加快。當他們橫衝直撞地繞過狹隘的轉角，周遭的空氣也變得越來越冰寒刺骨。在推車咔嗒咔嗒地越過一個地下峽谷時，哈利好奇地把半個身子探出車外，想要看清黑暗的谷底有著什麼樣的東西，海格咕噥一聲，抓住他的後頸硬把他給拖了回來。

七百一十三號地下金庫並沒有鑰匙孔。

「退後一步。」拉環很了不起地說，他用一根長手指溫柔地撫摸大門，而門就這樣在他手下融化了。

「除了古靈閣的妖精，其他人要是這麼做，就會被吸進門裡，陷在那裡出不來囉。」拉環說。

「你們平均多久檢查一次，看看有沒有人被關在裡面？」哈利問道。

「大約是十年一次吧。」拉環說，臉上露出不懷好意的詭異笑容。

在這個防護最嚴密的地下金庫裡，必然有非常驚人的東西，哈利心裡十分確定。他熱切地傾身向前，期待至少能看到一些珍奇的珠寶——但他第一眼的印象是裡面什麼也沒有。然後他才注意到地上放著一個裹著褐色紙張，看起來髒兮兮的小包裹。海格把它撿起來，塞到外套裡面。哈利很想知道裡面到底是什麼東西，但他知道問了也沒用。

「走吧，又得上那個地獄推車了，待會兒在車上千萬別跟我說話，我最好是把嘴巴閉緊。」海格說。

＊　＊　＊

經過一段瘋狂刺激的推車之旅後，再度回到古靈閣外面的街道上，炫目的陽光刺得他們連連眨眼。現在哈利身上揹了一大袋錢，不曉得該先上哪兒去。他不用費神計算一加隆究竟等於多少鎊，就能確定他這輩子從來沒擁有過這麼多的財富——甚至連達力也沒拿過這麼多的零用錢。

「最好先去買你的制服，」海格說，抬頭指向一家「摩金夫人的各式長袍」，「聽我說，哈利，你可不可以讓我暫時離開一下，到破釜去喝杯提神飲料？我恨死古靈閣推車了。」他的臉色還有些發青，所以哈利只好獨自踏進摩金夫人的長袍店，心裡覺得相當緊張。

摩金夫人是一個滿臉笑容，穿著一身淡紫衣裳的矮胖女巫。

「要找霍格華茲制服嗎，親愛的？」哈利還來不及開口她就搶先問道，「這兒多得很呢——其實現在已經有另一個年輕人在裡面試穿了。」

在店面後方，一個長了一張尖白臉的男孩站在腳凳上，而另一個女巫正忙著用別針修整他的黑色長袍。摩金夫人讓哈利站在男孩旁邊的腳凳上，俐落地替他套上一件長袍，開始用別針把袍子調到適當的長度。

「哈囉，」男孩說，「也是要上霍格華茲嗎？」

「是的。」哈利說。

「我父親在隔壁替我買書，我母親到街上去找魔杖，」男孩說，他有一種懶洋洋的不耐語氣，「待會兒我就要拉他們去看看飛天掃帚。我真搞不懂為什麼一年級新生不能有自己的掃帚，我想我還是先逼我父親替我買一把，反正我一定會找到方法把它偷渡進去。」

他讓哈利立刻聯想到達力。

「**你**有沒有自己的掃帚？」男孩繼續跟他攀談。

「沒有。」哈利說。

「打過魁地奇嗎？」

「沒有。」哈利答道，他根本不曉得這個魁地奇是什麼玩意兒。

「**我打過**——我爸說，要是我沒選上我們學院的代表隊，那就丟臉丟到家了，而我必須說，我完全同意他的看法。你知道你會被分到哪個學院嗎？」

「不知道。」哈利說，越來越覺得自己笨得要命。

「嗯，在到學校以前，沒有人真正知道會被分到哪裡，不過，我曉得我一定會被分到史萊哲林，我們全家人都是從那兒畢業的——要是被分到赫夫帕夫的話，我想我會乾脆退學回家算了，你說是不是？」

「嗯。」哈利說，暗暗希望自己至少能說出一些比嗯嗯哎哎更有趣的話。

「哎呀，你看那個人！」男孩突然喊了一聲，抬頭指向前面的窗戶。海格站在那裡，對哈利咧嘴微笑，並指著手上的兩個大冰淇淋，表示他不能走進店裡。

「那是海格，」哈利說，很高興自己能知道一些那個男孩不曉得的事，「他在霍格華茲工作。」

「喔，」男孩說，「我聽說過他的事。他等於是僕人嘛，對不對？」

「他是獵場看守人。」哈利說，他越來越不喜歡這個男孩了。

「沒錯，完全正確。我聽說他有點**野蠻**——住在校園裡的一間小木屋裡，每次喝醉酒的時候，就會試著施展魔法，結果卻弄巧成拙，把自己的床給燒焦。」

「我覺得他很聰明。」哈利冷淡地表示。

「**是嗎**？」男孩冷笑著說，「為什麼是他陪你來？你的父母呢？」

「他們死了。」哈利簡短地回答。他並不想跟這個男孩討論這個話題。

「喔，真遺憾，」男孩說，但他的聲音聽起來卻一點也不遺憾，「但他們該是**我們的同類**吧，對不對？」

「他們是女巫跟巫師，我想你應該是指這個吧？」

「我真的覺得，他們實在不應該讓那些異類進來，你說是不是？他們跟我們就是不一樣，他們從小就在一個不同的環境裡長大，對我們的世界一點也不了解。想想看，他們有些人甚至在接到信之前，從來沒聽過世界上有霍格華茲這個學校。我覺得學校應該嚴格些，只收古老巫術家族出身的學生。對了，你究竟姓什麼啊？」

哈利還來不及回答，摩金夫人就說：「可以下來了，親愛的。」很高興能有個藉口不再跟男孩聊天的哈利，立刻從腳凳上跳下來。

「好吧，那我們到霍格華茲再見了。」那個懶洋洋的男孩說。

哈利在舔海格買給他的冰淇淋（巧克力加覆盆子加碎堅果）時，顯得比往常安靜許多。

「怎麼啦？」海格問道。

「沒什麼。」哈利說謊。他們走進店裡買羊皮紙和羽毛筆。哈利在這兒找到一瓶寫字會變色的墨水，心情稍稍好了一些。踏出店門，哈利問：「海格，什麼是魁地奇？」

「哎呀，我的天哪，哈利，我老是忘記你有很多事情都不懂——居然連魁地奇是什麼都不曉得！」

「拜託你不要讓我心情變得更壞。」哈利說。他把他在摩金夫人店裡碰到那個蒼白男孩的事告訴海格。

「——他說麻瓜家的人根本就不應該獲准進入——」

「你**才不是**什麼麻瓜家的人呢。他要是知道**你是誰**的話——他的父母如果也是咱們巫師夥伴的話，他等於從小就是聽你的名字長大的——你自己也見過破釜酒吧裡的那些人。不管怎樣，他的話根本就做不得準，我認識一些最棒的巫師，全都是整個麻瓜家族裡面唯一會魔法的人——看看你的母親吧！再看看她有一個什麼樣的姊姊！」

「那**魁地奇**到底是什麼東西？」

「這是我們的運動，巫師的運動。它就像——就像是麻瓜世界裡面的足球一樣——大家都喜歡魁地奇——所有人騎著掃帚在空中飛來飛去，有四個球——要解釋它的規則還真是有點困難。」

「那史萊哲林和赫夫帕夫又是什麼意思？」

「學院啊，霍格華茲一共有四個學院。大家都說赫夫帕夫專門出些不中用的笨蛋，可是——」

「那我一定會被分到赫夫帕夫。」哈利悶悶不樂地說。

「寧願進赫夫帕夫，也不要去史萊哲林，」海格沉下臉說，「所有變壞的女巫或是巫師，全都是從史萊哲林學院出來的。比方說，『那個人』就是其中一個。」

「佛地——對不起——『那個人』也念過霍格華茲？」

「很久很久以前。」海格說。

他們到一家叫做「華麗與污痕」的店裡買哈利的課本，這裡的書架上堆滿了書，都頂到天花板了；其中有著像鋪路石板一樣巨大的皮面書；像郵票一樣袖珍的銀殼小書；印著無數奇怪符號的書，和幾本裡面什麼也沒有的無字天書。就算是從來不看書的達力，到了這裡也會發了瘋似地想要把其中幾本書給搶到手。海格用盡各種辦法，最後幾乎用拖的，才讓哈利放下一本叫做《詛咒與反詛咒》（用最新復仇術捉弄你的朋友和蠱惑你的敵人：掉頭髮、果醬腿、綁舌頭，和其他更多更多的花招）的書，作者是溫敵克．溫瑞迪安。

「我想要找到一些用來詛咒達力的方法。」

「倒不是說這不是個好主意，不過除非遇到特殊狀況，不然你不能在麻瓜世界裡使用魔法。」海格說，「不過話說回來，反正你也沒辦法讓咒語發生作用，你得讀過很多書才能達到那個水準。」

海格也不讓哈利買下一個堅固的金釜（「單子上說是要買白鑞的。」），但他們買了一組用來秤藥材的漂亮天平，和一個折疊式的黃銅望遠鏡。然後他們走進一家藥房，這裡有一股像是臭蛋和腐爛包心菜的噁心氣味，它的迷人處卻足以彌補這個缺點。地板上放著一桶桶黏呼呼的怪東西，牆壁上排列著許多裝滿藥草、乾球根和鮮豔粉末的罐子，天花板上懸掛著成捆的羽毛、一串串尖牙和毛髮糾結的獸爪。海格請櫃台後的男人替哈利抓一些基本藥材，哈利自己則興致勃勃地觀賞二十一加隆一根的獨角獸角，和小而閃亮的黑甲蟲眼珠子（五納特一杓）。

踏出藥房之後，海格又看了一次哈利的單子。

「現在只剩下你的魔杖還沒買——喔，對了，我還沒送你生日禮物呢。」

哈利感到自己的臉變紅了。

「你不用——」

「我知道我不用。我告訴你，我要送你一隻動物唷。不要蟾蜍，蟾蜍在好幾年前就已經退流行了，人家會笑你的——我也不喜歡貓，牠們老是讓我打噴嚏。我要送你一隻貓頭鷹。所有的小孩都想要有一隻貓頭鷹，牠們有用得很，可以替你送信、送包裹。」

二十分鐘之後，他們踏出那間黑漆漆，充滿了窸窣鼓翅聲，和寶石般閃亮眼珠的咿啦貓頭鷹商場。哈利現在手上提著一個大鳥籠，裡面有一隻美麗的雪鴞，現在正把頭埋在翅膀裡熟睡。他結結巴巴地再三道謝，聽起來簡直就像是奎若教授在說話。

「別放在心上，」海格的聲音有些粗啞，「我想你不可能從德思禮夫婦那兒收到什麼禮物。現在只剩下奧利凡德了——只有這裡才有賣魔杖，奧利凡德，你一定會買到一根最棒的魔杖。」

一根魔杖……這才是哈利真正最期待的東西。

最後一家店又小又簡陋。門上有一排斑駁脫落的金字：奧利凡德，優良魔杖製造商，創立自西元前三八二年。在那灰塵密布的櫥窗中，一根魔杖孤零零地躺在一個褪色的紫色墊子上。

他們一踏進門內，店內深處的某個角落就響起一陣叮叮噹噹的鈴聲。這是一個非常窄小的地方，除了一張細長椅子之外，其他什麼也沒有。海格坐在椅子上等待，哈利有一種奇怪的感覺，彷彿踏入了一個規定非常嚴格的圖書館；他努力壓抑住腦海裡湧出的無數新問題，望著周遭那些排得整整齊齊，直堆到天花板的數千個狹長盒子。不知道是什麼原因，他忽然覺得脖子後的寒毛豎了起來。這裡的灰塵與靜謐，讓人感到其中似乎蘊藏了某種秘密的魔法。

「午安。」一個柔和的聲音說。哈利嚇得跳了起來，海格顯然也被嚇了一跳，因為他的腳下響起好大一陣嘎扎嘎扎的吵鬧聲，他從椅子上站起來的動作比平常快了許多。

一個老男人站在他們面前，他那對大而無色的眼珠，在陰暗的店內看來就像是兩輪閃亮的月亮。

「哈囉。」哈利侷促不安地說。

「啊，是的，」老男人說，「是的，是的，我知道我很快就會見到你。你是哈利波特。」這並不是一個問句，「你的眼睛跟你母親長得一模一樣。她當年自己也到過這裡，買她的第一根魔杖，那好像才是昨天的事。她那根魔杖是十又四分之一吋長，揮起來會發出颼颼聲，木材用的是柳條。那是一根適合下符咒的好魔杖。」

奧利凡德先生湊到哈利面前。哈利真希望他能眨眨眼，那對銀白色的眼睛讓他覺得毛骨悚然。

「你的父親呢，就完全不一樣，他喜歡的是一根桃花心木魔杖，十一吋長，質地柔韌。力量稍稍強一些，用來施展變形術特別順手。嗯，我剛才說你父親喜歡它——事實上，應該是說魔杖選擇了它們的巫師，這是當然的。」

奧利凡德先生湊得越來越近，鼻子都快要貼到哈利臉上去了。哈利可以在那對水亮的眼睛中看到自己的倒影。

「這裡就是……」

奧利凡德伸出一根又白又長的手指，摸摸哈利額上那道閃電形疤痕。

「我很遺憾這麼說，但那的確是我賣出的魔杖幹的好事。」他溫柔地說，「十三吋半長，紫杉木。力量超強的魔杖，強得不得了，但卻落到了惡人手中……嗯，要是我早知道，那根魔杖出世以後會做出這樣的事……」

他連連搖頭，然後，忽地發現了海格，這讓哈利大大鬆了一口氣。

「魯霸！魯霸．海格！能再見到你真是太高興了……橡木，十六吋長，有些彎彎曲曲的，對不對？」

「沒錯，先生，對。」

「那是一根很優秀的魔杖。不過，在你被開除的時候，他們是不是已經把它折成兩半啦？」奧利凡德先生問道，神情突然變得非常嚴厲。

「呃——沒錯，他們是把它給折斷了，」海格說，不安地挪動雙腿，「不過我還是把碎片留在身邊。」他高興地加上一句。

「你該不會**使用**它們吧？」奧利凡德先生警覺地追問。

「喔，不會的，先生。」海格忙不迭地答道。哈利注意到，他在回話時緊抓著他的粉紅雨傘。

「嗯，」奧利凡德先生說，銳利地盯了海格一眼，「好吧，現在——波特先生，讓我們來看看。」他從口袋中掏出一條印著銀色條紋記號的長捲尺，「哪一隻是你的魔杖手？」

「呃——我是右撇子。」哈利說。

「把手抬起來。就是這樣。」他先測量哈利從肩膀到手指的距離，再依序計算從手腕到手肘，肩膀到地板，膝蓋到腋窩，以及頭圍的精密尺寸。他一面測量一面說：「每一根奧利凡德魔杖，裡面都藏了一種力量超強的魔法物質，波特先生。我們用的是獨角獸毛、鳳凰尾羽，還有龍的心弦。每一根奧利凡德魔杖都是獨一無二的，因為世上沒有兩隻獨角獸、龍或是鳳凰，會是完全相同的。當然，要是你錯用了屬於別的巫師的魔杖，效果自然也會大打折扣。」

在捲尺測量到兩個鼻孔之間的距離時，哈利才突然發現，原來這條尺獨自包辦了所有工作。奧利凡德此時正敏捷地在架子間穿來繞去，選了一些盒子搬到地上。

「這樣就可以了，」他說，那捲尺隨即應聲跌落在地，變成一堆軟趴趴的布條。「那就開始吧，波特先生。試試看這個。櫸木和龍的心弦，九吋長，柔軟而順手。現在拿著它揮動一下。」

哈利接過那根魔杖，然後（心裡覺得有點兒蠢）微微揮了半下，奧利凡德立刻就把魔杖給奪了回去。

「楓木和鳳羽，七吋長，相當有彈性。試試看——」

哈利試了一下——他甚至還來不及舉起魔杖，就又被奧利凡德先生搶了回去。

「不行，不行——這個，黑檀木和獨角獸毛，八吋半長，彈力十足。來吧，來吧，試試這個。」

哈利試了又試。他完全不曉得奧利凡德究竟在等些什麼。試過的魔杖在細長椅上越堆越高，但奧利凡德先生從架子上拉出的魔杖越多，他的心情似乎也變得越好。

「難纏的顧客，是不是？不用擔心，我們一定可以在這兒替你找到一個完美的搭檔——現在先讓我想想看——對了，為什麼不可以呢——不尋常的組合——冬青木和鳳凰羽毛，十一吋長，順手且柔軟靈活。」

哈利接過魔杖。他的手指立刻感到一股熱流。他把魔杖舉到頭頂上，咻地一聲揮過灰塵翻飛的空氣，魔杖尖端忽地爆出一串像煙火般的金紅色火星，在牆壁上灑落無數跳動的光點。海格大聲拍手叫好，奧利凡德先生喊道：「喔，太棒了！沒錯，就是這個，喔，非常好。嗯，這個，這個嘛……真稀奇……真的是非常稀奇……」

他把哈利的魔杖放回盒子裡，用一張褐色的紙包起來，口中依然還在喃喃自語：

「稀奇……稀奇啊……」

「對不起，」哈利說，「請問是什麼事讓你覺得**稀奇**？」

奧利凡德先生用他蒼白無色的眼眸定定地望著哈利。

「我記得我賣出的每一根魔杖，波特先生。每一根我都記得。湊巧的是，給了你魔杖一根尾羽的那隻鳳凰，另外還有一根尾羽——給了另一根魔杖。這真的是非常稀奇，你注定要使用的這根魔杖，它的『兄弟』卻——怎麼說呢，它的兄弟卻在你的額上留下了那道疤痕。」

哈利吞了一口口水。

「是的，十三吋半長，紫杉木。這樣的事真的是非常稀奇，別忘了，是魔杖選擇它的巫師……我想你未來必然會有一番很了不起的成就，波特先生……不管怎麼說，那個我們不能說出名字的人，的確是做了些很了不起的事——雖然可怕，但還是相當了不起。」

哈利忍不住打了個哆嗦。他現在已無法確定，自己是不是喜歡這個奧利凡德先生了。他付出七個金加隆，買下他的魔杖，奧利凡德鞠躬將他們送出店門。

＊＊＊

午後的太陽慵懶地低垂天空，哈利和海格沿著斜角巷踏上回程，穿越牆壁，回到了空無一人的破釜酒吧。在這段路途中哈利顯得異常沉默；他甚至沒注意到，地下鐵中有許多人在對他們兩個指指點點：兩人大包小包地拎著一大堆形狀怪異的包裹，哈利腿上還躺了一隻熟睡的雪鴞。他們登上另一道電扶梯，踏進了派丁頓車站；哈利一直到海格伸手拍他的肩膀時，才猛然驚覺自己是在什麼地方。

「在火車出發前，還有時間先吃點東西。」他說。

他替哈利買了一個漢堡，兩人坐在塑膠座椅上張口大嚼。哈利不停地四處張望，不知道為了什麼，這兒所有的東西看起來都顯得非常奇怪。

「你沒事吧，哈利？怎麼都不吭聲了呢？」海格說。

哈利不確定是否能把現在的感覺解釋清楚。他剛過了一個這輩子最棒的生日——然而——他嚼著漢堡，試圖尋找適當的字眼。

「大家都覺得我很特別，」他終於開口說，「破釜酒吧裡的那些人、奎若教授、奧利凡德先生……可是我根本就完全不懂魔法。他們怎麼能期待我會有什麼了不起的成就呢？我很有名，可是那些讓我出名的事情，我甚至連一點都記不得。我也不曉得在佛地——對不起——我是說，在我父母親去世的那天晚上，究竟發生了什麼事情。」

海格俯身越過餐桌。在那雜亂糾結的鬍鬚和濃眉後面，藏著一個非常溫暖的笑容。

「你別擔心，哈利，你很快就會學會的。在霍格華茲，所有人都是從最基本開始學起，你不會跟不上的。只要做你自己就行了，我知道這對你來說不太容易，你一直都是孤零零的一個人，那真的是很不好過。不過你在霍格華茲一定會過得很愉快的——我自己就是這樣——事實上，我現在還是一樣。」

海格送哈利坐上那班可以將他帶回德思禮家的火車，然後遞給他一個信封。

「這是你到霍格華茲的車票，」他說，「時間是九月一號——在王十字車站——全都寫在車票上了。要是在德思禮家受到欺負，就叫你的貓頭鷹送封信給我，牠知道在哪兒可以找到我……那就下次再見了，哈利。」

火車駛出車站。哈利想要目送海格離去；他跪在椅子上，鼻子緊貼著窗戶，但他才一眨眼，海格就已經不見了。

6

自九又四分之三月台出發的旅程

哈利在德思禮家的最後一個月並不好過。沒錯，達力現在怕哈利怕得要命，根本不敢跟他待在同一個房間裡，而佩妮阿姨和威農姨丈也不再動不動就把他鎖在碗櫥裡，逼迫他做牛做馬，或是對他大吼大叫——事實上，他們現在根本就不跟他說話了。在半是害怕、半是憤怒的情況下，他們索性就當家裡沒哈利這個人。雖然就許多方面來說，這都可以算是大大改善，但日子一久，就難免讓人感到沮喪。

哈利泰半時間都待在房間裡，跟他的貓頭鷹作伴。他決定叫她嘿美，這是他在《魔法史》中找到的名字。他的課本全都非常有趣，他經常躺在床上，看書看到大半夜，並開著窗戶，讓嘿美自由飛進飛出。幸好佩妮阿姨已經不再到這個房間裡來吸塵了，因為嘿美老是把死老鼠啣到屋子裡來。他在牆上釘了一疊自製日曆，倒數計日至九月一日為止，每天晚上臨睡前撕掉一張。

在八月的最後一天，他覺得最好還是先去找阿姨和姨丈談談明天要去王十字車站的事，因此他下樓走進客廳，他們正在那裡看一個猜謎節目。他清一下嗓子，好讓他們注意到他，達力立刻尖叫著逃出客廳。

「呃——威農姨丈？」

威農姨丈哼了一聲，表示他在聽。

「呃——我明天必須到王十字車站，坐火車去——坐火車去霍格華茲。」

威農姨丈又哼一聲。

「請問你能不能送我去？」

又是哼一聲。哈利猜想那大概是表示可以。

「謝謝你。」

就在他準備回到樓上時，威農姨丈才真正開口說話。

「用這種方法去巫師學校還真奇怪呢，火車。他們的魔毯全都破光了，是不是？」

哈利什麼也沒說。

「那個學校到底是在什麼地方？」

「我不知道。」哈利說，到現在他才想起這件事。他從口袋掏出海格給他的車票。

「我要到第九又四分之三月台，搭十一點那班火車。」他看著票說。

他的阿姨和姨丈驚訝地瞪大眼睛。

「第幾月台？」

「九又四分之三。」

「不要胡說八道，」威農姨丈說，「世上哪來的什麼九又四分之三月台。」

「我的車票上是這麼寫的。」

「荒唐，」威農姨丈說，「那些傢伙全都是些瘋瘋癲癲的怪物。你很快就會知道了，你等著看好了。好吧，我們會帶你去王十字車站。反正我們明天本來就得上倫敦去，要不然我才懶得找麻煩呢。」

「你們明天為什麼要去倫敦？」哈利問道，想要表現得友善一些。

「帶達力去醫院，」威農姨丈吼道，「我們得趕在司梅汀開學以前，把他那條討厭的豬尾巴給去掉。」

＊　＊　＊

第二天早上，哈利在五點醒來，既興奮又緊張地再也睡不著了。他跳下床，套上牛仔褲，因為他可不想穿著巫師長袍走進車站——他打算到火車上再換衣服。他又再核對了一次他的霍格華茲必備物品清單，確定自己沒有遺漏任何東西，檢查嘿美是否安安穩穩地關在籠子裡，然後就在房間中來回踱步，等候德思禮家人起床。兩個鐘頭之後，哈利又大又重的皮箱終於運上了德思禮家的汽車，在佩妮阿姨費盡唇舌，又騙又哄地說服達力跟哈利一起坐進後座之後，他們就出發前往倫敦。

他們在十點半抵達王十字車站。威農姨丈將哈利的大皮箱運上推車，親自替他把車推進車站。哈利正在暗自忖度他為什麼突然變得這麼好心，威農姨丈忽地停下腳步望著月台，臉上出現一個不懷好意的笑容。

「好了，就是這兒，小子。第九月台——第十月台。你的月台應該是在中間的某個地方吧，不過他們好像還沒來得及蓋好，你說是不是啊？」

他說得沒錯。一個月台上方懸掛著巨大的九號招牌，旁邊的月台上方有著一個巨大的十號招牌，在它們之間，什麼也看不到。

「祝你學期愉快。」威農姨丈臉上的笑容顯得更加不懷好意，他什麼也不說就逕自走了。哈利轉過身來，看到德思禮一家駕著車揚長而去，三個人都在哈哈大笑。哈利覺得嘴裡發乾，他究竟該怎麼辦呢？因為嘿美的緣故，他已經招來不少好奇的目光。他必須找個人問問。

他攔下一名匆匆經過的警衛，卻不敢提到什麼九又四分之三月台。這名警衛從來沒聽過霍格華茲，當他發現，哈利甚至連這個地方在哪個國家都搞不清楚，他就開始覺得很不高興，認為哈利是故意裝傻來捉弄他。哈利在絕望之下，只好問他十一點會有哪幾班火車出發，得到的答案竟是一班也沒有。最後警衛大步離去，嘴裡還喃喃抱怨有些人就是會故意浪費別人的時間。哈利力持鎮定，告訴自己不要太過慌亂。火車時刻表上方的那個大鐘顯示出，再過十分鐘，開往霍格華茲的班車就要出發了，他完全不曉得該如何登上這輛火車；他帶著一個他幾乎抬不動的大皮箱、一口袋的巫師錢和一隻大貓頭鷹，束手無策地陷在車站中央，想不出該如何脫離困境。

海格顯然是忘了告訴他某件該做的事，比方說是你得先敲敲左邊第三塊磚頭，才能順利進入斜角巷之類的秘訣。他開始考慮是不是該取出他的魔杖，往第九月台和第十月台之間的票口敲幾下。

就在那一刻，一群人正好在他背後經過，他們的交談聲飄進了他的耳中。

「——擠滿了麻瓜，這是當然的——」

哈利忙轉身。說話的人是個矮胖的女人，她在跟四個男孩子說話，他們全都有著一頭像火焰般的紅髮。每個男孩都推著一個跟哈利一樣的大皮箱，也都帶著一隻**貓頭鷹**。

哈利的心怦怦狂跳，連忙推著推車緊跟在他們身後。他們停下腳步，哈利也停，距離近得足以聽到他們的談話。

「好了，現在看看是在幾號月台？」男孩的母親說。

「九又四分之三！」一個小女孩尖著嗓子喊道，她也有著一頭紅髮，她握著女人的手問道，「媽咪，我可不可以也去……」

「妳年紀還太小，金妮，乖乖不要再吵了。好了，派西，你先進去。」

看起來年紀最大的男孩，開始大步往九號和十號月台中間走去。哈利張大眼睛盯著他看，完全不敢眨眼，生怕錯過了任何重要的程序——就在男孩走到兩個月台的分界線時，一大群觀光客忽地湧到哈利面前，當最後一個大帆布背袋終於移開時，那個男孩已經消失了。

「弗雷，接下來換你了。」胖女人說。

「我不是弗雷，我是喬治。」男孩說，「真是的，女人，妳好意思稱自己是母親嗎？難道妳**看不出來**我是喬治？」

「對不起，喬治，親愛的。」

「跟妳開玩笑的啦，我是弗雷沒錯。」男孩說著就向前走去。他的雙胞胎兄弟喊著催促他走快一些，他顯然聽從了這項建議，因為下一秒，他不見了——他究竟是怎樣辦到的？

現在輪到了第三個兄弟，他踏著輕快的步伐邁向中間的票亭——眼看就要走到了——可是一瞬間，他就完全失去了蹤影。

現在只有一個辦法。

「對不起。」哈利開口對胖女人說。

「哈囉，親愛的，」她說，「第一次去霍格華茲嗎？榮恩也是新生。」

她指著她最小的兒子。他身材高瘦細長、滿臉雀斑、大手大腳，還有一根長長的鼻梁。

「是的，」哈利說，「事情是——事情是這樣的，我不知道該怎樣——」

「該怎樣走到月台嗎？」她和善地問，哈利點點頭。

「不用擔心，」她說，「你只要朝著第九和第十月台中間的路障走，大膽直接走過去就行了。中間不要停下來，也不要害怕你會撞到，這是非常重要的。如果你覺得緊張，最好是用小跑步跑過去。來吧，現在你先走，榮恩再跟著去。」

「呃——好。」哈利說。

他把推車繞過來，望著路障發愣。那看起來相當堅固。

他朝著它走去。一路上被那些趕著湧向第九和第十月台的人推推撞撞。哈利的腳步加快了。他快要一頭撞上那個票亭，替自己惹上大麻煩了——他彎腰俯向推車，向前衝刺——路障越來越靠近——他現在已經停不下來——推車此時完全失去控制——還剩一呎——他閉上眼睛，準備接受迎面而來的撞擊——

什麼也沒發生……他繼續向前跑……他張開眼睛。

一輛猩紅色的蒸汽火車，停靠在一個擠滿人潮的月台邊靜靜等候。車頭上的招牌寫著：霍格華茲特快車，十一點。哈利回過頭來望著身後，看到原先是票亭的地方出現了一條熟鐵打造的拱道，上面有著一行字：第九又四分之三月台。他成功了。

蒸汽引擎的煙霧在喧譁攢動的人潮上方盤旋繚繞，各種花色的貓咪在人們的腿邊彎來繞去。在嘈雜的交談聲和重皮箱摩擦地面的唧嘎聲之外，還可以聽到貓頭鷹用一種相當不悅的聲音在對彼此嗚嗚啼叫。

前幾節車廂裡擠滿學生，有些人把整個身子探出窗外和家人聊天，有些人坐在椅子上和同學打打鬧鬧。哈利推著推車，沿著月台往後走去，準備到空一點的車廂找個位子坐。他經過時有個圓臉男孩在說：「奶奶，我的蟾蜍又不見了。」

「喔，**奈威**！」他聽到那個老女人在嘆氣。

一小群人環繞在一個紮滿髮辮的男孩身邊。

「給我們看一下嘛，李，快點。」

男孩把抱著的盒子盒蓋掀開，從裡面冒出了一條毛茸茸的長腿，嚇得身邊的人群尖聲怪叫。

哈利奮力穿越人潮，最後在靠近火車尾的地方找到了一個空包廂。他先把嘿美送上車，再又推又提地把他的大皮箱塞進車門。他想要把箱子抬上樓梯，但使勁全身力氣，也只能稍稍頂起一邊，兩次不小心失手掉下來砸到腳，讓他痛得哇哇叫。

「需要幫忙嗎？」這是帶領他穿越票亭的紅髮雙胞胎之一。

「是的，謝謝。」哈利喘著氣說。

「喂，弗雷，快過來幫忙！」

在雙胞胎的協助之下，哈利的大皮箱終於順利塞進包廂角落。

「謝謝。」哈利說，順手把額前的溼髮掠到腦後。

「那是什麼？」其中一個雙胞胎立刻指著哈利的閃電傷疤問道。

「哎呀，我的天哪，」另一個雙胞胎說，「莫非你就是——」

「**他是**，」第一個雙胞胎說，「你是不是？」他又問了哈利一聲。

「是什麼？」哈利說。

「**哈利波特啊**！」雙胞胎異口同聲。

「喔，他呀，」哈利說，「我是說，沒錯，我就是。」

兩個男孩呆呆地望著他，哈利覺得自己臉紅了。然後，彷彿替他解圍，一聲呼喚從敞開的車門飄了進來。

「弗雷？喬治？你們在裡面嗎？」

「就來了，媽。」

雙胞胎又瞥了哈利最後一眼，就砰通一聲跳下火車。

哈利坐在窗邊的座位，躲在這裡，他可以在不被發現的情況下，看到月台上那個紅髮家族，聽到他們的交談。他們的母親剛掏出一條手帕。

「榮恩，你的鼻子上有髒東西。」

最小的男孩企圖閃躲，她一把抓住他，擦拭他的鼻尖。

「**媽**——放開啦。」他扭著身子掙脫。

「啊哈，小乖乖榮榮鼻子上又沾到墨水啦？」其中一個雙胞胎說。

「住口。」榮恩說。

「派西呢？」他們的母親問道。

「他現在走過來了。」

最大的男孩大搖大擺地走過來。他已經換上了輕飄飄的黑色霍格華茲長袍，哈利注意到，他的胸前戴著一個金紅相間的閃亮徽章，上面印著一個「P」字。

「沒辦法在這兒待太久，母親，」他說，「我坐在前面，級長們有兩個專屬包廂——」

「喔，原來你是**級長**啊，派西？」其中一個雙胞胎說，語氣和神情都顯得非常驚訝，「你為什麼提都不提一聲，我們完全不知道呢。」

「慢著，我好像記得，他跟我們談過這件事，」另一個雙胞胎說，「大概說過一次——」

「或是兩次——」

「說了一分鐘——」

「說了一整個夏天——」

「喔，住口。」派西級長說。

「為什麼派西會有新長袍？」其中一個雙胞胎說。

「因為他是**級長**啊。」他們的母親溫柔地說，「好了，乖孩子，祝你學期愉快——到了以後派隻貓頭鷹給我。」

她在派西的面頰上吻了一下，目送他離去，然後轉過頭來望著雙胞胎。

「現在，你們兩個——這一年，你們最好表現得安分一些。要是我再接到一隻貓頭鷹，告訴我你們又——你們又炸掉一個馬桶或是——」

「炸掉一個馬桶？我們可從來沒炸過馬桶啊。」

「不過這倒是個好主意，謝謝妳提醒我們，媽。」

「**我可不是在開玩笑**。別忘了照顧榮恩。」

「別擔心，小寶貝榮榮跟我們在一起安全得很。」

「住口。」榮恩又說了一聲。他的個子幾乎跟雙胞胎一樣高，他鼻尖上剛剛被他母親擦過的地方還在微微泛紅。

「嘿，媽，妳猜怎麼樣？妳猜我們剛剛在火車上碰到誰？」

哈利連忙朝後退，免得他們發現他在偷看。

「妳記得剛才在車站裡，跟我們站得很近的那個黑髮男孩吧？妳知道他是誰嗎？」

「誰？」

「哈利波特！」

哈利聽到那個小女孩的聲音。

「喔，媽咪，我可不可以到火車上去看他，媽咪，拜託嘛……」

「妳已經看過他了，金妮。那個可憐的孩子，可不是什麼讓妳在動物園裡盯著看的怪獸。他真的是嗎？弗雷？你怎麼知道？」

「我問他啊。我看到他的疤了，真的就在那裡──像是一道閃電。」

「可憐的孩子──怪不得他是孤零零一個人，我剛才還在納悶呢。你看他在問我怎麼去月台的時候，態度是那麼有禮貌。」

「別說這些了，你覺得他記不記得『那個人』長什麼樣子？」

他們的母親突然變得非常嚴肅。

「我不准你去問他，弗雷。絕對不准，看你敢不敢。難道在他上學的第一天，你就非要去提醒他這些傷心事不可。」

「好了啦，別發怒嘛。」

汽笛聲響起。

「快點！」他們的母親說，三個男孩立刻爬上火車。他們把身子探出窗外，好讓她跟他們吻別，小妹妹放聲大哭起來。

「不要這樣，金妮，我們會派一大堆貓頭鷹來找妳的。」

「我們會寄給妳一個正宗霍格華茲出品的馬桶圈。」

「**喬治！**」

「開玩笑的啦，媽。」

火車緩緩移動。哈利看到男孩們的母親不停地揮手，他們的小妹妹又哭又笑地跟著火車向前跑。火車加速前進，她被遠遠地拋在後面，朝他們連連揮手。

哈利目不轉睛地望著那對母女，火車繞過轉角，她們就此失去了蹤影。路邊的屋宇在窗口迅速後退，哈利心中感到非常興奮。他不知道他自己將奔向的會是些什麼——但必然會比他拋在背後的一切要好得多了。

包廂的門輕輕滑開，那個最小的紅髮男孩走了進來。

「這兒有人坐嗎？」他指著哈利對面的座位問道，「其他地方全都滿了。」

哈利搖搖頭，男孩坐下來。他瞄了哈利一眼，立刻轉頭望著窗外，假裝他根本就沒有在看哈利。哈利看到他的鼻頭上還是有一個黑色的污點。

「嘿，榮恩。」

雙胞胎走過來。

「聽著，我們現在要到中間的車廂去轉轉——李．喬丹帶了一隻好大的毛蜘蛛呢。」

「喔。」榮恩應了一聲。

「哈利，」另一個雙胞胎說，「我們剛才還沒跟你自我介紹吧？弗雷和喬治．衛斯理。這是榮恩，我們的弟弟。就待會兒再見了。」

「拜拜！」哈利和榮恩說。雙胞胎走到走廊，替他們拉上包廂的門。

「你真的是哈利波特嗎？」榮恩不假思索地衝口而出。

哈利點點頭。

「喔──真的啊，我還以為弗雷和喬治又在跟我開玩笑了呢。」榮恩說，「那你是不是真的有──呃，那個……」

他指著哈利的額頭。

哈利撥開額前的劉海，露出那道閃電形的傷疤。榮恩瞪大眼睛。

「所以那就是『那個人』──？」

「是的，」哈利說，「可是我完全不記得。」

「連一點也想不起來嗎？」榮恩熱切地問道。

「嗯──我只記得有很多綠色的閃光，其他就想不起來了。」

「哇！」榮恩說。他坐直身軀，瞪著哈利，看了好一會兒，好像突然意識到這麼做很不禮貌，連忙把視線轉向窗外。

「你的家人全都是巫師嗎？」哈利問，他對榮恩的興趣絕對不下於榮恩對他的好奇。

「呃──是的，我想應該是吧，」榮恩說，「我記得媽好像有個遠房表哥是會計師，不過我們家從來沒提到過他的事。」

「所以你已經學會很多魔法了，是不是？」

這個衛斯理家族，顯然就是斜角巷那個蒼白男孩口中的古老巫術家族。

「我聽說你後來跟麻瓜住在一起，」榮恩說，「他們是什麼樣子？」

「糟透了——嗯，並不是全部都這麼糟。不過我的阿姨、姨丈和表哥卻真的是非常糟糕。我真希望自己也能有三個巫師兄弟。」

「五個，」榮恩說。由於某種原因，他突然顯得悶悶不樂，「我是我們家第六個去霍格華茲上課的小孩。你可以說，我前面有很多了不起的模範等著我去學習。比爾和查理已經畢業了——比爾當年是學生會男生主席，查理是魁地奇隊長，現在派西又當上了級長。弗雷和喬治雖然常常搗蛋，他們的成績還是好得要命，而且大家都覺得他們很好玩。所有人都期待我能跟他們一樣優秀，可是就算我真的表現得不錯，那也不算什麼，因為他們全都已經先做到了。而且有五個兄弟在前面，你永遠休想有什麼新東西。我現在用的是比爾的舊長袍、查理的舊魔杖和派西不要的老鼠。」

榮恩把手伸進夾克口袋，掏出一隻呼呼大睡的胖灰鼠。

「牠叫做斑斑，一點用處也沒有，牠根本就很少醒來。派西因為當選級長，所以我爸送了他一隻貓頭鷹，可是他們沒錢——我是說，結果我得到的是斑斑。」

榮恩的耳朵變紅了。他似乎覺得自己說得太多，又開始望著窗外發呆。

哈利並不覺得沒錢買貓頭鷹有什麼好丟臉的。不管怎樣，他自己在一個月之前，同樣也是當了一輩子的窮光蛋。他把這些全都告訴榮恩，說他只有達力的舊衣服可穿，而且從來沒拿過一份像樣的生日禮物。這似乎讓榮恩的心情好轉了一些。

「……在海格告訴我之前，我完全不曉得任何關於什麼巫師啦，或是我父母親，或是佛地魔——」

榮恩倒抽了一口氣。

「怎麼啦？」哈利說。

「**你剛剛說出『那個人』的名字！**」榮恩用一種又震驚又感動的語氣說，「我早就想到，在所有人裡面，就只有你——」

「我會說這個名字，並不是因為我很**勇敢**，」哈利說，「我只是從來不知道這個名字不能說而已。你懂我的意思嗎？我敢說，我一定有好多事情必須從頭學起，」他又加了一句，這是他第一次對別人透露出最近深深困擾他的事情，「我想我一定會是全班最後一名。」

「不會的。有很多人都是來自麻瓜家庭，而且都學得很快。」

在聊天的時候，火車已載著他們駛出倫敦，此刻正以高速越過牛羊成群的田野。兩個人沉默了一段時間，各自欣賞窗外一閃即逝的阡陌風光。

大約十二點半的時候，外面走廊上響起一陣咔嗒咔嗒的嘈雜聲，一名滿臉笑容、頰上嵌著一對酒渦的女人推開他們的廂門說：「要不要買點兒推車上的東西吃，親愛的？」

沒吃早餐的哈利立刻跳起身來，榮恩的耳朵卻又開始泛紅，支支吾吾地表示他有帶三明治。哈利走到外面的走廊。

住在德思禮家的時候，他從來都沒有錢可以買零食吃，現在他口袋裡裝了一大堆叮咚作響的金銀幣，他準備大開殺戒，要把所有他拿得下的火星巧克力棒全都買下來——但這個女人偏偏沒有火星巧克力棒。她有的是柏蒂全口味豆、吹寶超級泡泡糖、巧克力蛙、南瓜餡餅、大釜蛋糕、甘草魔杖，還有一大堆哈利這輩子從來沒見過的怪東西。他不想錯過任何一樣零食，每種都買了一點，結果總共付給那個女人十一個銀西可和七個青銅納特。

榮恩瞪大眼睛，望著哈利把他買的東西全部抱進包廂，一古腦地倒在空位子上。

「你是真的餓了，對不對？」

「餓死了。」哈利說，順手抓起一個南瓜餡餅，狠狠咬了一大口。

榮恩取出了一個鼓鼓的盒子，打開，裡面放了四個三明治。他拿出一個三明治說：

「她老是忘記我最不喜歡吃醃牛肉。」

「我用這個跟你換，」哈利遞出一個餡餅，「來吧——」

「你不會想要吃的，它乾得要命，」榮恩說，「她沒有太多時間準備，」他連忙加上一句，「你知道，要同時照顧我們五個人。」

「來吧，拿個餡餅吃。」哈利說，他過去從來沒有任何東西可以分給別人，或者該這麼說，事實上他根本就沒有任何朋友可以跟他一同分享。現在跟榮恩坐在一起，品嘗他自己買的餡餅蛋糕（三明治擱在一旁乏人問津），一路吃吃喝喝地談天說地，這種感覺實在太棒了。

「這是什麼東西？」哈利抓起一盒巧克力蛙問道，「這該不會是**真的**青蛙吧？」他開始覺得不論發生任何事都不會感到驚訝了。

「不是，」榮恩說，「不過你先看看裡面的卡是什麼，我缺了一張阿葛麗芭。」

「什麼？」

「對了，你當然不知道這些——巧克力蛙裡面都會附一張卡，你知道，是讓你收集——著名的女巫和巫師。我大約收集了五百張，就是缺了阿葛麗芭和皮托勒米。」

哈利拆開他的巧克力蛙，取出裡面的卡片。上面有一張男人的面孔，他戴著半月形的眼鏡，鼻子又長又歪，還有著一頭披散的飄飄銀髮和一把濃密的鬍鬚。圖畫下面印著一個名字：阿不思．鄧不利多。

「這就是鄧不利多！」哈利說。

「你可別說你從來沒聽過鄧不利多！」榮恩說，「我可不可以拿一個巧克力蛙？說不定可以集到阿葛麗芭——謝謝——」

哈利把卡片翻過來，閱讀背面的文字：

阿不思．鄧不利多，現任霍格華茲校長，被眾人公認為當代最偉大的巫師。鄧不利多教授最廣為人知的成就，包括在一九四五年擊敗黑巫師葛林戴華德，發現龍血的十二種使用方法，以及他與他的研究夥伴尼樂．勒梅在煉金術方面的傑出成績。鄧不利多教授的嗜好為室內樂和十柱球戲。

哈利重新把卡片翻到正面，吃驚地發現鄧不利多的面孔已經消失了。

「他不見了！」

「嗯，你不能希望他一整天都待在那裡，」榮恩說，「他會再回來的。不會吧，我又拿到了一張莫佳娜，這我已經有六張了……你要不要？你可以開始收集卡片。」

榮恩的目光飄向那一大堆尚未打開的巧克力蛙。

「自己來吧，」哈利說，「可是在，呃，在麻瓜的世界裡，照片裡的人全都是一直待著不動的。」

「真的嗎？你是說，他們完全不會動嗎？」榮恩的語氣顯得非常驚訝，「**真詭異！**」

哈利看到鄧不利多又悄悄回歸照片，並對他微微一笑。榮恩對於吃巧克力蛙的興致，顯然比收集卡片要大得多，哈利恰好相反，他的目光完全無法自那些著名女巫和巫師的面孔上移開。沒過多久，他除了原先的鄧不利多和莫佳娜之外，又多了木透克羅夫特的漢吉斯、阿博瑞克．格倫尼恩、色斯、帕拉瑟和梅林。最後他總算別開眼光不去看那個正在搔鼻頭的女巫克麗奧娜，拆開一包柏蒂全口味豆。

「吃這個東西最好小心點，」榮恩警告哈利，「當他們說是全口味的時候，就代表**真的是**所有口味都有──這就是說，你可以吃到像巧克力啦、薄荷啦和果醬之類的一般口味，也有可能會碰到什麼菠菜啦、肝臟啊和牛肚這些味道。喬治說他有一次還吃到一個鼻涕口味的豆子呢。」

榮恩撿起一粒綠色的豆子，仔細地檢查了一會兒，才謹慎地咬一小口。

「嗯——懂了吧？是芽菜。」

這包全口味豆讓他們又吃又玩地消磨了不少時光。哈利吃到了吐司、椰子、烤豆、草莓、咖哩、青草、咖啡和沙丁魚等口味，甚至還大膽地舔了一小口榮恩死都不肯碰的灰色豆豆，結果發現那是胡椒口味。

窗外迅速飛逝的鄉野風光，漸漸變得越來越荒涼。精巧端整的農田已經失去蹤影，現在只能看到濃密的樹林、蜿蜒的河流和深綠色的山巒。

包廂門外響起了一陣敲門聲，而哈利在九又四分之三月台看過的那個圓臉男孩走了進來。他看起來淚汪汪的。

「對不起，」他說，「請問你們有沒有看到一隻蟾蜍？」

他們倆剛一搖頭，他就放聲哭喊：「我又把牠給弄丟了！牠老是要從我身邊逃走！」

「牠一定會再出現的。」哈利說。

「沒錯，」男孩可憐兮兮地說，「好吧，如果你們看到牠……」

他轉身離去。

「真不曉得他幹嘛要這麼難過，」榮恩說，「我要是買了一隻蟾蜍，一定會想辦法趕快把牠給弄丟了。話說回來，我自己帶了隻斑斑，實在也沒什麼立場說他。」

那隻老鼠依然躺在榮恩的大腿上打盹兒。

「說不定牠早就死了，反正你根本也看不出什麼差別，」榮恩厭惡地說，「我昨天試著想把牠變成黃色，讓牠變得好玩一些，可是咒語沒生效。我現在來表演給你看看，注意了……」

他伸手在他的大皮箱裡摸索，掏出了一根非常破爛的魔杖，上面到處都是坑坑疤疤的缺口，尾端還露出某種閃閃發亮的白色東西。

「裡面的獨角獸毛都快要露出來了。不管了——」

他才剛舉起魔杖，包廂的大門又再度被推開。那個掉了蟾蜍的男孩又走了進來，這次身邊多了一個女孩。她已經換上了簇新的霍格華茲長袍。

「有人看到一隻蟾蜍嗎？奈威的蟾蜍不見了。」她說。她有一種盛氣凌人的跋扈嗓音，一頭濃密的褐髮和一對像兔寶寶似的大門牙。

「我們已經跟他說過沒看見。」榮恩說，女孩沒有聽他說話，只是目不轉睛地望著他手裡的魔杖。

「喔，你正在施魔法嗎？那就讓我們欣賞一下吧。」

她坐下來。榮恩顯得有些畏縮。

「呃——好吧。」

他清了一下喉嚨。

「陽光，雛菊，甜奶油，
將這隻胖笨老鼠變成黃油油。」

他揮動魔杖，什麼也沒發生。斑斑依然是灰色，而且繼續呼呼大睡。

「你確定這是真的咒語嗎？」女孩說，「嗯，顯然不是很有用，對不對？我自己在家裡練習的時候，也試過幾個簡單的咒語，每次都非常成功。我的家人全都不會魔法，所以我在接到信的時候，實在是嚇了一大跳，不過當然也高興得要命。我的意思是說，我聽人家告訴我，那可是全世界最棒的巫術學校啊——我已經把我們所有的課本全都背下來了，這是當然的，我只希望這樣的準備可以勉強夠用——對了，我叫妙麗．格蘭傑，你們呢？」

她把這些話一口氣說完。

哈利望著榮恩，從他那張嚇傻了的面孔看出，顯然他也還沒有把所有的課本全都背下來，哈利鬆了一口氣。

「我是榮恩．衛斯理。」榮恩低聲答道。

「哈利波特。」哈利說。

「真的是你嗎？」妙麗說，「當然啦，你的事我全都知道——我多買了幾本課外書，作為參考資料。在《現代魔法史》、《黑魔法的興起與衰落》和《二十世紀重要巫術事件》裡面，都有提到你的名字。」

「提到我？」哈利不禁感到一陣暈眩。

「我的天哪，難道你不曉得嗎？如果是我，我一定會想辦法把所有提到我的東西全都找出來。」妙麗說，「你們兩個知不知道自己會被分到哪一個學院？我已經仔細打聽過了，我希望能被分到葛來分多，目前聽起來那應該是最好的，我聽說鄧不利多自己也是那裡出身的。不過，我想雷文克勞應該也不壞……好了，不說了，我們還是先去找奈威的蟾蜍要緊。你們兩個最好趕快換衣服，我們大概快要到了。」

她走了，帶著那個掉了蟾蜍的男孩一起。

「不管會被分到哪一個學院，我只希望別跟她在同一個地方就好了。」榮恩說。他把魔杖扔回皮箱。「沒用的蠢咒語——是喬治告訴我的，我敢說他早就知道這一點用處也沒有。」

「你的哥哥們是在哪一個學院？」哈利問道。

「葛來分多，」榮恩說。憂鬱的陰影似乎又重新籠罩他的頭頂，「爸和媽也是念這個學院。要是我被分到別的地方，真不知道他們會怎麼說。我想雷文克勞**應該**還不錯，但千萬別讓我去念那個史萊哲林。」

「那就是佛地——抱歉，我是說，就是『那個人』念的學院嗎？」

「沒錯。」榮恩說，他像洩了氣似地倒在椅子上，顯得十分沮喪。

「你看，我覺得斑斑鬍鬚末端的顏色好像變淡了一點。」哈利企圖轉移話題，好讓榮恩暫時拋開煩心的學院問題，「那麼，你幾個哥哥畢業以後，現在是在做些什麼？」

哈利很好奇巫師離開學校後會做些什麼。

「查理在羅馬尼亞研究龍，比爾在非洲替古靈閣辦事。」榮恩說，「你聽說古靈閣的事了嗎？《預言家日報》登了好大一版，不過你既然跟麻瓜住在一起，大概沒辦法看到這份報紙——有人企圖搶劫一個防護最嚴密的地下金庫。」

哈利瞪大眼睛。

「真的嗎？那他們後來怎麼樣了？」

「沒怎樣，這就是為什麼會變成大新聞的原因，他們根本沒被逮到。我爸說只有法力最高強的黑巫師，才有辦法逃過古靈閣的追捕，不過他們什麼也沒偷走，這就是最奇怪的地方。當然，像這類事發生的時候，大家都會非常害怕，擔心背後的主謀會是『那個人』。」

哈利心裡一直想著這條新聞。現在每當有人提到「那個人」的時候，他就有一種毛骨悚然的感覺。這大概是進入魔法世界後的一種正常反應，像先前那樣毫不擔心地說出佛地魔的名字，反而比現在舒服多了。

「你最喜歡哪一支魁地奇球隊？」榮恩問。

「呃——我全都不認識。」哈利坦白招認。

「什麼？」榮恩震驚得幾乎說不出話來，「喔，等等，你聽好，這是全世界最棒的遊戲——」他就這樣打開話匣子，滔滔不絕地解釋遊戲中用到的四種球和七名運動員等等規則，詳細描述他和哥哥們一同去看的幾場著名比賽，以及他如果有錢最想買下的飛天掃帚型號。談得正高興，包廂門又再度被推開，這次既不是那個掉了蟾蜍的男孩奈威，也不是愛管閒事的妙麗．格蘭傑。

三個男孩走進來，哈利立刻認出中間那張面孔：摩金夫人長袍店裡的蒼白男孩。他仔細打量哈利，眼神顯得比在斜角巷時專注許多。

「那是真的嗎？」他說，「整輛火車全都在吵吵嚷嚷地討論，說那個哈利波特就坐在這個包廂裡。那麼就是你囉，對不對？」

「是的。」哈利說。他看著另外兩個男孩，兩人都是粗壯型，長相出奇地愚劣平庸。他們站在蒼白男孩的兩側，看起來活像是一對保鏢。

「喔，這是克拉，這是高爾，」蒼白男孩見哈利在看著他們，就漫不經心地說，「我的名字是馬份，跩哥．馬份。」

榮恩輕輕咳嗽一聲，而這很可能是企圖掩飾住一聲竊笑。跩哥．馬份盯著他看。

「覺得我的名字很好笑，是不是？我想我不用問你的名字。我父親告訴過我，衛斯理家的人全都有著一頭紅髮、滿臉雀斑和多得養不起的小孩。」

他轉過頭來望著哈利。

「你很快就會發現，某些巫師家庭比其他人要高級多了，波特。你不會想要去跟那些差勁的傢伙做朋友的，這點我可以幫助你。」

他伸出手來，準備跟哈利握手，哈利不願接受。

「我想我可以分辨出，誰才是真正差勁的傢伙，謝了。」他冷冷地說。

跩哥．馬份的臉沒有變紅，只是蒼白的雙頰上浮現出淡淡的紅暈。

「如果我是你的話，我會非常小心的，波特。」他一個字一個字慢慢地說，「你最好客氣一點，不然會落到跟你父母親一樣的下場。他們同樣也不知道，該跟什麼樣人交往才會對自己有利。跟衛斯理家、還有海格這類的賤民混在一起，對你是不會有好處的。」

哈利跟榮恩都站起身來，榮恩的面孔脹得跟頭髮一樣紅。

「你再說一次。」他說。

「喔，你想跟我們打架，是不是？」馬份不屑地說。

「除非你們現在就出去。」哈利說，他其實並沒有外表這麼勇敢，因為克拉和高爾的塊頭比他和榮恩大多了。

「我們偏偏就是不想出去，是不是啊，夥伴？我們帶的零食早就吃光了，不過你們這兒好像還剩下不少。」

高爾伸手探向榮恩旁邊的那堆巧克力蛙——榮恩跳上前，人還沒碰到高爾，高爾就發出了一聲淒厲的哀號。

灰鼠斑斑掛在他的手指上，尖銳的小牙齒深深陷入高爾的指節——克拉和馬份連忙後退，高爾一面尖叫，一面猛揮手臂，想要把斑斑甩開。等到斑斑終於被摔到空中，砰地一聲撞上窗戶時，他們三人就一溜煙地逃走了。也許他們以為零食堆裡還埋伏了更多的老鼠，也可能是他們聽到了腳步聲，因為沒過多久，妙麗·格蘭傑就走了進來。

「發生**什麼事**啦？」她說，狐疑地望著撒了一地的零食，和拎著斑斑尾巴的榮恩。

「我想牠是被撞昏了，」榮恩對哈利說。他仔細檢查斑斑。「不對——我真不敢相信——牠竟然又睡著了。」

斑斑的確是在呼呼大睡。

「你以前跟馬份碰過面嗎？」

哈利描述他們在斜角巷的相遇經過。

「我聽過他們家的事，」榮恩神情凝重地說，「他們是在『那個人』消失以後，屬於第一批重新回到我們陣營的人。他們自稱是中了魔法，我爸才不相信呢，他說馬份的父親根本不需要什麼外力，就會自動跑過去投靠黑暗勢力。」他轉頭望著妙麗，「有什麼事情需要幫忙嗎？」

「你們最好動作快一點，趕緊把長袍換好，我剛才到前面去問過司機，他說我們就快要到了。你們兩個沒有打架吧，有嗎？還沒到那兒你們就惹上麻煩啦！」

「斑斑是打了一場架，我們可沒動手。」榮恩說，滿臉不高興地盯著她，「我們換衣服的時候，能不能請妳離開一下？」

「好吧——我到這兒來，只是因為外面那些人實在變得太孩子氣了，瘋瘋癲癲在走廊上跑來跑去。」妙麗用一種不以為然的語氣說，「對了，你鼻子上有個黑點，你曉不曉得？」

她轉身離去，榮恩惡狠狠地瞪著她。哈利瞇眼望著窗外，天色漸漸黑了，他可以看到深紫色天空下，那些有如剪影的山巒與樹林。火車的速度似乎變慢了一些。

他和榮恩脫掉夾克，套上黑色長袍。榮恩的長袍短了些，看得見露出來的一截衛生褲。

火車上響起一陣迴音嫋嫋的聲音：「我們將在五分鐘後抵達霍格華茲。請將行李留在車上，我們會替你們送到學校。」

哈利的胃緊張得隱隱作痛，他看到榮恩雀斑下的面孔也開始泛白。他們把剩下的零食全都塞進口袋，加入走廊上那堆蜂擁騷動的人潮。

火車漸漸減速，最後停了下來。大家又推又擠地湧向車門，踏上一個又小又黑的月台，夜晚的寒氣讓哈利忍不住哆嗦。這時學生們的頭頂上方出現了一盞晃動的燈火，哈利聽到一個熟悉的聲音喊著：「一年級新生！一年級新生到這兒來！還好吧，哈利？」

海格毛茸茸的大臉在一大片的人海上面綻放出喜悅的笑容。

「好了，跟我來——還有沒有一年級新生？現在注意腳下！一年級新生跟我來！」

他們在海格的帶領下，跌跌撞撞地踏上一條又陡又窄的下坡路。周遭太黑了，哈利覺得通路兩旁必然是濃密的樹林。沒有任何人開口說話，只有那個蟾蜍老是不見的男孩奈威，抽抽搭搭地吸了一、兩次鼻子。

「你們待會兒就可以看到霍格華茲了，」海格回過頭來喊道，「只要繞過這個轉角就到了。」

然後是一陣響徹雲霄的：「哇——！」

狹窄的通道驀地敞開，通向一個寬闊的黑色湖泊。在湖對岸的高山頂端，矗立著一座尖塔成群的巨大城堡，無數明亮的窗口在星空下閃爍發光。

「一艘船只能坐四個人！」海格指著停泊在湖邊的一列小船。哈利和榮恩坐上船，然後妙麗和奈威也爬了進來。

「大家都上船了嗎？」海格吼道，他一人獨坐一艘船，「那就——**前進吧！**」

一整列小船就這樣同時向前移動，迅速滑過像鏡子般平滑的湖面。大家都非常安靜，默默望著遠方那座巨大的城堡。越來越靠近城堡所在的懸崖時，它巍峨的建築就等於是矗立在他們的頭頂上方，居高臨下地俯瞰著。

「低頭！」海格在第一批船隻駛到懸崖邊時大吼；全體彎下頭來，讓小船載著他們穿越那片覆蓋在懸崖表面的常春藤簾幕，駛入隱密的寬闊入口。他們沿著一條漆黑的隧道向前滑行，小船似乎一步步地把他們帶入城堡的地底，直到抵達了一個地下港口，爬上一片遍布著岩塊與圓石的地面。

「喂，就是你！這是不是你的蟾蜍呀？」海格說，他在一一檢查空船。

「吹寶！」奈威伸出雙手，樂極地喊。一行人跟著海格的燈光，爬進巨岩中的一條隧道。出了隧道之後，他們終於踏上那片鋪展在城堡陰影下的柔滑溼潤草地。

大夥爬上一道石階，聚集在一扇巨大的橡木門前。

「大家都到齊了嗎！喂，就是你，你的蟾蜍還在吧？」

海格舉起一隻巨大的拳頭，往城堡大門上敲了三下。

7 分類帽

大門立刻敞開。一個高高的、穿著翡翠綠長袍的黑髮女巫站在門前。她有一張非常嚴肅的面孔，哈利對她第一眼的印象就是，這可不是個好說話的角色。

「這是一年級新生，麥教授。」海格說。

「謝謝你，海格。從這裡開始，就把他們交給我吧。」

她推開大門。入口大廳寬闊得簡直可以把德思禮家的整棟房子搬進來，周遭的石牆就跟古靈閣一樣，懸掛著明亮的火炬。天花板高得看不到頂，正對他們的是通往樓上的華麗大理石階梯。

大夥跟著麥教授踏過鋪著石板的地面。哈利聽到從右手方的一扇門後，傳來一陣彷彿有幾百個人在熱烈交談的嗡嗡聲——學校的其他學生想必已經在那裡等待了——可是麥教授把一年級新生全部帶到餐廳外的一個小房間。大家擠進去，摩肩擦踵地擠在一起，緊張地打量周遭的環境。

「歡迎來到霍格華茲，」麥教授說，「開學宴馬上就要開始了，不過，在你們到餐廳入席之前，必須先經過分類，分別進入各自的學院。分類是一項非常重要的儀式，因為，在就學期間，你們的學院，就好像是你們在霍格華茲的家一樣。你們要跟學院裡的其他學生一起上課，在學院宿舍裡睡覺，在學院的交誼廳裡度過休閒時間。

「這四個學院的名稱分別是葛來分多、赫夫帕夫、雷文克勞、史萊哲林。每一個學院都擁有自己輝煌的歷史，每一個學院都曾經培育出傑出的女巫和巫師。在霍格華茲的就學期間，你們的每一項傑出表現，都會為你的學院加分，而每一次違規，也都會使你的學院扣分。到了學年結束的時候，得分最多的學院可以贏得學院盃，這是一份非常崇高的榮譽。我希望這裡的每一個人，不論是分配到哪一個學院，都能替自己的學院爭光。

「過一會兒分類儀式就會在全校所有的師生面前舉行。我建議你們利用這最後一點兒時間，儘可能把自己打理得整齊一些。」

她的目光在奈威的斗篷——帽繩歪歪扭扭地繫在他的左耳下——和榮恩的黑鼻頭上逗留了一會兒。哈利緊張得努力把頭髮弄平一些。

「等我們準備好迎接你們的時候，我會再來，」麥教授說，「等待的時候請保持安靜。」

她走出房間。哈利嚥了一口口水。

「他們到底是用什麼方法替我們分派學院？」他問榮恩。

「大概是某種測驗吧。弗雷說那會非常的痛，我想他只是在開玩笑。」

哈利的心猛然一震。一種測驗？在全校師生面前？可是他連一點魔法也不會呀——到底會要他做些什麼？在他們到達的時候，他完全沒想到自己得面對這類的事情。他緊張地四處張望，發現大家顯然都跟他一樣怕得要命。沒有人開口說話，只有妙麗．格蘭傑一直在喃喃背誦她所有學過的咒語，企圖猜出哪一個才能派上用場。哈利努力叫自己不要去聽她那魔音穿腦似的念經聲，他這輩子從來沒像現在這麼緊張過，從來沒有，甚至連他當初把那指責他把老師假髮變藍的學校通知書，交給德思禮夫婦時的那種害怕心情，跟現在比起來也等於是小巫見大巫。他的目光牢牢地盯住門口，麥教授隨時都可能會回到這裡，引領他去面對悲慘的命運。

怪事發生了，他嚇得跳到半空中——他後面有幾個人甚至大聲尖叫。

「那是——？」

他驚訝地倒抽了一口氣，他身邊的人也是一樣。從他們背後的牆上，迅速冒出了大約二十個幽靈。一團團微微透明、珍珠白的影子在房間裡飛來飛去，七嘴八舌地熱烈交談，看都不看這群一年級新生。他們似乎正在為某個問題爭執不下，一個看起來像是胖修士的幽靈說：「原諒和遺忘，我說啊，我們應該再給他一次機會嘛——」

「我親愛的修士，難道我們給皮皮鬼的機會還不夠多嗎？他給我們每一個人都取了個難聽的綽號，而且你也知道，他其實根本就不能算是真正的幽靈——哎呀，你們在這兒做什麼？」

一個身穿緊身衣，脖子圍著一圈白色輪狀縐領的幽靈，突然注意到這裡有一群看得發愣的一年級新生。

沒有人回答。

「新生耶！」胖修士說，高興地對著他們微笑。「正等著分類，是不是啊？」

有幾個人默默地點頭。

「希望你們會分到赫夫帕夫！」修士說，「我以前就是念那個學院。」

「現在向前移動，」一個尖銳的聲音說，「分類儀式馬上就要開始了。」

麥教授已經回到這裡。幽靈們一個接一個地飄著穿過對面的牆壁，就此失去蹤影。

「現在排成一排，」麥教授吩咐一年級新生，「跟我來。」

哈利突然有一種奇怪的感覺，就好像他的腿變成了鉛塊似的，他站在一個淡茶色頭髮的男孩後面，榮恩緊跟在他的背後。大家排隊走出小房間，重新回到入口大廳，穿越一扇巨大的門，進入輝煌的餐廳。

哈利從沒想到，世界上竟然會有這麼奇怪而又壯觀的地方。數千根蠟燭飄浮在四張長餐桌上空。學生們團團圍坐在桌邊，餐桌上擺滿了閃閃發亮的金盤和高腳杯。在餐廳的講台上擺著另一張長餐桌，這是師長們的座位。麥教授領著一年級新生走上講台，讓他們停下來排成一長排面對著其他學生，而師長們就坐在他們背後。在明滅不定的燭光中，那幾百張注視著他們的面孔，看起來就好像是許多白色的燈籠。幽靈們三三兩兩地夾雜在學生之中，散發出一團團霧濛濛的銀光。哈利為了逃避眾人的目光，只好抬頭望著上方，竟看到一片如天鵝絨般的漆黑夜空，上面還鑲嵌著點點星光。他聽到妙麗在輕聲耳語：「這裡施了魔法，所以看起來像是外面的天空，這是我在《霍格華茲：一段歷史》裡面讀到的。」

實在很難相信上面其實還有一個天花板，餐廳其實不是真正露天向著夜空。

麥教授默默搬來一張四腳凳，放在一年級新生面前，哈利立刻垂下眼光。她在凳子上放了一頂尖尖的巫師帽。這頂帽子上到處是補釘，磨損得非常厲害，而且髒得要命。佩妮阿姨絕對不會讓這種東西進屋子。

也許他們必須試著施展魔法，從裡面變出一隻兔子，哈利天馬行空地想著，大概就是這一類的事情吧——他發現餐廳裡所有的人，都在看著這頂帽子，他也是。在短短幾秒之內，餐廳中鴉雀無聲，然後那頂帽子開始顫動。帽簷邊的一道裂縫像嘴巴似地大大敞開——帽子大聲唱起歌來：

喔，你們大概覺得我不夠漂亮，
千萬別用外表來評斷一切，
要是你們能找到一頂比我更聰明的帽子，
我就自己把自己給吞得精光。
你們大可讓你的圓頂禮帽漆黑如墨，
讓你的高頂絲帽高挺又閃亮，
我可是霍格華茲的分類帽，
自然比它們更炫更棒。
你們腦袋裡藏了些什麼念頭，

全都逃不過分類帽的銳利法眼，
所以戴上我吧，我將會告訴你們，
你們應該分到哪一個學院。
你也許是屬於葛來分多，
那裡有著蘊藏在內心深處的勇氣，
他們的勇敢、活力和騎士精神，
是葛來分多特有的最大利器；
你或許是屬於赫夫帕夫，
那裡的人既正直又忠貞，
耐力十足的赫夫帕夫學生誠實無欺，
且不畏任何勞苦艱辛；
若是你心思敏捷，
就可以進入智慧的老雷文克勞，
那些機智而博學的好學之士，
將會在這裡找到自己的同好；
或者你也可能會來到史萊哲林，
你可以在這兒遇到氣味相投的兄弟，
那些狡猾多謀的人將會不擇任何手段，

只求達到他們的目的。
所以戴上我吧！不要害怕！
千萬不要心裡發毛！
在我的手裡（雖然我連一隻手也沒有）你絕對安全，
因為我可是一頂會思想的帽帽！

分類帽一唱完，餐廳中就爆發出一陣如雷的掌聲。分類帽一一向四張餐桌鞠躬答禮，然後再度靜止不動。

「所以我們只要戴上那頂帽子就成了。」榮恩附在哈利耳邊低語，「我要殺了弗雷，被他說得好像要跟巨人搏鬥似的。」

哈利露出虛弱的微笑。沒錯，戴帽子是比施展法術好得多了，但是他還是希望，這個儀式可以不用在大庭廣眾面前進行。這頂帽子的標準好像滿高的；他現在一點都不覺得自己勇敢或是機智，或是有其他任何優點。那頂帽子要是提到有某個專門讓心裡不安的人上的學院，他倒是有把握被分到那個地方。

此時麥教授握著一個長長的羊皮紙軸走到前面。

「我叫到誰的名字，誰就戴上帽子，坐到凳子上等著分類。」她說，「漢娜．艾寶！」

一個有著粉紅色雙頰，金髮綁成兩根辮子的女孩跌跌撞撞地踏出隊伍，戴上帽子，帽簷剛好覆蓋住她的眼睛，然後坐了下來。靜默了一會兒——

「**赫夫帕夫！**」帽子喊道。

右手邊的餐桌大聲拍手歡呼，迎接漢娜加入赫夫帕夫的座席。哈利看到胖修士幽靈高興得對她連連揮手。

「蘇珊．波恩！」

「**赫夫帕夫！**」帽子再度喊道，蘇珊立刻一溜煙地跑去坐到漢娜旁邊。

「泰瑞．布特！」

「**雷文克勞！**」

這次換成左邊第二張餐桌熱烈鼓掌；泰瑞走到桌邊時，有幾名雷文克勞的學生站起來和他握手。

「曼蒂．布洛賀」同樣也被分到雷文克勞，「文妲．布朗」卻成為葛來分多的第一位新生，左邊最遠的一張餐桌，隨即爆發出一陣歡呼；哈利看到榮恩的雙胞胎哥哥嘛起嘴唇使勁吹口哨。

接著「米莉森．布洛德」成為第一位史萊哲林新生。也許這純粹是哈利的想像，史萊哲林的壞話聽多了，他真的覺得這群人看起來很不討人喜歡。

他現在感到非常不舒服。他回想起在小學上體育課時等著被分組的感覺，他一直都是最後挑剩的那一個，那並不是因為他不夠好，而是沒有人希望達力以為他們喜歡哈利。

「賈斯汀．方列里！」

「**赫夫帕夫！**」

哈利發現，有時帽子可以立刻就叫出學院名稱，有時得花些時間才能做出決定。「西莫・斐尼干」，也就是排在哈利旁邊的淺茶色頭髮的男孩，幾乎在凳子上坐了整整一分鐘，帽子才宣布他應該分到葛來分多。

「妙麗・格蘭傑！」

妙麗幾乎是用跑的撲到凳子前，猴急地把帽子套到自己頭上。

「**葛來分多！**」帽子喊道。榮恩發出一聲呻吟。

人在緊張的時候難免會胡思亂想，此時哈利心中突然浮現出一個可怕的念頭。要是他根本就沒被選上呢？要是他戴著那頂遮住眼睛的帽子，在凳子上坐了好幾個世紀，帽子就是悶不吭聲，最後麥教授終於忍不住一把抓下他頭上的帽子，告訴他這顯然是個錯誤，要他最好趕快搭火車回家，那該怎麼辦？

輪到那個蟾蜍老是不見的男孩奈威・隆巴頓時，他急急忙忙地奔向凳子，卻不小心摔了個狗吃屎。帽子花了很長一段時間來決定奈威的去向，當它最後終於喊出「**葛來分多**」時，他又迷糊地戴著帽子跑回隊伍，結果只好在哄堂大笑聲中，糗兮兮地再用小跑步跑回凳子前，把帽子交還給他口中的「莫拉格・麥克道格」教授。

在叫到馬份時，他神氣活現地大步踏向前方，並立刻實現了他的願望：帽子才剛碰到他的頭就厲聲尖叫：「**史萊哲林！**」

馬份大搖大擺地前去和他的朋友克拉和高爾重新會合，顯然對自己的表現非常滿意。現在隊伍中沒剩下多少人了。

「慕恩」……「諾特」……「帕金森」……然後是一對雙胞胎姊妹「巴提」和「巴提」[4]……然後是「莎莉-安．波斯」……最後，終於——

「哈利波特！」

哈利走上前，餐廳裡立刻爆發出一陣嗡嗡細語。

「她是說**波特**嗎？」

「**那個**哈利波特？」

在帽子覆蓋住哈利眼睛之前，他最後所看到的景象，是整個餐廳的人全都伸長脖子，想要看清楚他的長相。下一秒他就陷入帽子的黑暗世界。他靜靜等待。

「嗯，」他的耳邊響起一個細細的聲音，「很困難，非常困難。我看得出勇氣很足夠，心地也不壞，很有才華。喔，我的天哪，是的——還有一種急著想要證明自己的強烈欲望，現在越來越有趣了……我該把你分到哪兒去呢？」

哈利雙手緊抓住凳子邊緣，心裡不斷想著：「不要史萊哲林，不要史萊哲林。」

「不要史萊哲林，是吧？」那個細細的聲音說，「你確定嗎？你可以有一番很了不起的成就，你知道，你腦袋裡該有的一樣不缺，而史萊哲林可以幫助你登上巔峰，這一點是不用懷疑的——還是不要？好吧，如果你這麼確定的話——那就最好是去**葛來分多！**」

哈利聽到帽子對整個餐廳高聲喊出最後四個字。他脫掉帽子，拖著微顫的雙腿邁向

4. 原文為「"Patil" and "Patil"」，因為是雙胞胎姊妹，所以姓氏相同。

葛來分多的餐桌。他的心情大為輕鬆，自己果然入選了，而且不是分到史萊哲林，他心情為之一鬆，因此沒注意到，自己獲得了最最響亮的喝采聲。級長派西站起來，熱烈地跟他握手，而衛斯理家的雙胞胎兄弟大聲喊著：「我們得到波特了！我們得到波特了！」哈利坐在他先前見過的那個圍著縐領的幽靈對面。幽靈拍拍哈利的手臂，令他突然有一種跳進一大桶冰水裡的可怕感覺。

他現在終於可以好好地打量講台上那張主要餐桌。海格坐在距他最近的角落，這時迎上他的視線，對他豎起大拇指，哈利咧開嘴對他笑。那裡，在主餐桌正中央的大金椅上，就坐著那位著名的阿不思·鄧不利多，哈利一眼就認出那張他在巧克力蛙巫師牌上看過的面孔。鄧不利多的銀髮，是整個餐廳中唯一跟幽靈一樣閃亮耀眼的事物。哈利同樣也看到了奎若教授，也就是破釜酒吧裡那個緊張兮兮的年輕人。他頭上纏著一個碩大的紫色頭巾，顯得非常怪異。

現在只剩下三個人尚未被分派了。「莉莎·杜平」成為雷文克勞的新生，接下來就輪到榮恩，他現在臉色已變得慘綠。哈利的雙手在餐桌上緊緊交握，才過了一秒，帽子就大聲喊道：「**葛來分多！**」

在榮恩如虛脫般地坐到哈利旁邊的位子上時，哈利忍不住和其他人一同大聲鼓掌叫好。

「幹得好，榮恩，太厲害了。」派西·衛斯理探過哈利的頭頂，用一種誇張的語氣讚美自己的弟弟，而最後一位「布雷司·剎比」也在此時被分派到史萊哲林。麥教授捲起羊皮紙軸，帶著分類帽一起離場。

哈利低頭望著空無一物的金盤，到現在才意識到自己究竟有多餓。上次吃的那個南瓜餡餅，似乎已經是好幾百年以前的事。

阿不思・鄧不利多站了起來。他滿面笑容地望著他的學生，雙臂大大敞開，彷彿世上再沒有比看到學生們共聚一堂更令他高興的事了。

「歡迎！」他說，「歡迎大家到霍格華茲來度過新的一年！在宴會開始之前，我想要先對大家說幾句話，那就是：蠢蛋！哭！渣渣！扭！

「謝謝大家！」

他重新坐下。所有人全都在熱烈鼓掌歡呼，哈利一時間不曉得自己該做何反應。

「他是不是——有點兒瘋瘋癲癲的？」他不太敢確定。

「瘋瘋癲癲？」派西輕鬆愉快地說，「他是個天才！全世界最棒的巫師！不過你說得沒錯，他的確是有點兒瘋瘋癲癲的。要不要來點馬鈴薯，哈利？」

哈利驚訝地張大嘴巴，現在他面前的餐盤中，已經堆滿了各式各樣的食物。他從來沒在同一張餐桌上，看到這麼多他愛吃的東西：烤牛肉、烤雞、豬肉片、羔羊排、臘腸、培根牛排、煮馬鈴薯、烤馬鈴薯、炸馬鈴薯片、約克郡布丁、青豆、紅蘿蔔、肉汁、番茄醬，另外由於某種奇怪的原因，還擺了一大盤硬薄荷糖。

嚴格說來，德思禮家人從未讓哈利餓過肚子，但哈利也沒有真正吃飽過。達力老是把哈利真正想吃的食物全都搶走，就算是他自己一聞就想吐的東西也不放過。除了硬薄荷糖之外，哈利每樣東西都拿了一點，開始放懷大嚼。每一樣都非常美味。

「那看起來還真不錯。」圍著縐領的幽靈看到哈利喜孜孜地切牛排，忍不住難過地說。

「你不能——？」

「我已經有將近五百年沒吃過東西了，」幽靈說，「當然我並不需要，不過，你有的時候就是會懷念那樣的滋味。我還沒自我介紹吧？敏西-波平敦的尼古拉斯爵士在此靜候指教，我是葛來分多塔的常駐幽靈。」

「我知道你是誰！」榮恩突然開口說，「我的哥哥們跟我說過你的事情——你就是那個『差點沒頭的尼克』！」

「我**比較喜歡**你們叫我敏西的尼古拉斯爵士。」幽靈的語氣一下變得不太自然，那個淡茶色頭髮的西莫．斐尼干莽撞地插嘴。

「**差點沒頭**！你是怎麼個**差點沒頭法**？」

尼古拉斯爵士看起來非常不高興，他似乎很不喜歡談到這個話題。

「就像**這樣**！」他沒好氣地說。他抓住自己的左耳往下扯，整個頭就從脖子上猛的垮到肩膀上，彷彿是扇用鉸鏈拴住的門。顯然曾經有人想砍掉他的腦袋，卻執行得不夠徹底。看到學生們驚愕的面孔，「差點沒頭的尼克」顯得十分的得意，於是他鬆開手，把腦袋彈回原位，清了清喉嚨說：「所以呢——葛來分多的新生！我希望大家能替我們贏得今年的學院盃冠軍，好嗎？葛來分多的冠軍寶座從來沒失掉這麼久過。到目前為止，史萊哲林已經連續衛冕了六年！血腥男爵那副趾高氣昂的德性，越來越令人難以忍受了——他是史萊哲林的幽靈。」

哈利的目光朝著史萊哲林的餐桌搜尋，看到那裡坐著一個令人毛骨悚然的恐怖幽靈，他有著一雙茫然瞪視的空洞眼睛，一張枯槁憔悴的面孔，穿著一件沾滿銀血的長袍。他就坐在馬份旁邊，哈利相當高興地發現，馬份對這樣的座位安排顯然不太滿意。

「他為什麼會把自己弄得全身是血？」西莫非常感興趣地追問。

「我從來沒問過他。」差點沒頭的尼克虛弱地答。

等到所有人都吃得盡興之後，剩下的食物就從盤中消失，變得跟先前一樣地乾淨閃亮。過了一會兒，盤中出現了布丁，然後是一堆堆的冰淇淋，凡是你所能想到的口味全都有，另外還有蘋果派、糖漿餡餅、巧克力閃電泡芙和果醬甜甜圈、乳脂鬆糕、草莓果凍、米布丁……

在哈利享用一塊糖漿餡餅的時候，話題轉到了各自的家庭背景。

「我是一半一半，」西莫說，「我爸是個麻瓜。媽一直等到結婚以後，才告訴他自己是個女巫。可真把他給嚇壞了。」

其他人哈哈大笑。

「那你呢，奈威？」榮恩問道。

「我是我奶奶養大的，她是個女巫，」奈威說，「不過我的家人一直都以為我是個麻瓜。我的叔公阿吉總是想要把我從保姆手裡拐走，用各種方法逼迫我使出一些魔法——有一次他還在黑池碼頭把我給推到海裡，害我差點淹死——可是在我八歲以前，一點事都沒發生。然後有一天，阿吉叔公到家裡來喝茶，就在他綁住我的腳，把我從樓上窗口倒吊出去的時候，我的阿妮姨婆拿了塊糕餅給他，他一不小心就鬆開了手。結果我自己蹦了起來，飛過整個庭院，安安穩穩地落到馬路上。他們全都高興得瘋了，我奶奶甚至還哭了呢，她實在是太高興了。你們真該看看，他們發現我收到這兒入學通知時的表情——他們一直以為，我魔法的天賦不夠高，大概不可能到這裡念書。阿吉叔公還高興得買了隻蟾蜍送我。」

在哈利的另一邊，派西．衛斯理和妙麗正在談論課業問題（「我**真希望**他們能夠趕快開始，實在有太多東西要學了，我自己是對變形術特別感興趣，就是把某個東西變成另一樣東西什麼的，當然啦，這想必是非常困難——」，「你們會先用一些小東西開始練習，比方說把火柴變成針——」）。

哈利現在感到全身暖呼呼，有些想睡，他抬起頭再次望著主要餐桌。海格舉起酒杯仰頭狂飲。麥教授在跟鄧不利多教授聊天，戴著可笑頭巾的奎若教授，正在跟一個有著一頭油膩黑髮、大鷹勾鼻和蠟黃皮膚的人講話。

事情發生得非常突然。那個鷹勾鼻老師的目光越過奎若教授的頭巾，與哈利的視線相接——哈利額上的疤立刻感到一陣灼熱的刺痛。

「哎喲！」哈利舉手蒙住自己的額頭。

「怎麼啦？」派西問道。

「沒——沒什麼。」

額前的痛來得快去得也快，揮之不去的是那位老師的神情——他似乎一點也不喜歡哈利。

「那個正在跟奎若教授講話的老師是誰？」他問派西。

「喔，你已經認識奎若教授了，是不是？也難怪他會這麼緊張，那是石內卜教授。他教的是魔藥學，他並不想教這門課——大家都知道他覬覦奎若的工作。坦白說，這個石內卜對黑魔法懂得可真不少。」

哈利打量了石內卜一會兒，石內卜卻不再看他。

最後，在甜點布丁也同樣消失之後，鄧不利多教授又站了起來。整個餐廳立刻安靜無聲。

「嗯哼——現在大家都吃飽喝足，我最後再講幾句話。在學期開始之前，我有幾件重要事項要告訴各位。

「一年級新生注意了，校園裡的森林絕對禁止任何學生進入。少數的幾名舊生最好也不要忘了這一點。」

鄧不利多銳利的雙眼朝衛斯理雙胞胎的方向盯了一眼。

「此外，管理員飛七先生也要我在此提醒大家，下課時間請不要在走廊裡施展魔法。

「魁地奇隊員審核在這個學期的第二個禮拜開始進行。有興趣代表學院參加比賽的人，請盡快跟胡奇夫人聯絡。

「最後，我必須告訴大家，在這一年之中，如果不想七竅流血、痛苦慘死，就絕對不要踏進四樓右手邊的走廊。」

哈利放聲大笑，可是大笑的人沒幾個。

「他是說真的嗎？」他低聲問派西。

「一定是真的，」派西說，蹙起眉頭望著鄧不利多，「很奇怪，通常在規定我們不准去某個地方的時候，他都會告訴我們一個理由——森林裡有許多危險的野獸，這點大家都很清楚。我真的覺得，他至少應該跟我們這些級長解釋一下。」

「現在，在上床睡覺以前，讓我們一起來唱校歌吧！」鄧不利多喊道。哈利注意到其他老師的笑容已經有些僵硬。

鄧不利多像是要趕走蒼蠅似的，在他的魔杖上輕輕彈了一下，魔杖就飛出了一條金色的彩帶，高高竄起，飛到餐桌上方，如蛇舞般地盤旋扭動，排列成一連串的文字。

「大家各自選擇自己最喜歡的曲調，」鄧不利多說，「一，二，三，唱！」

全體師生開始嘶吼道：

霍格華茲，霍格華茲，霍霍格格霍格華茲，
求求你教給我們一些知識，
不論我們是禿頭老人
還是膝上帶疤的年輕小子，

我們的腦袋需要裝進
一些有趣的玩意，
因為現在裡面空空洞洞，充滿空氣，
死蒼蠅和瑣瑣細細，
所以請教給我們一些值得學習的東西，
召回我們遺忘已久的記憶，
你們只要盡力去做，其他的就交給我們自己，
我們會用力學習直到頭殼壞去。

每個人唱完的時間都不一樣。最後，整個餐廳中，只剩下衛斯理雙胞胎還在順著緩慢的葬禮進行曲繼續吟唱。鄧不利多用魔杖指揮著最後幾句歌詞，他們唱完時，這位校長的鼓掌聲比其他許多人都要來得熱烈。

「啊，音樂呀，」他伸手擦拭眼睛，「一種超越我們這兒所有雕蟲小技的崇高魔法！好了，現在該上床睡覺了。大家快跑！」

葛來分多的一年級新生跟著派西穿越聒噪不休的人群，走出餐廳，爬上大理石階梯。哈利的雙腿又變得跟鉛塊一樣沉重，這次是因為他非常累，而且肚子裡又塞了過多的食物。他實在是太睏了，因此，當他發現走廊兩旁的畫像，在他們經過時竟然交頭接耳竊竊私語，甚至還朝他們指指點點，或是派西兩度領著他們穿越藏在滑動木板和垂掛

繡帷後的暗門時，他也不覺得訝異。大夥一面打呵欠，一面拖著腿攀爬永無止境的階梯，就在哈利想著他們究竟還得走上多久時，前方的隊伍突然停了下來。

在他們前方的半空中，飄浮著一捆手杖。派西只比他們領先一級階梯，因此他們現在全都開始像骨牌似地朝他的方向迅速撲倒。

「是皮皮鬼，」派西低聲告訴一年級新生，「一個愛吵鬧的鬼，」他提高嗓音，「皮皮鬼——現身吧。」

他得到的回答是一聲響亮、粗魯，像是氣球洩氣似的噗噗聲。

「你要我去找血腥男爵是不是？」

啵地一聲，半空中突然冒出了一個有著邪氣黑眼睛和血盆大口的小男人，他盤著腿飄浮在空中，一手緊抓著那捆手杖。

「嗬嗬嗬！」他咯咯奸笑，「是討厭的一年級小鬼耶！太好玩了！」

他突然俯衝下來，嚇得他們紛紛閃躲。

「走開，皮皮鬼，否則我就去告訴血腥男爵，我是說真的。」派西吼著。

皮皮鬼吐出舌頭，立刻消失，手杖不偏不倚地砸到奈威的頭上。大夥聽到他嗡嗡地飛向遠處，一路上都是鏗鏘的盔甲聲。

「你們要小心皮皮鬼搗蛋，」繼續向前走的時候派西警告大家，「血腥男爵是唯一可以治得住他的人，甚至連我們這些級長他都不放在眼裡。到了。」

走廊的最盡頭掛著一幅畫像，是個特肥的女人穿著粉紅色的絲綢衣裳。

「通關密語？」她說。

「**龍渣**。」派西說，那畫像一搖一擺地向前敞開，露出牆上的一個圓形洞口。他們一個接一個地爬進去——奈威需要別人拉他一把——他們穿過圓洞，發現自己就在葛來分多的交誼廳裡，那是擺滿了鬆軟的扶手椅，非常舒適的一間圓形房間。

派西先指引女孩子從其中一扇門走到女生寢室，再帶著男孩子踏進另外一扇門。在一列螺旋形階梯的最頂端——這顯然是在其中的一個高塔裡面——他們終於找到了自己的床鋪——五張垂掛著深紫色天鵝絨帷幔的古典四柱式大床，他們的皮箱已經送到了。大家全都累得沒力氣說話，換上睡衣，就往床上倒。

「今天的食物很棒，對不對？」榮恩透過帷幔輕聲對哈利說，「**走開**，斑斑！牠在啃我的床單！」

哈利很想問榮恩有沒有嚐到美味的糖漿餡餅，但還沒開口便睡著了。

也許哈利今晚吃得太多了些，他做了一個非常奇怪的夢。他頭上戴著奎若教授的頭巾，那頭巾一直嘮嘮叨叨地說個不停，勸他務必轉到史萊哲林，因為那就是他的命運。哈利告訴頭巾，他一點也不想去史萊哲林，頭巾卻變得越來越重。他想扯掉，它卻緊緊箍住他的頭，痛得他要命——馬份也出現在他的夢裡，在他掙扎著想要扯下頭巾時，馬份就站在旁邊不斷嘲笑他——接著馬份變成了那個鷹勾鼻老師石內卜，他的笑聲變得高亢而冷酷——哈利眼前爆出了一片綠光，他驚醒過來，嚇得不停發抖、直冒冷汗。

他翻身，再度睡著。第二天醒來時，完全記不起這個夢了。

8

魔藥學老師

「就在那兒，快看。」

「哪裡？」

「就在那個紅髮高個子男生的旁邊。」

「那個戴眼鏡的？」

「你看到他的臉了嗎？」

「你看到他的疤了嗎？」

第二天早上，哈利一踏出寢室，這類的耳語就如影隨形地跟著他不放。人們在他的教室外大排長龍，只是為了踮起腳來看他一眼，不然就是在走廊上經過他身邊時，又故意折回來，目不轉睛地盯著他看。哈利真希望他們不要這樣，因為他不想為這些事分神，他得專心點才能找到通往教室的路。

霍格華茲一共有一百四十二道樓梯：有些又寬又長；有些窄小又搖晃不定；有些在星期五的時候會通往不同的地點；還有一些走到一半，某一級階梯會突然消失，因此得記住要在什麼地方跳過去，才不至於踏空。還有那些怪門，除非你很有禮貌地請求，或是朝某個特定的地方搔搔癢，否則硬是不開，甚至有些門根本不是真正的門，只不過是喬裝打扮的堅硬牆壁。要記住這些地方的位置同樣也是難得要命，所有的位置似乎一直都在四處移動。那些畫像裡的人物不斷地互相串門子，而那些盔甲，哈利確定它們全都會走路。

幽靈的情況也好不到哪兒去。常常在你滿頭大汗地想要打開一扇門時，一個幽靈冷不防地從門後竄出來，嚇得你心臟麻痺。「差點沒頭的尼克」十分樂意為葛來分多的新生指點正確的方向，但要是在上課遲到時，不幸遇到那個愛吵鬧的皮皮鬼，那可比兩扇緊鎖的門再加上一道機關重重的階梯還要難纏。他會把字紙簍倒在你頭上，抽走你腳下的地毯，朝你扔粉筆頭，或是偷偷隱形跟在你後面，再突然衝過來攫住你的鼻子尖聲怪叫：「**抓到你的鼻頭啦！**」

如果說世上真有比皮皮鬼更糟糕的事物，那就該是這裡的管理員阿各．飛七。哈利和榮恩在學期開始的第一天早上就跟他結下了樑子。飛七發現他們想要硬闖一扇門，糟糕的是，這扇門其實是通往四樓走廊禁區的入口。他不肯相信他們倆是因為迷路的關係，反而一口咬定他們是故意想要溜進禁區，並恐嚇說要把兩人關進地牢。幸好奎若教授正好經過，解了圍。

飛七養了一隻貓叫做拿樂絲太太，這隻瘦成皮包骨，毛色黯淡無光的生物，有著一雙凸得像燈泡似的金魚眼，像透了飛七。她經常獨自在走廊上來回巡邏，誰要是膽敢在她面前犯規，只要有一根腳趾頭越過界限，她就會一溜煙地跑去找飛七告狀，過兩秒，她的主人就喘吁吁地出現在你面前。飛七對於學校裡的秘密通道比誰都了解（或許略遜衛斯理雙胞胎一籌），而且他的行動就像幽靈一樣地神出鬼沒。學生們恨他恨得要命，有許多人最大的野心就是，狠狠踹他的拿樂絲太太一腳。

之後，你一旦找到教室，還得去應付那些難纏的課程。哈利很快就發現，除了揮動魔杖，念幾句好玩的咒語之外，魔法還有其他許多高深的學問，等著他去努力鑽研。

在每個週三的夜晚，他們必須用望遠鏡觀看夜晚的星空，學習不同星星的名稱，與研究行星的運行軌道。每個禮拜有三天，必須隨著一名叫做芽菜教授的矮胖小女巫，到城堡後面的溫室去研讀藥草學，在那裡學習如何照料各種奇怪的植物與菌類，查出它們的用途。

魔法史是其中最無聊的一門課，這同時也是唯一一堂由幽靈擔任老師的課程。當年這位丙斯教授在教職員休息室爐火前沉沉睡去，第二天早上起來教課，竟忘了帶自己的身體，可想而知有多老了。丙斯上課的時候，只是用單調模糊的嗓音嘮嘮叨叨地念個不停，大家得忙著記下許許多多的人名和日期，又經常把壞人墨瑞克和怪胎烏瑞克給搞混。

符咒老師孚立維，是一個身材異常矮小的巫師，上課時得站在一大疊書上面，他的頭才能冒出講桌。第一堂課一開始，他拿出點名簿點名，叫到哈利的名字時，他發出一聲激動的尖叫，一頭栽倒在講桌後面，消失在大家眼前。

麥教授又跟他們都不一樣。哈利對她第一眼的印象是，這是位不容任何人違抗冒犯、非常不好說話的嚴師，他的直覺完全正確。這位既嚴格又聰明的老師，上第一堂課，大家剛剛坐下，她就來個下馬威，狠狠訓了他們一頓。

「變形學是你們在霍格華茲的課程中，最複雜、同時也最危險的一種魔法，」她說，「任何在我課堂上搗蛋摸魚的人，我會請他立刻離開，永遠不准再進我的教室。我已經警告過你們了。」

然後她就露了一手，把講桌變成一隻豬，又再變回來。大家全都受到很大的震撼，迫不及待地想要趕快開始上課，但沒過多久，他們就了解了要想把家具變成動物還早得很呢。在記了一大堆複雜深奧的筆記之後，每人分到一根火柴，要想辦法把它變成一根針。到了下課的時候，全班只有妙麗．格蘭傑一個人，成功地讓她的火柴出現了某些變化；麥教授舉起火柴，讓全班同學仔細看清楚它是如何地變化成全銀的而且尾端尖細，還給妙麗一個難得的笑容。

全班同學真正期待的課程是黑魔法防禦術，結果奎若的課簡直就像個笑話。他的教室裡彌漫了強烈的大蒜味，大家都說這是為了驅逐他在羅馬尼亞遇到的一個吸血鬼，因為他很怕吸血鬼會突然跑過來把他給抓走。他告訴他們，他的頭巾是他為一名非洲王子除去難纏殭屍所得到的謝禮，同學並不怎麼相信這個故事。首先，在西莫．斐尼干急切地追問打敗殭屍的過程時，奎若立刻變得滿臉通紅，支支吾吾地談論起天氣；其次，他們注意到，他的頭巾散發出一種古怪的氣味，衛斯理雙胞胎堅稱那裡面一定也同樣塞滿了大蒜，這樣奎若不論走到哪兒，都可以受到嚴密的保護。

哈利發現自己在功課方面並沒有落後太多，他心裡的大石頭總算落了地。許多人都來自麻瓜家庭，而且像他一樣，從來不曉得自己竟然是巫師或女巫。他們實在有太多東西必須學習，甚至連榮恩這些古老巫術家族出身的人，也不見得能夠遙遙領先。

星期五對哈利和榮恩來說是一個重要的里程碑，他們終於可以完全不迷路的從寢室走到餐廳去進早餐了。

「我們今天要上什麼課？」哈利在麥片粥裡加糖時隨口問。

「跟史萊哲林一起上兩堂魔藥學，」榮恩說，「石內卜是史萊哲林學院的導師。他們說他總是特別偏袒他們——我們待會兒就知道這是不是真的了。」

「真希望麥教授能夠對我們偏心一點。」哈利說。麥教授是葛來分多學院的導師，昨天她還是鐵面無私地開給他們一大堆功課。

就在此時，當日的郵件送到了餐廳。哈利現在已經習慣這樣的景象了，第一天早上他還真是被嚇了一跳。當時大家在用早餐，忽然有上百隻貓頭鷹飛進來，在餐桌上空繞著圈子，尋找自己的主人，然後把郵件和包裹扔到他們的大腿上。

到目前為止，嘿美從來沒替哈利帶來任何東西。她有時會飛進來輕啄他的耳朵，嚐點吐司麵包，再飛回貓頭鷹屋，和學校其他貓頭鷹們一起睡覺。然而，在這個早晨，她卻拍著翅膀降落在果醬和糖罐之間，把一封信放到哈利的餐盤上。哈利立刻撕開信封。

親愛的哈利：（信上的字體潦草得像是鬼畫符）

我知道你星期五下午放假，所以可不可以在三點左右過來跟我喝杯茶？我想聽聽你在這兒的第一個星期過得怎樣。叫嘿美送封回信給我吧。

海格

哈利向榮恩借了枝羽毛筆，在信紙背面匆匆寫下：「好的，非常樂意，待會兒見。」嘿美再度飛走。

幸好哈利還有跟海格一起喝茶這件事可以期待，因為接下來的魔藥學課程是他到霍格華茲以來所遇到最糟的一件事。

在開學宴會中，哈利就覺得這位石內卜教授不太喜歡他。第一堂魔藥課結束時，他知道自己想錯了。石內卜不是不喜歡哈利——他根本就對哈利**痛恨至極**。

魔藥學是在一間地牢裡面上課。這裡比地面上的城堡主要建築寒冷陰森，就算沒有牆邊那些飄浮在玻璃罐裡的數百具動物屍體，也夠讓人感到毛骨悚然了。

石內卜就跟孚立維一樣，第一堂課先拿著點名簿一一點名，而他也像孚立維一樣，在念到哈利名字時特別停了下來。

「啊，是的，」他輕聲說，「哈利波特。我們這兒的新——**名人**哪。」

跩哥·馬份和他的朋友克拉與高爾摀住嘴巴吃吃竊笑。石內卜點完名，抬起頭環視全班同學。他的眼睛像海格一般漆黑，但少了海格的溫暖。它們顯得冰冷而空洞，就像是兩條深不可測的黑暗隧道。

「你們到這兒來，是為了學習調配魔法藥劑的精密科學與正確技術。」他開始演說，他的聲音細微得像是耳語，卻能讓大家每個字都聽得清清楚楚——就像麥教授一樣，石內卜也有著不用故意裝兇，就可以讓全班噤若寒蟬的威儀，「這裡沒什麼機會讓你們傻乎乎地揮動魔杖，因此會有許多人想不通，這怎麼可以算是一種魔法。我並不期待你們會真正了解，一鍋細火慢燉，咕嘟咕嘟冒著白煙的深釜所特有的美感，或是那些爬進人類血管，混亂他們心智、迷惑他們感官的液體，有著多麼妙不可言的魔力……我可以教導你們如何萃取名聲，熬煮榮耀，甚至阻止死亡——前提是，你們不能像我常常教到的那些超級蠢蛋那麼愚昧。」

在這段小小的演說之後，全班變得鴉雀無聲。哈利和榮恩聳起眉毛，互相交換了一個眼神。妙麗．格蘭傑整個身子往前傾，看似迫不及待地想要證明，她可絕對不是一個超級蠢蛋。

「波特！」石內卜突然喊道，「如果我把水仙球根粉末倒入苦艾汁，會產生什麼樣的效果？」

究竟是什麼粉倒進什麼汁呀？哈利瞥向榮恩，他看起來就跟自己一樣茫然；妙麗的手高高舉向空中。

「我不知道，先生。」哈利說。

石內卜的薄嘴唇扭出一個冷笑。

「嘖，嘖——名氣顯然並不能代表一切。」

他裝作沒看到妙麗高舉的手。

「我們再試一次吧，波特，要是我叫你拿一塊毛糞石給我，你要到哪兒去找？」

妙麗儘可能在屁股不離開座位的情況下，努力把手舉得老高，哈利壓根就不知道毛糞石是什麼玩意兒。他盡量不去注意馬份、克拉和高爾，他們三人現在把臉埋在手裡，笑得全身抖動。

「我不知道，先生。」

「我想你在開學以前，從來沒把課本翻開來看過，是不是，波特？」

他強迫自己正視那對冷酷的眼睛。其實他在德思禮家時，**曾經**把所有的課本都從頭到尾翻過一遍，可是石內卜難道以為他可以把《一千種神奇藥草與蕈類》的內容全部背下來不成？

石內卜依然不理會手痠得微微打顫的妙麗。

「那你告訴我，波特，附子和牛扁有什麼不同？」

一聽到這個問題，妙麗忍不住站了起來，一隻手筆直指向地牢天花板。

「我不知道，」哈利鎮定地表示，「不過，我想妙麗應該知道答案，你為什麼不問問她呢？」

有幾個人笑出了聲；哈利迎上西莫的目光，西莫激賞地朝他眨眨眼。石內卜很不高興。

「坐下，」他對妙麗厲聲怒吼，「我來替你解答，波特，水仙和苦艾加在一起，可以調配出一種藥效極強的安眠藥，俗稱一飲活死水。毛糞石是從山羊胃裡取出的一種石頭，用來解毒非常有效。至於附子和牛扁呢，它們其實是同一種植物，它另外還有個名字叫做烏頭。懂了嗎？你們大家怎麼不趕緊把這些記下來呢？」

地牢中立刻響起了一陣摸索羽毛筆和羊皮紙的窸窣聲。在嘈雜聲中，大家依然可以聽到石內卜氣若游絲的嗓音：「由於你剛才頂撞師長，葛來分多學院會因為此扣掉一分，波特。」

魔藥學的課程繼續，葛來分多學生們的處境並未改善。石內卜將他們兩人分成一組，指導他們調製一種簡單的、治療疔瘡的藥水。他拖著寬大的黑色長斗篷，在教室中四處走動，監督他們秤乾蕁麻和磨碎的毒蛇牙。幾乎每個人都遭受到嚴厲的批評，只有馬份一個人得以倖免，他似乎特別偏愛這個學生。就在他對大家指出，馬份燉煮角蛞蝓的手法是多麼純熟完美時，地窖中突然冒出一股帶有酸味的綠色濃煙，並響起一陣尖銳的嘶嘶聲。奈威不知怎地把西莫的釜燒成一團歪七扭八的鐵塊，釜裡的藥汁也全都潑到了石頭地板上，把其他學生的鞋子腐蝕出一個個的小洞。在短短幾秒鐘之內，全班同學通通爬上椅子，而大釜翻倒時被藥汁潑得全身溼透的奈威，痛苦地大聲哀號，手臂和腿上冒出了密密麻麻的紅腫疔瘡。

「笨蛋！」石內卜怒喝，他輕輕揮一下魔杖，潑出的藥汁立刻消失，「我猜你大概是在大釜還沒離火前，就把豪豬刺給扔了進去是不是？」

奈威現在連鼻子上都冒出了許多疔瘡，他嗚嗚咽咽地低聲哭泣。

「把他送到上面的醫院廂房去。」石內卜對西莫吼。然後他繞到哈利和榮恩面前，他倆調配藥汁的位置恰好就在奈威隔壁。

「你——波特——你為什麼不告訴他別把豪豬刺放進去？我想，你大概是以為，他要是出錯的話，可以讓你自己顯得特別優秀是吧？你現在又讓葛來分多扣了一分。」

這實在是太不公平了，哈利張開嘴正要反駁，榮恩卻在大釜後面踢他一下。

「別亂來，」他輕聲說，「我聽說石內卜這個人非常不可理喻。」

一個鐘頭之後，大家出了地牢登上階梯，哈利的腦袋裡湧出無數的疑問，他的情緒也變得異常低落。在開學的第一個禮拜，他就害葛來分多扣了兩分——石內卜**為什麼**會這麼恨他？

「想開一點，」榮恩說，「弗雷和喬治也常常被石內卜亂扣分數。我可不可以跟你一起去找海格？」

三點差五分，他們離開城堡，踏上穿越校園的遠征旅途。海格住在禁忌森林邊緣的一棟小木屋裡，他的大門前放著一張石弩和一雙橡膠套鞋。

哈利伸手敲門時，聽到裡面有激烈掙扎的聲音，還間雜著幾聲低吼，然後海格突然提高聲音喝道：「**退後**，牙牙——**退後**。」

大門開了一道縫，露出海格毛茸茸的大臉。

「等一下，」他說，「**退後**，牙牙。」

他請他們進去，一手奮力揪住好大一頭巨大黑色獵豬犬的項圈。

木屋總共就只有一個房間。天花板上吊著火腿和雉雞，壁爐的火堆上擱著一把正在沸騰冒煙的銅水壺，角落擺著一張大床，上面鋪著打補釘的被褥。

「當自己家。」海格說著鬆開了牙牙的項圈，大狗立刻撲到榮恩身上，熱情地舔他的耳朵。就像海格一樣，牙牙其實並不如外表那麼兇惡。

「這是榮恩。」哈利告訴海格，這位主人正忙著把滾水倒入一個大茶壺，餐盤上堆滿了石頭蛋糕。

「又一個衛斯理家的兄弟，嗄？」海格看著榮恩的雀斑，「我大半輩子的時間，都用在把你的雙胞胎兄弟趕離森林。」

石頭蛋糕硬得害他們差點兒繃斷了牙，哈利和榮恩還是佯裝出很愛吃的模樣，七嘴八舌地搶著把這幾天上課的情形講給海格聽。牙牙把頭擱在哈利的膝蓋上，口水把他的長袍滴得溼了一大片。

哈利和榮恩聽到海格叫飛七「那個老雜種」，心裡都覺得非常痛快。

「說到那頭貓啊，那個叫什麼拿樂絲太太的傢伙，有時候我還真想把她介紹給牙牙認識認識。你知道嗎？每次去學校的時候，我走到哪兒她就跟到哪兒，怎麼都甩不掉她——這一定是飛七唆使她這麼做的。」

哈利把石內卜上課時發生的事告訴海格。海格的反應跟榮恩一模一樣，叫哈利不用擔心，反正那個石內卜從來沒喜歡過任何學生。

「可是他好像是真的非常**恨**我。」

「胡說八道！」海格說，「他幹嘛要恨你？」

然而哈利還是忍不住的覺得，海格在說這句話的時候眼神閃爍，似乎不敢看他。

「你哥哥查理最近怎麼樣啊？」海格問榮恩，「我好喜歡那個孩子——他對動物真有一套。」

哈利又忍不住地猜想，海格是不是故意轉移話題。榮恩向海格說著查理研究龍的工作情形時，哈利在桌上的茶墊下面發現了一張紙。那是一篇從《預言家日報》上剪下來的文章：

古靈閣非法闖入事件最新報導

相關人士正在繼續調查發生於七月三十一日的古靈閣非法闖入事件，一般認為，這顯然是某位不知名黑巫師或是女巫所策劃的行動。

古靈閣的妖精們今日再度堅稱，闖入者並沒有取走任何東西。遭闖入者侵入搜索的那間地下金庫，事實上已在當日稍早被提領一空。

「不過我們不會告訴你們，裡面究竟放了些什麼東西，所以，識相的話，最好安分一點，別再來跟我們囉嗦。」一名古靈閣的發言妖精在今日下午表示。

哈利記得榮恩在火車上告訴過他，有人企圖搶劫古靈閣，但榮恩當時並沒有提到發生日期。

「海格！」哈利說，「那個古靈閣非法闖入事件，就發生在我生日那一天！說不定就是在我們去提錢的時候發生的呢。」

這次哈利確定無疑，海格很明顯地不敢看他的眼睛。海格咕噥了一聲，又塞給哈利一塊石頭蛋糕。哈利再把那篇報導看一遍。遭闖入者侵入搜索的那間地下金庫，事實上已在當日稍早被提領一空。如果說，只是把那個髒兮兮的小包裹拿出來，就可以叫做提領一空的話，海格確實是在當日把七百一十三號地下金庫提領一空。難道那就是搶匪想要找的東西嗎？

在哈利和榮恩返回城堡吃晚餐的途中，他們的口袋裡塞滿了因為太過客氣而不便拒絕的石頭蛋糕。哈利想著，跟海格喝了這一頓下午茶所留給他去思索的問題，簡直比這一個禮拜所上的課程還要多。海格是不是趕在搶匪闖入之前，及時取出了那個包裹？那個包裹現在在哪裡？海格是不是知道一些關於石內卜的事情，卻不願意坦白告訴他？

9 午夜的決鬥

哈利過去從不相信，世上還會有一個比達力更令他深惡痛絕的男孩，不過那是在他遇到跩哥．馬份之前。好在，葛來分多的一年級新生，只有魔藥學得跟史萊哲林的新生一起上課，所以他們跟馬份相處的時間並不算太多。然而好景不長，有一天，他們在葛來分多交誼廳牆上，看到了一張讓所有的人都大聲抱怨的布告。飛行課程將於星期四開始——而葛來分多將和史萊哲林一起上課。

「太好了，」哈利陰鬱地說，「果然如我所願。在馬份面前騎飛天掃帚出醜。」

飛行原本是他最期待的課程。

「你怎麼知道自己一定會出醜，」榮恩理智地說，「我倒是曉得，馬份老是天花亂墜地吹牛，說他的魁地奇打得有多棒。我敢打包票，他只是愛說大話罷了。」

馬份確實是常常把飛行掛在嘴邊。他大聲抱怨，一年級新生從未入選過學院魁地奇代表隊，是多麼地不公平不合理，又老是在講一些冗長誇張的故事，故事最後總是以他在千鈞一髮之際，如何巧妙地閃過一架麻瓜直升機做為結束。愛現的並不是只有他一個人：西莫．斐尼干也常說，他大部分的童年時光，都是騎著掃帚在鄉野裡飛來飛去。甚至連榮恩逮到機會，也會長篇大論地描述，他騎著查理的舊掃帚出遊時，是如何差點撞上了一個搭滑翔翼飛行的麻瓜。來自巫師家族的每一個人，都常常把魁地奇拿來當作聊天話題。榮恩已經為足球跟他們同寢室的丁．湯馬斯大吵了一架。榮恩不明白，全場只有一個球，而參賽者又不能飛的遊戲，究竟有什麼好玩。哈利有一次還看到榮恩伸手偷戳丁的西漢姆足球隊海報，想設法讓那些球員動起來。

奈威這輩子從來沒騎過飛天掃帚，因為奶奶絕不准他靠近這種飛行工具。哈利暗暗同意她的做法，奈威光是用兩條腿在地上走，發生的意外就已經多到嚇人。

妙麗．格蘭傑一遇到飛行，幾乎就變得跟奈威一樣緊張。這可不是你翻本書死記就可以學會的東西——她並不是沒有試過。在星期四的早餐時間，她把圖書館借來的《穿越歷史的魁地奇》這本書中看到的種種飛行情報，一古腦地全說出來，把他們給煩得半死。奈威聽得異常認真，連一個字都不敢輕易放過，只求稍後對他抱牢那把掃帚能有所幫助，但其他人在妙麗的演說終於被送達的郵件打斷時，都高興得不得了。

哈利從海格的短箋以後，再也沒收到過一封信，馬份自然很快就注意到這一點。馬份的雕鴞常常從家裡替他帶來一盒盒的餅乾糖果，而他總是得意地拆開，放在史萊哲林的餐桌上展示。

一隻草鴞替奈威送來奶奶寄給他的小包裹。他興奮地拆開，取出一個像大彈珠似的玻璃球，球裡似乎彌漫著白色的煙霧。

「這是一個記憶球呢！」他對大家解釋，「奶奶知道我老是忘東忘西的——你要是有某件事忘了去做，這個球就會提醒你。你們看，只要像這樣把它緊緊握在手裡，如果它變紅的話──喔……」他的面孔沉了下來，因為記憶球突然散發出鮮豔的猩紅光芒，「……那就代表你忘了某件事情……」

就在奈威努力回想自己究竟忘了什麼事的時候，正巧經過葛來分多餐桌的跩哥・馬份，一把搶走了他手中的記憶球。

哈利和榮恩跳起來。他們其實早就想找個理由跟馬份幹上一架了，對於學生之間的爭端警覺性比所有師長都高的麥教授，像閃電般衝到了他們面前。

「怎麼回事？」

「馬份搶走了我的記憶球，教授。」

馬份滿臉不高興地把記憶球扔到桌上。

「只是看看罷了。」他說完就帶著克拉和高爾落荒而逃。

＊＊＊

那天下午三點半，哈利、榮恩和其他的葛來分多新生們，爭先恐後地衝下城堡大門的台階，到校園裡去上他們的第一堂飛行課程。是一個晴朗的好天氣，風微微的，他們順著碧草如茵的下坡路，走向平坦寬闊的草坪，清風不時在他們腳下翻攪出翠綠的草浪。此處與禁忌森林正好分處於校園的兩端，他們依稀可以看見那片陰森樹林在遠方晃動的影子。

史萊哲林的學生已先他們一步到達，同時還有二十根排得整整齊齊的飛天掃帚在地上躺著。哈利過去曾聽弗雷和喬治兩兄弟抱怨過學校的掃帚，說如果飛得太高，有些掃帚就會晃個不停，要不然就是飛的時候老是偏向左邊。

他們的老師胡奇夫人到了。她有著一頭灰色的短髮，和一對老鷹似的黃眼睛。

「你們還在蘑菇什麼？」她吼道，「每個人站到一根掃帚旁邊。快點，各就各位。」

哈利低頭看他的掃帚。很舊，末梢有些枝條東凸西翹的。

「右手伸到掃帚上方，」胡奇夫人站在前面喊道，「說，『上來』！」

「**上來！**」大家一同喊道。

哈利的掃帚立刻跳到他的手中，班上只有少數幾個人順利達到這樣的效果。妙麗．格蘭傑的掃帚只在地上滾了一圈，而奈威的掃帚連動都不動。也許掃帚就跟馬兒一樣，可以分辨出你心裡害不害怕，哈利暗自忖度；奈威的聲音微微顫抖，一聽就知道，他只想兩腳安安穩穩地踏在地上。

接著胡奇夫人指導他們要怎麼樣騎掃帚，才不會從尾端滑下來。她還在隊伍中來回巡行，一一糾正他們抓握的姿勢。她說馬份多年來一直都是用錯誤的姿勢在騎掃帚，這讓哈利和榮恩覺得非常高興。

「現在，我一吹口哨，你們就開始用力往上跳。」胡奇夫人說，「掃帚保持穩定，往上飛個幾呎，然後身子微微向前傾，直接飛回原地。現在聽我的口哨──三──二──」

奈威因為太過緊張而變得非常神經質，他又很害怕只有他一個人留在地上飛不起來，因此口哨才剛碰到胡奇太太嘴唇的那一刻，他就受驚似地用力跳了起來。

「回來，孩子！」她喊道，可是奈威就像迸離瓶子的瓶塞一飛沖天──十二呎──二十呎。哈利看見他那張嚇得發白的面孔低頭望著距離越來越遠的地面，看他身子一歪，從掃帚上滑了下來。

砰──一記驚天動地的巨響伴隨著嚴重的碎裂聲，奈威面孔朝下地栽到地上，軟綿綿地癱在那兒不能動彈。他的飛天掃帚依然在天空越飛越高，緩緩地飄向了禁忌森林，隨後就失去蹤影。

胡奇夫人彎下腰檢查奈威的傷勢，她的臉跟他一樣慘白。

「手腕摔斷了，」哈利聽到她輕聲說，「好了，孩子──沒事了，站起來吧。」

她轉過身望著其他學生。

「我帶這個孩子到醫院廂房的時候，你們全都給我乖乖站在這兒不准亂動！絕對不准去動這些飛天掃帚，否則在看到『魁地奇』之前，你們就會被逐出霍格華茲。跟我來吧，親愛的。」

奈威臉上沾滿了淚水，他緊抓住受傷的手腕，一跛一跛地跟著胡奇夫人離去，她體貼地環抱著他的肩膀。

等他們兩人一走出聽力所及的範圍，馬份就開始放聲大笑。

「你們看到那個大笨蛋的表情了嗎？」

其他的史萊哲林學生們也開始大笑。

「閉嘴，馬份。」芭蒂・巴提厲聲吼道。

「咦，妳想替隆巴頓撐腰是不是？」一個長相刻薄的史萊哲林女孩潘西・帕金森說，「我可從來沒想到，**妳**居然會喜歡這種又胖又蠢的小愛哭鬼呢，芭蒂。」

「你們看！」馬份說，他一個箭步衝到前面，從草地上抓起一樣東西。「這不是隆巴頓的奶奶寄給他的蠢東西嗎？」

他手中的記憶球在陽光下發出閃爍的光輝。

「把它放回去，馬份。」哈利沉聲說。大家立刻安靜下來，望著他們兩人。

馬份露出惡作劇的笑容。

「我想我還是把它藏到某個地方，讓隆巴頓去找？你覺得放在——樹上怎麼樣啊？」

「**放回去！**」哈利吼道，但馬份已跳上他的飛天掃帚，迅速竄到空中。他沒有說謊，真的是**飛得很好**——他在一棵大橡樹頂端來回盤旋，示威似地喊道：「要就上來拿呀，波特！」

哈利一把抓起他的掃帚。

「**不行！**」妙麗・格蘭傑喊道，「胡奇夫人說我們不可以動——你這樣會替大家惹上麻煩。」

哈利根本不理她。一股熱血衝上了他的耳朵，現在他只聽得到自己的心跳聲。他騎上掃帚，用力一蹬，就飛了起來，迅速衝向天空。他的亂髮迎風飛揚，寬大的袍子在身後鼓脹翻飛——在一陣強烈的狂喜中，他終於發現有些東西是不學自會的——這麼容易、這麼**美妙**。他將掃帚略微向上拉起，讓它飛得更高一些，他聽到女孩子在下面尖叫喘氣的聲音，還有榮恩崇拜的歡呼。

他騎著掃帚一個急轉彎，在半空中與馬份正面相對。馬份嚇得一愣。

「給我，」哈利喊道，「不然我就把你從掃帚上踢下去！」

「喔，是嗎？」馬份努力想要表現出滿不在乎的嘲諷模樣，看起來卻是憂心忡忡。

不知怎地，哈利完全知道下一步該怎麼做。他身子向前傾，雙手緊緊抓住掃帚，像標槍似地朝馬份疾衝過去。馬份在最後一刻才及時閃過；哈利在空中俐落地轉個身，動作漂亮而穩定。下面有幾個人忍不住大聲鼓掌叫好。

「現在可沒有克拉和高爾來救你了，馬份。」哈利喊道。

馬份也在此時想到了同樣的念頭。

「好，抓得到你就來拿吧！」他大喝一聲，將玻璃球高高扔向天空，便急急忙忙地飛回地面。

哈利彷彿在看慢動作電影，望著玻璃球飛到空中，然後朝下墜落。他俯身向前，將掃帚柄對準下方——下一秒他就以越來越快的速度向下俯衝，跟玻璃球競「跑」——風聲在他耳邊呼嘯，剛好間雜著觀望人群的尖叫聲——他伸出一隻手——在離地一呎處抓住了玻璃球，剛好及時拉起掃帚，手中緊握著毫無損傷的記憶球，輕輕滾落到草地上。

「**哈利波特！**」

他的心沉得甚至比剛才俯衝的速度更快。麥教授朝他們跑過來，他抖索索地站了起來。

「**從來沒有過**——我待在霍格華茲這麼多年來——」

麥教授驚愕地幾乎說不出話來，她的眼鏡閃爍著炫目的光芒，「——**你竟然敢**——這樣很可能會摔斷脖子——」

「這不是他的錯，麥教授——」

「別說了，巴提小姐——」

「可是馬份——」

「**夠了**，衛斯理先生。波特，跟我來。」

麥教授大踏步地朝城堡走去，哈利拖著麻木的雙腿隨著她離開時，瞥見了馬份、克拉和高爾得意洋洋的勝利笑容。他心裡很清楚，自己就快要被開除了。他想要說些話來替自己辯護，喉嚨卻似乎出了問題，發不出任何聲音。麥教授連看都不看他一眼，只是拖著長袍飛快地向前走，他必須用小跑步才跟得上。現在他已經完了，甚至連兩個星期都撐不過。他將會在十分鐘之內收拾好行李，天知道德思禮他們看到他出現在大門前的時候，會說出什麼難聽的話？

登上大門的台階，再登上裡面的大理石樓梯，麥教授仍然沒開口對他說一句話。她拉開一扇扇的門，走過一條條的長廊，哈利可憐兮兮地在後面追著跑，努力跟上她的腳步。也許她要帶他去找鄧不利多，他想到了海格，這個巨人在開除之後，還可以獲准留在學校擔任獵場看守人，也許他可以做海格的助手。但只要一想到，將來得眼睜睜地看著榮恩等人全都變成巫師，自己只能馱著海格的大袋子，吃力地在校園裡繞來繞去，他的胃就開始隱隱作痛。

麥教授在一間教室門前停下腳步。她打開門，把頭探進室內。

「對不起，孚立維教授，能不能把『木頭』借給我幾分鐘？」

木頭？哈利困愕地想著；難道木頭是一根她要用來處罰他的藤條嗎？

但木頭其實是一個叫做木透的人，一名魁梧健壯的五年級學生，他此時正帶著困惑的神情走出孚立維的教室。

「你們兩個跟我來。」麥教授說，於是他們三人繼續沿著走廊向前走，木透滿臉狐疑地望著哈利。

「進去。」

麥教授指示他們走進一間空無一人的教室，裡面只有愛吵鬧的皮皮鬼正忙著在黑板上寫髒話。

「出去，皮皮鬼！」她厲聲喝道。皮皮鬼把粉筆扔進字紙簍，發出好大的咚一聲，然後才連連咒罵地疾飛出去。麥教授砰上大門，轉身望著兩個男孩。

「波特，這是奧利佛·木透。木透──我替你找到了一個搜捕手。」

木透臉上的表情立刻從困惑變成喜悅。

「妳是說真的嗎，教授？」

「當然，」麥教授斬釘截鐵地表示，「這孩子是個天才。我從來沒見過這樣的事，這是你第一次騎飛天掃帚嗎，波特？」

哈利默默點頭。他完全不曉得這究竟是怎麼回事，不過好像不會被開除了，他的兩腿總算恢復了一點感覺。

「他從離地五十呎的高處俯衝下來，一手抓住了那樣東西，」麥教授告訴木透，「甚至連塊皮都沒擦破。這連當年的查理．衛斯理都沒辦法辦得到。」

木透現在的神情，就像是所有的美夢都在瞬間變成了事實。

「你看過魁地奇球賽嗎，波特？」他興奮地詢問。

「木透是葛來分多魁地奇球隊的隊長。」麥教授解釋。

「他連身材都是標準的搜捕手體格，」木透在哈利的身邊繞圈子，仔細打量這名新加入的生力軍，「靈活、敏捷，我們得替他準備一根像樣的掃帚。教授──我想，可以考慮光輪兩千或是狂風七號。」

「我會去跟鄧不利多談談，看看我們是不是可以通融一下，暫時別去管一年級新生不准擁有掃帚的規則。天知道，我們太需要一組比去年優秀的團隊。上一場比賽被史萊哲林打得**慘敗**，我有好幾個禮拜都無法去看石內卜那副得意洋洋的面孔……」

麥教授瞇起眼睛，嚴厲的目光從眼鏡上方逼視哈利。

「我希望你能接受嚴格的訓練，波特，否則我或許會改變心意來處罰你。」

她突然微微一笑。

「你父親一定會為你感到驕傲，」她說，「他自己以前也是個非常優秀的魁地奇球員呢。」

* * *

「你是在**開玩笑**吧？」

現在是晚餐時間。哈利剛剛把他在隨著麥教授離開校園後發生的事情，全都告訴了榮恩。榮恩正準備將一塊牛肉腰花派送進口中，這會兒完全忘了這塊派。

「**搜捕手**？」他說，「可是一年級新生**從來沒有**——你鐵定是好多年以來最年輕的學院代表球員。」

「是一百年以來最年輕的代表球員，」哈利說，狼吞虎嚥地把派餅鏟進嘴裡。經過下午這麼多緊張刺激的遭遇之後，他覺得肚子餓得要命，「這是木透告訴我的。」

榮恩實在是太驚訝，太感動了。他只是呆呆地坐在那裡，張大嘴巴望著哈利。

「我在下星期開始接受訓練，」哈利說，「千萬別把這件事告訴任何人，木透希望能暫時保密。」

弗雷和喬治．衛斯理在此刻踏進餐廳，瞥見了哈利，連忙趕過來。

「幹得好，」喬治低聲說，「木透已經告訴我們了。我們兩個也是隊員——打擊手。」

「我告訴你，我們今年一定會拿到魁地奇盃冠軍。」弗雷說，「查理畢業以後，我們就再也沒有贏過，不過今年我們的球隊可以排出最堅強的陣容。你一定是真的非常優秀，哈利。木透在告訴我們的時候，興奮得差點兒跳起來。」

「好了，我們得走了，李．喬丹新發現了一條離開學校的秘密通道。」

「我敢說，那肯定就是藏在馬屁精葛列果雕像後面的通道，我們早在開學第一個禮拜就發現了。下次再見。」

弗雷和喬治前腳才剛踏出去，另一個不受歡迎的人物就走了進來：馬份，他的爪牙克拉和高爾站在兩旁。

「在享受你的最後一餐嗎，波特？你什麼時候搭火車回去找麻瓜啊？」

「你比剛才勇敢多了，現在回到了地面，身邊又有兩個小朋友在保護你。」哈利冷冷地說。克拉和高爾自然不承認自己是什麼小朋友，可是主餐桌坐滿了老師，他們除了摩拳擦掌和怒目瞪視之外，也不敢採取任何具體的行動。

「我隨時可以跟你單挑，」馬份說，「不如就定在今天晚上吧。巫師的決鬥，只能用魔杖——沒有身體接觸。你覺得怎麼樣？我想你以前大概從來沒聽過巫師決鬥吧？」

「他當然聽過，」榮恩回過頭來接口說，「我是他的副手，你選誰做副手？」

馬份望著克拉和高爾，仔細地評估比較。

「克拉，」他說，「那就定在午夜吧？我們在獎品陳列室碰面，那裡總是開著，不會上鎖。」

馬份離開以後，榮恩和哈利互相對望。

「什麼是**巫師決鬥**？」哈利問，「你說你做我的副手，那又是什麼意思？」

「嗯，副手就是在你死掉以後，接替你繼續進行決鬥的人。」榮恩不當一回事地回答，順手把那塊冷掉的派送進嘴裡。看到哈利臉上的表情，他趕快補充說明：「只有在正式的決鬥裡，跟真正的巫師競賽才會死人。你跟馬份現在最多只能朝對方射幾串火花，你們兩個會的魔法都還太少，不至於造成什麼真正的傷害。不過，我敢說他本來以為你一定會拒絕。」

「要是我揮動魔杖，結果什麼也沒發生，那我該怎麼辦？」

「扔掉魔杖，朝他鼻子上揍一拳。」榮恩建議。

「對不起。」

他們兩人抬起頭來。說話的是妙麗·格蘭傑。

「難道就不能在這裡安安靜靜吃頓飯嗎？」榮恩說。

妙麗不理他，直接對哈利說話。

「我剛才不小心聽到你跟馬份的談話——」

「故意偷聽。」榮恩低聲說。

「——你晚上**絕對不行**在學校裡亂晃，想想看，要是被抓到——這是必然的結果——我們葛來分多會扣多少分啊。你這麼做真的是非常自私。」

「這真的是不關妳的事。」哈利說。

「再會了。」榮恩說。

＊＊＊

無論如何，以決鬥來結束一天實在不是件愉快的事，哈利暗暗想著，他張大眼躺在床上，聆聽丁和西莫熟睡的鼾聲（奈威還沒有從醫院廂房回來）。榮恩整個晚上都在獻計，諸如「要是他想詛咒你，你最好趕快躲開，因為我不記得該怎樣來破解咒語」之類的。他們很可能會被飛七或是那隻瘦貓拿樂絲太太逮個正著，而哈利也覺得，今天一連犯上兩條校規，真是太不像話了。在另一方面，馬份那張充滿嘲諷意味的臉孔，卻又不時浮現在他的眼前——這是面對面痛擊馬份的大好機會，他不能錯過。

「十一點半了，」最後榮恩輕聲說道，「走吧。」

他們套上睡袍，抓起魔杖，躡手躡腳地溜出塔上的寢室，走下螺旋階梯，踏入葛來分多的交誼廳。壁爐中依然閃著幾點餘燼，把室內的扶手椅全變成一個個弓伏的黑影。就在他們快要走到胖女士畫像後的出口時，背後的椅子上突然響起一個聲音：「我真不敢相信，你真的會這麼做，哈利。」

黑暗中亮起一盞明滅不定的燈火。那是妙麗．格蘭傑，身上披著粉紅色的睡袍，臉上掛著不悅的皺眉神情。

「**妳**！」榮恩憤怒地低吼，「快回去睡覺！」

「我差點就去向你哥哥告狀了，」妙麗厲聲反擊，「派西——他可是級長耶，他一定會出面阻止的。」

哈利真不敢相信，世上竟有這麼愛管閒事的人。

「算了，走吧。」他對榮恩說。他推開胖女士的畫像，爬進洞口。

妙麗可不會這麼容易就放棄。她跟著榮恩爬進畫像的洞口，像隻瘋母鵝似地對他們嘶嘶怒吼。

「難道你們**完全不關心**葛來分多，**只關心**你們自己嗎？我不想讓史萊哲林學院再得到今年的學院盃冠軍，你們這麼做只會把我回答麥教授轉換咒所贏來的分數全都扣光。」

「走開。」

「好吧，不過我警告你們，明天坐火車回家的時候，別忘了我現在說的話，你們實在是太——」

不管下文是什麼，他們都聽不到了。妙麗轉向胖女士畫像，準備回寢室，卻發現眼前竟是一幅空白的畫。胖女士到別的地方串門子去了，妙麗就此被關在葛來分多塔外。

「現在我該怎麼辦？」她尖聲問道。

「那是妳自己的問題，」榮恩說，「我們得走了，快要來不及了。」

他們甚至還沒走到走廊盡頭，妙麗就追過來。

「我跟你們一起去。」她說。

「妳**不行**去。」

「你以為我會呆呆站在外面，等著讓飛七來抓嗎？假如他發現了我們三個人，我會把真相告訴他，說我是想要阻止你們，你們到時候可以替我作證。」

「妳要是有膽子把——」榮恩大聲說。

「你們兩個都閉嘴！」哈利機警地說，「我聽到了一些聲音。」是吸鼻子似的呼嚕聲。

「是拿樂絲太太嗎？」榮恩瞇著眼睛望著漆黑的前方。

不是拿樂絲太太，是奈威。他蜷縮著身子躺在地板上睡得很沉，但他們一走近，他立刻驚醒。

「謝天謝地，你們總算找到我了。我已經在這裡待了好幾個鐘頭，怎麼想都想不起回寢室的新通關密語。」

「聲音小一點，奈威。新的密語是『豬鼻』，但這現在對你沒什麼幫助，那個胖女士不知道跑到哪裡去了。」

「你的手臂好些了嗎？」哈利說。

「完全好了，」奈威說，舉起手給他們看，「龐芮夫人才花了一分鐘就完全治好了。」

「太棒了——呃，奈威，我們現在要去一個地方，待會兒見——」

「不要丟下我！」奈威連忙爬了起來，「我不想一個人待在這裡，血腥男爵已經出現過兩次了。」

榮恩低頭看錶，然後憤怒地瞪著妙麗和奈威。

「不管你們哪一個害我們被逮到的話，我就算累死，也要學會奎若教的惡鬼咒語來詛咒你們。」

妙麗張開嘴巴，或許是要傳授榮恩使用惡鬼咒語的正確方法，哈利卻朝她噓了一聲，示意大家往前走。

四個人踏著輕悄無聲的腳步向前走去，月光透過高高的天窗，在走廊上灑落一道道狹長的光影。每繞過一個轉角之前，哈利都擔心著會一頭撞上飛七或是拿樂絲太太，但他們相當幸運，一路上並沒有碰到任何人。他們快步爬上通往四樓的階梯，躡手躡腳地走向獎品陳列室。

馬份和克拉還沒到。獎品的水晶匣在月光照耀下閃爍發光，獎盃、盾牌、金盤和雕像，在黑暗中散發出幽幽的金銀光芒。他們沿著牆壁向前走，眼睛緊盯著房間兩端的大門。哈利取出魔杖，以防馬份突然跳進來立刻開戰。時間一分一秒地過去。

「他遲到了，說不定是嚇得不敢來。」榮恩輕聲說。

這時隔壁房間裡響起了一個聲音，大家驚得跳起來。哈利才剛舉起魔杖，他們就聽到有個人在說話——不是馬份。

「聞仔細，親愛的，他們說不定躲在轉角。」

是飛七在對拿樂絲太太說話。嚇得魂飛魄散的哈利慌亂地朝其他三人連連揮手，要他們盡快跟著他逃走；四個人安靜無聲的快步跑向遠離飛七說話的另一扇門。奈威的長袍剛掃過轉角，他們就聽到飛七踏入了陳列室。

「他一定就在這兒，」他們聽到他喃喃自語，「大概是躲起來了。」

「走這裡！」哈利用無聲的唇語指示大家，早就嚇呆了的他們開始悄悄地踏入一條排滿盔甲的長廊。他們可以聽到飛七越來越近的腳步聲，奈威突然發出一聲驚恐的哭喊，拔腳狂奔——他一個踉蹌，及時抓住榮恩的手腕，兩人不偏不倚倒向一副矗立的盔甲。

驚天動地的撞擊聲，足以驚醒整個城堡。

「**快跑**！」哈利喊道，四個人放開步伐，全速飛奔，不敢回頭察看飛七有沒有跟在後面——他們飛快地繞過大門柱，跑過一條又一條的走廊，帶頭的哈利完全不知道他們現在在哪裡，也不曉得要跑到什麼地方。他們扯開一幅壁氈，發現後面是一條秘密通道，沿著通道再橫衝直撞，最後跑出來已經到了符咒教室附近，這裡他們都知道，離陳列室足足有好幾哩遠。

「看樣子我們已經甩掉他了。」哈利氣喘吁吁地說，把頭靠在冰涼的牆壁上，舉手拭去額上的汗水。奈威彎下腰，發出哮喘般的可怕聲音，嘰哩咕嚕地連連抱怨。

「我——**早就**——告訴——你了，」妙麗喘著氣說，緊按住胸口，「我——早就——告訴——你了。」

「我們得趕回到葛來分多塔，」榮恩說，「越快越好。」

「馬份故意耍你，」妙麗對哈利說，「你懂了吧？他本來就不打算去見你——飛七知道有人會到陳列室去，八成是馬份去跟他通風報信。」

哈利覺得她的推測相當正確，可是他不想跟她說。

「我們走吧。」

事情並沒有這麼簡單。他們才向前走了大約十步，旁邊的門把就發出咔嗒咔嗒的聲音。有樣東西竄出教室，飛到了他們面前。

是皮皮鬼。他看到他們，立刻發出一陣高興的尖叫。

「閉嘴，皮皮鬼——拜託——你這樣會害我們被趕出校門的。」

皮皮鬼咯咯大笑。

「三更半夜四處亂晃，是不是啊，討厭的一年級新生？嘖、嘖、嘖。淘氣，真淘氣，你們會被趕出去，哭得慘兮兮。」

「只要你不出賣我們，就不會這樣。拜託你，皮皮鬼。」

「應該去告訴飛七，沒錯，就這麼辦，」皮皮鬼換上一副聖人的莊嚴口吻，眼中卻閃耀著使詐的光芒，「這可是為你們好啊，知不知道？」

「不要擋路。」榮恩厲聲吼著，用力揍了皮皮鬼一下——這是個天大的錯誤。

「**有學生偷溜下床啊！**」皮皮鬼扯開喉嚨大叫，「**有學生偷溜下床，跑到符咒教室走廊來啦！**」

他們連忙低下頭，從皮皮鬼腳下竄過去，沒命地向前跑，一路跑到了走廊盡頭，砰地一聲撞上一扇門——門是鎖著的。

「慘了！」大家使足力氣，也沒辦法把門推開。榮恩呻吟著說，「這下我們真的完蛋了！沒路可走了！」

他們聽到越來越接近的腳步聲，飛七正以最快的速度朝皮皮鬼大叫的方向跑著。

「喔，讓開，」妙麗怒吼。她一把搶過哈利的魔杖，輕敲門鎖低聲念道：「**阿咯哈呣啦！**」

門鎖咔嗒一聲彈起，大門迅速敞開——四人一湧而入，飛快地關上大門，把耳朵貼在門上，專心傾聽外面的動靜。

「他們往哪個方向走的，皮皮鬼？」飛七說，「快告訴我。」

「說『請』。」

「別跟我胡鬧，皮皮鬼，現在告訴我，**他們走到哪兒去了？**」

「你說請，不然我就不說啊不說。」皮皮鬼用他那種唱歌似的惱人嗓音念道。

「好吧——**請**。」

「不說！哈，哈哈！我剛剛不是告訴過你了嗎？你說請，不然我就不說啊不說！哈，哈！哈哈哈！」他們四個聽到皮皮鬼迅速飛走的嘶嘶風聲，以及飛七憤怒的咒罵。

「他以為這扇門是鎖著的，」哈利輕聲說，「我想我們大概沒事了——**放開**，奈威！」這是因為奈威在用力扯著哈利的睡袍袖子，「**怎麼回事？**」

哈利轉過身——立刻明白是怎麼一回事。在那一瞬間，他非常確定自己是踏入了一個活生生的夢魘——這實在是太過分了，到目前為止所發生的一切，跟眼前的景象比起來全都不算什麼。

就像他原先所猜測的一樣，他們並不是在一個房間裡。而是在一條走廊，禁止進入的四樓走廊。現在他們終於了解，會禁止進入的道理了。

他們眼前站著一頭目光炯炯，像山一樣的巨犬，牠龐大的身軀塞滿了從地板到天花板中間所有的空間。牠有三個頭、三對骨碌碌轉動的怒眼、三個朝著他們不斷抽搐抖動的鼻子、三個淌著口水的血盆大口，泛黃的巨齒上垂掛著一行行滑不溜丟的黏液。

牠不動如山地站在那裡，六隻眼睛全都緊盯著他們。哈利心裡明白，他們之所以沒有當場慘死，是因為他們的出現太過突然，讓牠一時之間不知該做何反應。但牠很快就回過神來，那如雷般的怒吼，已清楚傳達出危險的訊息。

哈利摸索著握住門把——在飛七和死亡之間，他寧願選擇飛七。

他們退到門外——哈利用力甩上門，大家一起沿著走廊拚命往回跑，速度快得簡直要飛了起來。飛七必定是趕到別的地方找他們去了，因為一路上都沒有碰到他，不過現在他們也不怎麼在乎——現在希望的只是，把他們和那頭怪獸之間的距離拉得越遠越好。四個人馬不停蹄地跑回八樓的胖女士畫像前方。

「你們到底上哪兒去啦？」她問道，狐疑地望著他們垂到肩膀下的睡袍，和淌滿汗水的泛紅臉頰。

「這妳別管——豬鼻，豬鼻。」哈利喘著氣說，畫像隨即向前敞開。他們飛快地爬進交誼廳，渾身發抖地倒在扶手椅上。

有相當長的一段時間，沒有任何人開口說話。事實上，奈威看起來像是這輩子永遠都不會再說話了。

「他們這些人究竟是怎麼想的，竟然把那種東西關在學校裡面？」榮恩終於開口說，「那個傢伙還真需要跑出去運動運動。」

妙麗好不容易才喘過氣來，她的壞脾氣就又重新發作。

「你們不會用眼睛看嗎，你們這些人，一個也不會嗎？」她怒聲咒罵，「難道你們沒看到，牠是站在什麼東西上面？」

「地板？」哈利猜測，「我沒注意到牠的腳，牠那三個頭就夠我忙的了。」

「不，**不是**地板，牠站在一扇活板門上。牠顯然是在看守某個東西。」

她站起身來，氣憤地瞪著他們。

「各位對自己的表現滿意了吧。我們很可能因此沒命——或者更糟，被趕出校門。現在，要是你們不介意，我要上床去睡覺了。」

榮恩張大嘴吧，詫異地凝視她的背影。

「不，我們一點也不介意。」他說，「她這麼說，就好像是我們硬拉她去似的，你說是不是？」

哈利爬上床休息時，妙麗說的話，一直在他腦海裡揮之不去。那隻狗是在看守某樣東西——海格當初是怎麼說的？如果你想要藏起某樣東西，古靈閣可算是全世界最安全的地方——除了霍格華茲之外。

哈利似乎已經發現，那個從七百一十三號地下金庫取出的骯髒小包裹，現在是放在什麼地方了。

10 萬聖節驚魂

第二天，馬份看到哈利和榮恩仍然好端端地待在霍格華茲時，他簡直不敢相信自己的眼睛，他們倆看起來有些疲累，心情卻相當愉快。事實上，到了第二天早上，哈利和榮恩都覺得遇到三頭狗的經過，是一場非常精采刺激的冒險，他們甚至還相當期待另一場探險行動。同時，哈利也把那個包裹似乎已從古靈閣移到霍格華茲的事，鉅細靡遺地告訴榮恩，兩人花了許多時間猜測，究竟是什麼樣的東西，才會需要如此嚴密的保護。

「這東西要不是非常貴重，就是非常危險。」榮恩說。

「或者兩樣都是。」哈利說。

他們對於這個神秘物品唯一能夠確定的，就是它大約兩吋長。在找不到更多線索的情況下，實在也沒什麼好猜的。

奈威和妙麗兩人，對於藏在三頭狗和活板門下面的東西，完全不感興趣。奈威關心的只是永遠別再靠近那條狗。

妙麗拒絕再跟哈利和榮恩說話，她是那樣一個囂張跋扈，自以為無所不知的討厭鬼，因此他們反而把這看做是一個意外的收穫，至少以後耳根可以清淨一些。現在他們倆真正最想做的事，是找個機會向馬份報仇。一個禮拜之後，兩人興奮地發現，這樣的機會竟隨著晨間郵件一同到來。

像往常一樣，貓頭鷹從四面八方湧進餐廳時，所有的人注意力立刻集中在一個由六頭大鳴角鴞搬運的細長包裹上。哈利跟其他人一樣，急著想看看這個大包裹裡面究竟裝了什麼，因此當六隻貓頭鷹忽然滑翔而下，在他面前扔下包裹，把他的培根震落到地上時，他不禁大吃一驚。這六隻鳴角鴞才剛飛走，就又有另一隻貓頭鷹拍著翅膀降落，把一封信扔在包裹上。

哈利先拆信，這實在是他的運氣，因為信上寫著：

不要在餐桌上把包裹拆開。

裡面是你的新光輪兩千，我不想讓大家知道你得到一根飛天掃帚，否則他們每個人都會吵著也要一根。奧利佛．木透會在今晚七點到魁地奇球場跟你會面，進行你的第一堂訓練課程。

麥教授

哈利把信紙遞給榮恩，臉上難掩喜悅的神情。

「光輪兩千！」榮恩羡慕地讚嘆，「這東西我連**碰**都沒碰過呢。」

他們立刻離開餐廳，想要趕在第一堂課開始前，回寢室去打開這個包裹。但是才剛越過入口大廳，就發現上樓的路被克拉和高爾堵住，馬份一把搶過哈利的包裹，用手摸了一下。

「是飛天掃帚，」他說，帶著又嫉又恨的複雜神情把包裹扔給哈利，「你這下是真的完了，波特，一年級新生是不准擁有飛天掃帚的。」

榮恩再也忍不住了。

「這可不是一根隨隨便便的破爛掃帚，」他說，「這是光輪兩千呢。你說你家裡那根掃帚是什麼來著，馬份，彗星二六〇？彗星看起來是滿炫的，但等級可比光輪要差多了。」

「你怎麼會知道這些事情呢，衛斯理，你根本連半根掃帚柄都買不起，」馬份反唇相譏，「我想，你和你那幾個兄弟大概得慢慢存錢，再一根一根把枝條買回來湊成一把掃帚。」

榮恩還來不及反駁，孚立維教授就忽然出現在馬份的手肘邊。

「你們沒吵架吧，男孩們？」他高聲尖叫。

「波特收到一根飛天掃帚，教授。」馬份立刻告狀。

「是的，是的，這沒關係，」孚立維教授笑吟吟地望著哈利，「麥教授已經跟我解釋過這個特殊狀況了，哈利，你的掃帚是哪一型呀？」

「是光輪兩千，教授。」哈利說，不敢去看馬份那張滿是驚嚇的面孔，免得自己大笑出聲，「其實能夠得到這根掃帚，真該感謝馬份才對。」他補充說明。

哈利和榮恩走上樓梯，馬份又氣又困惑的表情，讓他倆憋笑憋到肚子發疼。

「嗯，我說的是真話，」走到樓梯頂端，哈利縱聲大笑，「要是他沒偷奈威的記憶球，我現在也不會進球隊……」

「所以說，你是認為，這是你破壞校規而得到的獎賞對不對？」他們背後響起了一個憤怒的聲音。妙麗用力跺著腳爬上樓梯，不以為然地望著哈利手中的包裹。

「咦，妳不是不跟我們說話了嗎？」哈利說。

「對呀，拜託妳繼續保持好不好，」榮恩說，「這對我們可是天大的恩惠哪。」

妙麗把鼻子抬得老高，趾高氣昂地大步離去。

哈利在接下來的一天中，完全沒辦法專心上課。他的心思不斷地飄向寢室，想著那全新的飛天掃帚正躺在床底下等待著他，或者是不斷地盪向魁地奇球場，今晚他將在那裡開始接受訓練。晚餐時他食不知味地把食物囫圇吞進肚裡，沒注意到自己吃的是什麼東西，隨後就跟榮恩衝上樓，拆開了光輪兩千的包裹。

「哇！」當飛天掃帚滾落到哈利的床單上，榮恩不禁發出一聲驚嘆。

即便是對各類飛天掃帚型號一無所知的哈利，也覺得這根掃帚真是炫極了。光滑閃亮，有著質感絕佳的桃花心木掃帚柄，以及由又直又齊的枝條組成的漂亮尾巴，靠近帚頂的地方印著一行金色字體：光輪兩千。

接近七點，哈利踏出城堡，在黃昏的暮色中走向魁地奇球場。哈利過去從未來過體育場，球場四周的看台上環繞著數百個高聳的座位，方便觀眾坐在高處清楚地觀賞到球賽的進行。球場的兩邊各有三根頂端裝著圓框的金柱。這讓哈利聯想到麻瓜小孩拿來吹泡泡的塑膠棒，唯一的差別是這些柱子足足有五十呎高。

在等待木透的空檔時間，哈利忍不住想要再試試飛行的滋味，於是他騎上掃帚，蹬了起來。感覺太棒了——他在球柱之間靈巧地飛來繞去，又在球場中間迅速地竄升俯衝。只要輕輕一碰，光輪兩千立刻按照他的指示改變方向。

「嘿，波特，下來吧！」

奧利佛．木透已經來了。他的腋下夾著一個巨大的板條箱。哈利降落在他的身邊。

「非常好，」木透說，眼裡閃耀著喜悅的光芒，「我現在終於明白麥教授的話是什麼意思了……你真的是個天生的飛行人才。今晚我先把球賽規則告訴你，然後你就要加入我們每星期三次的固定練習了。」

他打開木板箱，裡面有四個大小不一的球。

「好，」木透說，「現在聽我說，魁地奇的規則相當簡單，但要打得好並不簡單。每一隊總共有七名球員。其中三個叫做追蹤手。」

「三個追蹤手。」哈利喃喃複誦，木透取出一個足球大小的鮮豔紅球。

「這個球叫做快浮，」木透說，「追蹤手把快浮傳來傳去，想辦法把快浮扔進球框射門得分，每投進一球就可以得到十分。我會不會說太快？」

「三個追蹤手把快浮傳來傳去，想辦法把它扔進球框得分，」哈利背誦，「所以——這就像是一種騎著掃帚，有六個籃框的籃球囉，是不是？」

「什麼是籃球？」木透好奇地問道。

「沒事。」哈利連忙說。

「好吧，另外，每一隊各有一名叫做守門手的球員——我自己就是葛來分多的守門手。我必須在我們這邊的球框附近飛來飛去，阻止別隊球員射門得分。」

「三個追蹤手，一個守門手，」哈利說，他下定決心要把這一切記得清清楚楚，「他們玩的球叫做快浮。好，我明白了，那其他這些是用來做什麼的？」他指著箱中剩下的三個球。

「我現在就要告訴你，」木透說，「拿著。」

他遞給哈利一枝小棍子，看起來有點像兒童小棒球的短球棒。

「我來告訴你搏格的用途，」木透說，「這兩個就是搏格。」

他指著兩個一模一樣的球，顏色漆黑，略略比快浮小一些。哈利注意到，它們似乎正在不斷扭動，彷彿是想要掙脫那些把它們牢牢捆在木箱中的繩索。

「退後，」木透警告哈利。他彎下腰，解開其中一個搏格的繩索。

一個漆黑的球立刻竄到高空，對準哈利的面孔猛衝下來。哈利怕被它砸斷鼻梁，連忙舉起棍子朝它一揮，黑球歪歪扭扭地飛向空中，在他們頭上飛快地繞了一圈，再朝木透發動攻擊。木透跳起來，整個身子撲到黑球上面，用力把它按到地板上。

「看到了吧？」木透喘著氣說，奮力將不斷掙扎的搏格放回箱中，用繩子捆緊，「搏格在場中衝上衝下，想要把球員從掃帚上撞下來。這就是每隊都需要兩名打擊手的原因，衛斯理雙胞胎兄弟是我們的打擊手——他們負責保護我們的球員不讓搏格撞到，再想辦法把它們打到另一隊那邊去。所以——剛才講的你都記住了嗎？」

「三個追蹤手負責用快浮射門得分；守門手保護球門柱；打擊手不讓搏格傷害本隊的球員。」哈利一口氣把它說完。

「非常好。」木透說。

「呃——這個搏格以前有沒有害死過人？」哈利故作隨意地問道。

「在霍格華茲沒發生過。以前是有一、兩個球員摔碎了下巴，除此之外就沒有更嚴重的情形了。好，剩下的最後一名球員叫做搜捕手，那就是你，而你完全不用去管快浮和搏格——」

「——除非它們砸破我的腦袋。」

「放心——搏格絕對不是衛斯理兄弟的對手——我的意思是，他們兩個簡直就像是一對人形搏格。」

木透將手伸入板條箱，取出第四個，同時也是最後一個球。跟快浮和搏格比起來，這個球顯得非常小，就像是一粒大胡桃。亮金色的小球還有著一對不斷揮舞的小銀翅膀。

「**這個**，」木透說，「叫做金探子，是整場比賽裡最重要的一個球。要抓到它非常困難，因為它動作很快，又小得讓人找不到。搜捕手的任務就是負責抓住金探子，你必須在追蹤手、打擊手、搏格和快浮之間飛來飛去，想辦法趕在另一隊的搜捕手之前把它逮住。搜捕手只要抓到金探子，就可以替他的球隊多得一百五十分，這等於是贏定了。

「這就是搜捕手為什麼特別容易犯規。魁地奇比賽只有在金探子被抓到以後，才能宣告結束，所以往往拖了好久還是無法分出勝負——我記得最長的紀錄是整整打了三個月，球隊必須不斷找候補上場，讓球員至少能找時間睡一下。

「好了，大概就是這樣——有什麼問題嗎？」

哈利搖搖頭。該做什麼他都了解了，只有在真正去做的時候，才會曉得問題出在哪裡。

「現在你還不能用金探子練習，」木透小心翼翼地把球放進板條箱裡關好，「這裡太黑了，說不定會把它給搞丟。我們現在暫時先用這些球讓你練習一下。」

他從口袋裡掏出一袋普通的高爾夫球，幾分鐘之後，他和哈利就飛到了半空中。木透用力把球扔向四面八方，讓哈利練習去接。

哈利從頭到尾沒有漏接過一球，木透非常高興。半個鐘頭之後，天完全黑了，他們無法再繼續練習下去。

「今年的魁地奇冠軍獎盃，一定會刻上我們學院的名字，」兩人步行走回城堡途中，木透快樂地說，「就算你表現得比查理．衛斯理還要棒，我也不會覺得意外。當初如果查理沒跑去追龍，他可是有資格入選英格蘭代表隊的。」

＊
＊
＊

也許是因為太忙，哈利現在除了要應付他所有的功課之外，每個禮拜還得抽出三個晚上參加魁地奇球隊訓練，因此，當他突然發現自己已在霍格華茲待了兩個月時，他簡直不敢相信這是真的。城堡比水蠟樹街的房子更有家的感覺，而在學會基本課程之後，上課也開始變得越來越有趣了。

萬聖節早上，他們一醒來就聞到從走廊飄進來的烤南瓜香味。更棒的是，在上符咒課時孚立維教授宣布，他們已經可以開始練習驅使東西飛起來的咒語。這是在孚立維教授小試身手，讓奈威的蟾蜍在教室中飛了一圈之後，大家全都迫不及待想要學會的熱門招數。孚立維教授把全班分成兩人一組來進行練習，哈利的夥伴是西莫．斐尼干（這讓他鬆了一大口氣，因為奈威一直滿臉期盼地盯著他看）。然而，榮恩卻不幸跟妙麗．格蘭傑分到同一組，使得這兩個人都氣得要命。在哈利收到飛天掃帚的那天之後，妙麗就再沒跟他們說過一句話。

「現在，大家不要忘了我們曾經練習過的漂亮手腕動作，」孚立維教授尖聲叫著，他跟往常一樣坐在他的書堆上面，「揮和彈，記住，揮和彈。再來就是如何把咒語說得既正確又清楚，這點也是非常重要——千萬別忘了巴魯夫巫師的慘痛教訓，他不小心把ㄈ念成ㄙ，結果就發現自己躺到了地板上，胸口坐著一頭大水牛。」

這真的是非常困難。哈利和西莫不斷地揮和彈，那片應該飛起來的羽毛，卻依然文風不動地躺在桌面上。西莫氣得失去耐心，用魔杖戳羽毛，羽毛燒了起來——哈利只好趕緊脫下帽子滅火。

隔壁桌的榮恩運氣也好不到哪兒去。

「溫咖癲啦唯啊薩！」他喊道，兩條長臂像風車似地揮個不停。

「你念得不對，」哈利聽到妙麗粗聲粗氣地說，「應該是溫——咖——癲，啦唯——**啊**——薩，『**咖**』這個字要拖長，把每一個音節好好念清楚。」

「既然妳這麼棒，乾脆妳自己來好了。」榮恩沒好氣地吼回去。

妙麗捲起長袍袖口，輕輕彈魔杖說：「溫咖癲啦唯啊薩！」

羽毛從桌上飛了起來，在他們頭上四呎處的高空不停繞圈子。

「喔，太棒了！」孚立維教授拍著手喊，「大家快看，格蘭傑小姐成功了！」

下課之後，榮恩的脾氣變得非常壞。

「難怪沒有人受得了她，」隨著其他學生擠進走廊時，榮恩忍不住對哈利發牢騷，「說真的，她簡直就是個惡夢。」

身邊的人潮迅速衝過他們身邊，有人不小心撞了哈利一下。是妙麗，哈利瞥見了她的面孔——驚訝地發現她滿臉淚水。

「她大概聽到你說的話了。」

「那又怎樣？」榮恩說，但他的表情有些不安，「她自己一定也早就發現，她根本連一個朋友也沒有。」

下一堂課，妙麗並沒有出現，接下來的整個下午也都不見蹤影。他們前往餐廳去參加萬聖節宴會時，哈利和榮恩無意間聽到芭蒂．巴提告訴她的朋友文妲，妙麗現在正躲在女生廁所裡哭，說她想要一個人靜一靜。榮恩的表情變得比剛才更加不自在，但是沒過多久，大家踏進餐廳時，裡面炫目的萬聖節裝飾，令他們頓時把妙麗的事拋到九霄雲外。

一千隻蝙蝠拍著翅膀從牆壁和天花板飛出來，另外還有一千隻蝙蝠像一片黑壓壓的雲層，在餐桌上方飛來撲去，把南瓜裡的蠟燭掃得劈啪作響。晚宴的餐點就跟開學宴會時那樣，突然從盤子裡平空冒了出來。

哈利忙著把一個連皮煮的馬鈴薯盛進自己餐盤時，奎若教授突然氣急敗壞地衝進餐廳，他的頭巾歪向一邊，臉上帶著嚇得半死的表情。所有的人都抬起頭來，望著他跑到鄧不利多教授椅子旁邊，頹然趴在餐桌邊喘著氣說，「山怪——在地牢裡——我想應該向你通報一聲。」

然後就倒在地上昏死過去。

餐廳裡一陣騷動。鄧不利多的魔杖一連爆出了好幾串紫色鞭炮，才讓大家安靜下來。

「級長們，」他沉聲喝道，「立刻把自己學院的學生全部帶回寢室！」

派西一聽到命令，立刻如魚得水地大展身手。

「跟我來！大家聚在一起不要分開，一年級生！只要你們聽從我的指示，就不用害怕山怪！現在跟緊我。讓開，一年級生要從這裡通過！借過，我是級長！」

「山怪怎麼可能會跑得進來？」大夥爬上樓梯時，哈利問。
「你別問我，山怪通常應該是很笨的。」榮恩說，「說不定是皮皮鬼故意把牠放進來，想要在萬聖節跟我們開個玩笑。」
途中他們遇到了些團隊各往各的方向跑。在用力擠過一堆滿臉困惑的赫夫帕夫學生時，哈利突然抓住了榮恩的手臂。
「我剛剛才想到——妙麗。」
「她怎麼啦？」
「她不曉得山怪的事。」
榮恩咬著嘴唇。
「喔，好吧，」他說，「最好別讓派西發現。」
兩人俯下身來，偷偷潛入一群往反方向走去的赫夫帕夫學生，再悄悄溜到一條無人的長廊，快步跑向女生廁所。才繞過轉角，就聽到後面傳來一陣急促的腳步聲。
「是派西！」榮恩低喝一聲，連忙拉著哈利躲到一尊很大的鷹面獅身獸石像後面。
然而，當他們定下心來凝神細看，出現在他們眼前的並不是派西，而是石內卜。他急匆匆地穿越走廊，隨即失去蹤影。
「他在幹什麼？」哈利低聲說，「他為什麼不和其他老師一起到地牢裡去抓山怪？」
「這我怎麼知道。」
兩人儘可能不發出聲音，躡手躡腳地跟著石內卜越行越遠的腳步聲，踏入下一條長廊。

「他是往四樓走廊的方向。」哈利說，但榮恩卻突然舉起手來，要他暫時停下腳步。

「你有沒有聞到一股味道？」

哈利用力一吸，一股噁心的臭味直竄鼻孔，聞起來好像是臭襪子加上很久沒清理的公廁尿臊味。

接著他們就聽到了——一陣低沉的怒吼，和巨腳踩向地面的沉重腳步聲。榮恩指著：在左方一條通道的盡頭，有個巨大的影子，正朝著他們的方向走來。兩人趕緊退到陰暗的角落，望著牠踏進一片明亮的月光。

那是一幅恐怖至極的畫面。牠足足有十二呎高，皮膚是暗沉的花崗岩灰，如巨石般龐大且肌肉暴凸的軀體上，鑲著一個椰子似的小禿頭。牠有著樹幹般粗壯的短腿和扁平粗硬的腳，身上散發出可怕的臭味。牠的手裡握著一根人木棍，因為手臂過長，木棍一直拖在地上。

山怪停在一扇門前，仔細張望著室內。牠搖搖長耳朵，用牠的小腦袋想了一會兒，低頭彎腰地慢慢走進房間。

「鑰匙就插在門上，」哈利低聲說，「我們可以把牠鎖在裡面。」

「好主意。」榮恩緊張地說。

在他們沿著牆壁，慢慢挪向那扇敞開的門，唇乾舌燥地暗暗祈禱，山怪千萬別趕在這個時候走出來。哈利縱身一跳，一把抓住鑰匙，砰地一聲關上大門，鎖上。

「太好了！」

帶著勝利的興奮心情，兩個人沿著通道往回跑，才剛到轉角，就聽到了讓他們幾乎心跳停止的聲音——一聲高亢、恐懼的尖叫——聲音的來源正是他們剛才鎖上的房間。

「喔，不妙。」榮恩的臉色變得跟血腥伯爵一樣慘白。

「那是女生廁所！」哈利屏氣說。

「**妙麗**！」他們異口同聲地喊。

他們實在不想這麼做，但除此之外他們還有什麼選擇呢？兩個人連忙掉過頭，全速衝回那扇門，在慌亂中摸索著轉動鑰匙——哈利拉開門——然後一起跑了進去。

妙麗．格蘭傑瑟縮地貼在對面的牆邊，看起來好像就快要昏倒了。山怪正朝她走去，邊走邊敲掉牆邊的水槽。

「轉移牠的目標！」哈利氣急敗壞地對榮恩說，抓起一個掉落的水龍頭，用盡全力扔到牆上。

山怪在距離妙麗只有幾呎遠的地方停下腳步。牠笨拙地轉過身來，傻乎乎地連連眨眼，想要看清楚究竟是誰弄出這麼大的聲音。那對難看的小眼睛瞥見了哈利，牠遲疑一會兒，就轉移目標，舉起木棍走向哈利。

「喂，小豆子腦笨蛋！」榮恩在房間另一邊大喊，把一根金屬水管扔到山怪身上。山怪似乎完全沒發覺那根砸到肩膀上的水管，但是聽到了喊叫聲，牠再度停下腳步，把牠那醜陋的大豬鼻轉向榮恩，哈利趕緊把握住這個機會，從牠身邊繞過去。

「快，跑啊，**快跑啊！**」哈利對妙麗喊著，拚命拉著她跑向門口，可是她動不了，依然緊貼在牆壁上，驚恐地張著嘴。

吵鬧的喊叫和迴音似乎激怒了山怪。牠大聲咆哮，朝榮恩發動攻勢，他的距離最近，無路可逃。

緊接著哈利做了一件非常勇敢，也非常愚昧的事：他飛快地衝向前方，一躍而起，從背後抱住山怪的脖子。山怪感覺不到掛在他背後的哈利，但即使是超級遲鈍的山怪，也不可能會忽略一根插進自己鼻孔裡的長棍；哈利在跳起來的時候，手裡依然握著他的魔杖——此時正好不偏不倚地戳進山怪的鼻孔。

山怪痛得大聲嚎叫，奮力扭動身軀，發狂地揮舞手中的木棍，在牠背上還掛著緊抱住牠不放的哈利；現在山怪隨時都可能會把哈利甩開，或用木棍敲破他的腦袋。

妙麗早就嚇得癱在地上；榮恩掏出自己的魔杖——在他還不知道該怎麼做的時候，就聽到自己大聲吼出腦中想到的第一個咒語：「溫咖癲啦唯啊薩！」

山怪手中的木棍立刻飛了出去，不斷地向上竄升，在高空緩緩劃出一道弧線，然後朝下墜落——帶著一聲令人作嘔的碎裂聲，砸到它主人的頭頂上。山怪在原地搖晃了一會兒，砰的一聲撲倒在地，把整個廁所震得連連顫動。

哈利站了起來。他渾身發抖，氣都喘不過來。榮恩依然高舉魔杖站在原處，呆呆地望著自己所造成的後果。

最先開口說話的是妙麗。

「牠——死了嗎？」

「我想沒有，」哈利說，「牠應該只是被打昏了。」

他彎下腰，把他的魔杖從山怪鼻孔中拔出來。魔杖上面覆蓋著一層看起來像是起疙瘩的灰色黏膠。

「噁——山怪鼻屎。」

他用山怪的褲子把魔杖擦乾淨。

外面突然響起乒乒乓乓的砰門聲和急促的腳步聲，他們三個人嚇得立刻抬起頭來。他們剛才並沒有意識到自己是多麼吵鬧，但樓下必然有某個人聽到了響亮的碰撞聲和山怪的咆哮。不久之後，麥教授就闖進廁所，石內卜緊跟在她後面，殿後的是奎若。奎若瞄了山怪一眼，發出一聲微弱的嗚咽，隨即緊按胸口，虛脫似地坐在馬桶上。

石內卜俯身看著山怪，麥教授緊盯著哈利和榮恩。哈利從來沒看到她這麼憤怒過，她的嘴唇氣得發白。原先抱著替葛來分多贏得五十分的希望，也就此自哈利腦海中迅速消失。

「你們到底是怎麼想的？」麥教授的聲音中帶著冷冷的怒意，哈利望著榮恩，他依然高舉著魔杖站在原地發愣，「你們沒被殺死只能算是運氣。你們為什麼沒待在寢室？」

石內卜銳利的目光掃了哈利一眼。哈利低頭望著地板，暗暗希望榮恩趕快把魔杖放下來。

然後從暗影中傳出一個微細的聲音。
「請聽我說，麥教授——他們是到這裡來找我的。」
「格蘭傑小姐！」
妙麗終於站了起來。
「我到這裡來找山怪，因為我——我以為我可以自己一個人對付他——妳知道，因為我看過好多關於山怪的書。」
榮恩放下他的魔杖。妙麗．格蘭傑，這個乖乖模範生竟然在師長面前一派胡言，公然撒謊？
「如果他們沒找到我的話，我現在早就死了。哈利把他的魔杖插進山怪的鼻孔，榮恩用咒語驅使山怪手上的木棍把牠自己打昏。他們沒時間去找別人幫忙，他們來的時候，山怪正要動手殺我。」
哈利和榮恩努力控制面部表情，好像他們並不是第一次聽到這個「故事」。
「嗯——如果是這樣的話……」麥教授望著他們三個說，「格蘭傑小姐，妳這個傻女孩，妳怎麼會以為，妳可以獨自制伏一隻山區山怪呢？」
妙麗垂下頭，哈利驚訝得說不出話。妙麗是全世界最不可能違反校規的人，而她現在站在這裡，假裝自己犯了規，替他們兩人解圍。這簡直就像是石內卜開始發糖果一樣地不可思議。
「格蘭傑小姐，葛來分多學院會因為這件事而扣五分，」麥教授說，「我對妳非常失望。如果妳沒受什麼傷，最好立刻回到葛來分多塔，現在同學都在自己的學院裡享用萬聖節大餐。」

妙麗走開了。

麥教授轉頭望著哈利和榮恩。

「嗯，我還是認為，你們兩個實在是很幸運，不過，能夠制伏成年的山區山怪的一年級生畢竟不多。你們兩人各替葛來分多贏得五分，我會向鄧不利多教授報告這件事，你們可以走了。」

他們連忙跑出廁所，飛快地向前狂奔，直到一連衝上兩層樓，才再開口說話。對他們來說，能夠逃離山怪噁心的臭味，實在是一種至高無上的解脫。

「我們應該不只得十分的。」榮恩咕噥著說。

「你是說五分吧，別忘了她扣了妙麗五分。」

「她這樣替我們解圍，真的是很不錯，」榮恩承認，「不過話說回來，我們**可是**救了她的命哪。」

「要是我們沒把那個東西跟她鎖在一起，她說不定根本就不需要我們去救。」哈利提醒他。

他們走到了胖女士畫像前方。

「豬鼻。」兩人說出密語，爬了進去。

交誼廳裡擠滿了人，非常吵鬧。大家都在享用送上來的宴會大餐，然而，妙麗卻獨自站在入口等著他們。三個人碰面之後，出現一段有些尷尬的沉默。在沒有人好意思抬頭看對方一眼的情況下，三人一塊兒低聲咕噥了一句「謝謝」，就趕緊跑到桌邊去拿餐盤。

但是從那一刻起，妙麗．格蘭傑就變成了他們的朋友。世上有某些事情在共同經歷過之後，很難不去喜歡對方，而一同打昏一名十二呎高的山區山怪，就是其中一件。

11 魁地奇比賽

進入十一月之後，天氣變得異常寒冷。環繞在學校四周的山巒凝成一堆灰撲撲的冰塊，而湖泊就像是一池凍結的鋼鐵。每天早晨，校園裡都覆蓋著一層厚厚的白霜。從樓上的窗口望去，可以看到海格身上裹著鼴鼠皮長大衣，手上戴著兔手套，腳上套著巨大的海狸皮靴，站在魁地奇球場裡，忙著清除飛天掃帚上的白霜。

魁地奇球季已經開始了。在經過幾個星期的訓練之後，哈利終於要在這個星期六，開始他的第一場球賽：葛來分多對史萊哲林。如果葛來分多獲勝，他們就會成為目前學院盃競賽的第二名。

大家少見哈利上場，因為木透決定要把哈利當作他們的秘密武器。這件事照理說應該嚴格保密，但紙終究是包不住火，哈利將擔任搜捕手的消息不知怎地洩漏了出去，而大家不同的反應也讓他大傷腦筋——有人表示他一定會在球場上大展雄風，也有人說得抬個大床墊，在下面跟著哈利跑來跑去以防萬一——他真不知道哪種說法令他更難過。

哈利現在能有妙麗這樣的朋友，真的是非常幸運。如果沒有她，在木透緊鑼密鼓的最後加強訓練之下，他真不知道該如何應付那麼多繁重的功課。此外她也把《穿越歷史的魁地奇》借給哈利看，他發現這是一本非常有趣的書。

哈利在書中學到，在魁地奇球賽中作弊犯規的方法多達七百種，一四七三年的世界盃球賽中，所有花招全都派上了用場；搜捕手通常是全隊最瘦小、也最敏捷的球員，而最嚴重的魁地奇意外事件，似乎也都發生在他們身上；很少人會因為玩魁地奇而喪生，但確曾發生過裁判在比賽途中忽然消失，過幾個月後出現在撒哈拉大沙漠的怪事。

哈利和榮恩從山區山怪手中救出妙麗之後，她對於犯規這件事也不再像過去那樣大驚小怪，這讓她變得可愛多了。在哈利第一場魁地奇球賽的前一天，他們三人在休息時間走到冰寒的庭院中透透氣，妙麗因為怕冷，特地用咒語變出一團可以放在果醬罐裡隨身攜帶的藍色火球。正在他們背靠著火球取暖的時候，石內卜踏入了庭院，哈利立刻發現石內卜跛了一條腿。哈利、榮恩和妙麗緊緊靠在一起，遮住那團火球，他們很清楚這是違規的行為。不幸的是，臉上那種鬼鬼祟祟的心虛神情，立刻吸引了石內卜的注意力。他一跛一跛地走過來，並沒有看到火球，但他似乎打定主意，非得找個理由好好訓他們一頓。

「你手上拿的是什麼東西，波特？」

是《穿越歷史的魁地奇》，哈利把書遞給他看。

「圖書館的書籍不准帶出學校，」石內卜說，「把它給我。葛來分多扣五分。」

「那個規定根本就是他臨時捏造出來的，」石內卜跛著腿走開之後，哈利生氣地抱怨，「不知道他的腿到底是怎麼了？」

「不曉得，我希望他越痛越好。」榮恩忿忿地說。

＊＊＊

那天晚上，葛來分多交誼廳裡顯得異常喧譁。哈利、榮恩和妙麗一起坐在窗邊。妙麗正幫哈利和榮恩檢查他們的符咒功課。她從來不讓他們抄作業（「這樣你們怎麼學得到東西呢？」），但只要請她看一遍，他們同樣也可以獲得正確的答案。

哈利感到坐立難安。他好想把《穿越歷史的魁地奇》要回來，這樣至少可以讓他暫時轉移注意力，稍稍紓解一下比賽前的緊張心情。幹嘛要那麼怕石內卜？他站起來，對榮恩和妙麗說，他要去問石內卜可不可以把書拿回來。

「恕不奉陪。」兩人異口同聲地表示。哈利心中自有打算：只要有其他老師在場，石內卜一定不會拒絕他的要求。

他下樓走到教員休息室，敲敲門，沒有任何回應。他再敲一下，毫無反應。

也許石內卜把書留在桌上沒帶走？這值得一試。他把門推開一條縫，朝裡探——他的眼前出現了一幅駭人的畫面。

石內卜和飛七坐在裡面，室內只有他倆。石內卜把長袍拉到膝蓋上，他的一條腿上布滿了血肉模糊的傷口。飛七把繃帶遞給石內卜。

「該死的東西，」石內卜說，「你怎麼有辦法同時盯牢三個頭呢？」

哈利試著輕輕把門帶上，不料——

「波特！」

石內卜立刻放下長袍遮住他的腿，臉孔因憤怒而扭曲。哈利嚇得倒抽了一口氣。

「我只是來問問看，我可不可以把我的書拿回去。」

「**出去！滾！**」

哈利趕緊離開，免得石內卜逮到機會，又再多扣葛來分多的分數。他快步衝到樓上。

「拿到書了嗎？」榮恩一看見哈利就問，「你怎麼啦？」

哈利刻意壓低聲音，把剛才看到的事情告訴他們兩人。

「你們知道這代表什麼嗎？」他屏住氣息，做出最後的結論，「他試圖在萬聖節，穿越三頭狗看守的活板門！我們看到他的時候，他正往四樓的方向走——他想要偷三頭狗看守的東西！我敢用我的飛天掃帚起誓，那個山怪一定是他故意放進來，好轉移大家的注意力！」

妙麗睜大眼睛。

「不——他不會吧，」她說，「我知道他這個人不是很好，可是他絕對不會去偷鄧不利多保管的東西。」

「坦白說，妙麗，妳總是以為所有的老師都是聖人。」榮恩吼道，「我贊成哈利的看法，石內卜這個人什麼事都做得出來。但他的目的是什麼？那隻三頭狗看守的又是什麼東西？」

哈利上床睡覺時，同樣的問題依然在他腦海裡不停打轉。奈威發出響亮的鼾聲，哈利卻完全睡不著。他告訴自己不要再胡思亂想——他需要充裕的睡眠，非睡不可，再過幾個小時，他的第一場魁地奇球賽就要開始——但是石內卜在發現哈利看到他腿傷時那張猙獰的面孔，並不是那麼容易就可以忘掉的。

＊＊＊

第二天清晨的天氣晴朗而寒冷。餐廳裡充滿了煎臘腸的香味和興高采烈的談話聲，所有的人都等不及想要看一場精采的魁地奇球賽。

「你要吃點早餐呀。」

「我吃不下。」

「來，吃一小塊吐司就好了。」妙麗像哄小孩似地勸他。

「我不餓。」

哈利覺得很不舒服。再過一個小時，他就要正式踏入魁地奇球場了。

「哈利，你要吃點東西才會有力氣啊，」西莫．斐尼干說，「搜捕手是最容易被另一隊盯住不放的球員。」

「謝了，西莫。」哈利看著西莫把厚厚的番茄醬抹在臘腸上。

到了十一點，全校師生都湧進了魁地奇球場四周高聳的看台，許多學生手裡還拿著望遠鏡。這裡的座位已經夠高，但有時還是會看不清場內的狀況。

榮恩和妙麗爬上看台，和奈威、西莫，以及西漢姆足球隊球迷丁等人，一起坐在最上面一排座位。哈利驚訝地發現，他們利用一條被斑斑咬破的床單，做成一張上面寫著「波特萬歲」的大旗子，擅長繪畫的丁，在這行字下面畫了一個大大的葛來分多獅子標誌。最後妙麗又施了一個花稍的小法術，讓圖案閃耀出各種不同的鮮豔色彩。

此時在更衣室，哈利和其他球員正忙著換上他們的猩紅色的魁地奇球袍（史萊哲林的球袍是綠色）。

木透清清喉嚨，示意大家安靜下來。

「好了，男士們。」他說。

「還有女士們。」追蹤手莉娜・強生說。

「沒錯，還有女士們，」木透從善如流地說，「就要開始了。」

「一場偉大的盛事。」弗雷・衛斯理說。

「我們大家期待已久的偉大盛事。」喬治說。

「木透的演講詞我們早就聽得會背了，」弗雷告訴哈利，「我們去年參加過比賽。」

「你們兩個給我閉嘴，」木透說，「這是多年來葛來分多最優秀的球隊陣容。我們一定贏，我非常確定。」

他怒目瞪視全體球員，彷彿在說：「要不然你們就小心了。」

「好，時間到了。祝大家好運。」

哈利跟著弗雷和喬治走出更衣室，暗暗祈禱自己的膝蓋不要打顫，隨後就在震耳欲聾的歡呼聲中踏入球場。

擔任裁判的是胡奇夫人。她站在球場中央，手裡握著她的飛天掃帚，等著兩隊球員走進球場。

「現在大家注意聽好，我希望這會是一場光明正大的公平競賽。」全體球員在她身邊圍攏時，她立刻提出警告。哈利發現，她這段話似乎特別針對史萊哲林的隊長馬科．福林說的。福林是五年級的學生，哈利覺得這個隊長看起來好像有點兒山怪的血統。他從眼角瞥見那面迎風飛揚的旗幟，在觀眾頭頂上閃耀出「波特萬歲」的七彩字體。他的心怦怦跳，感到勇氣倍增。

「請大家騎上掃帚。」

哈利跨上他的光輪兩千。

胡奇夫人用力吹響她的銀色哨子。

十五支飛天掃帚向上升起，越飛越高，直上天空。比賽正式開始。

「快浮立刻落入葛來分多的莉娜．強生手中——這女孩的確是個優秀的追蹤手，長得也很漂亮——」

「**喬丹！**」

「對不起，教授。」

雙胞胎兄弟的朋友李．喬丹，在麥教授的嚴格監控之下，負責擔任球賽的播報員。

「她現在加足馬力，全速向上衝刺，然後一記漂亮的長傳，球落到了西亞．史賓特手中，她是木透發掘的人才，去年還只是一名後備球員——球再度傳給莉娜．強生，而喔，不，史萊哲林攔下了球，史萊哲林的隊長馬科．福林奪下快浮，開始衝刺——他像老鷹似地快速飛向球門柱——他就要射門得——不，葛來分多的守門手木透矯健地撲過來，及時擋住這一球，快浮再度落入葛來分多手中——現在接住球的是葛來分多的追蹤手凱娣．貝爾，她向下俯衝，俐落地從福林下方繞過去，再朝上衝回場中，然後——**哎喲**——那一定很痛，後腦勺被一個搏格狠狠撞了一下——快浮被史萊哲林奪去——阿尊．布希全速飛向球門柱，被另一個搏格擋住去路——這個球是弗雷或喬治故意送過來擋路的，他們兩個雙胞胎我老是搞不清楚誰是誰——不管怎樣，葛來分多打擊手的表現的確是可圈可點，現在快浮重新落到了莉娜．強生手中，前方正好無人阻攔，她開始往上疾飛——簡直就像是隻大鳥——及時閃過一個迎面飛來的搏格——球門柱就近在眼前——來吧，就是現在，莉娜——守門手賴里俯衝下來，漏接——**葛來分多射門得分！**」

原本凝重的氣氛，迅速被葛來分多的熱烈歡呼打破，其間還夾雜著幾聲史萊哲林的哀號抱怨。

「過去一點，挪個位子給我。」

「海格！」

榮恩和妙麗緊靠在一起，騰出足夠的空間讓海格坐下。

「我本來是在木屋裡看，」海格說，伸手拍拍掛在脖子上的大望遠鏡，「但還是在這兒跟大家擠在一起，看現場比較過癮。還沒看到金探子是吧，嗄？」

「沒，」榮恩說，「哈利到目前為止還沒什麼表現。」

「至少沒給自己惹上麻煩，你說是不是？這已經很了不起了。」海格說，他舉起望遠鏡，望著天空那個像小黑點似的哈利。

在他們的頭頂上，哈利刻意避開球場的所有活動，在高處緩緩滑翔，專心搜尋金探子的蹤影。這是他和木透兩人討論出來的戰術之一。

「在你看到金探子之前，最好先避得遠遠的，」木透告訴他，「我們可不希望你還沒施展身手就受到攻擊。」

在莉娜順利射門得分時，哈利高興得在空中一連翻了兩個觔斗，抒發他心中的喜悅。現在他已恢復平靜，再度開始環顧全場，仔細搜尋金探子。他瞥見一道金色的閃光，結果發現那只不過是衛斯理雙胞胎兄弟之一的手錶反光。不久之後，一個搏格突然決定對他發動攻擊，像砲彈似地朝他猛衝過來，哈利機警地閃過，弗雷・衛斯理連忙飛過來追球。

「你還好吧，哈利？」弗雷把握時間吼了一聲，用力揮棒，把搏格打到馬科・福林面前。

「史萊哲林現在拿到了球，」李・喬丹播報著，「追蹤手阿尊・布希一連閃過兩個搏格，雙胞胎兄弟和追蹤手凱娣・貝爾，快馬加鞭地飛向——慢著——那是金探子嗎？」

阿尊・布希連忙回過頭來，正好瞥見一道自他左耳邊掠過的金色光芒，驚得失手扔掉了快浮，台下立刻響起一片嗡嗡聲。

哈利看到了。在一股強烈興奮情緒的驅策之下，他用最高的速度朝下俯衝，追逐那道細細的金線。史萊哲林的搜捕手太倫．西格斯同樣也看到了它。他們兩人並駕齊驅地朝金探子疾飛過去——所有的追蹤手似乎全都忘了自己的任務，只是呆呆停在半空中望著他們。

哈利的速度比西格斯略快一些——他可以看到那個小圓球，正用力拍著翅膀衝向天空——他再加快速度——

砰！葛來分多的學生在底下爆出一陣憤怒的咆哮——馬科．福林故意擋在哈利面前，把哈利的掃帚撞得連連打滾，飛離了原先的航道，哈利抓緊掃帚以求保命。

「犯規！」葛來分多學生尖叫。

胡奇夫人氣沖沖地訓了福林一頓，然後判定葛來分多進行罰球。在這陣混亂之中，金探子自然早就跑不見了。

看台上，丁．湯馬斯吼著：「判他出局，裁判。紅牌！」

「這又不是足球，丁，」榮恩提醒他，「魁地奇球賽是不能判球員出局的——紅牌是什麼東西？」

海格倒是支持丁的看法。

「他們真應該把規則改一下，福林差點就把哈利給撞下來。」

李．喬丹發現自己很難再保持中立。

「所以——在這明顯而令人厭惡的作弊事件之後——」

「喬丹！」麥教授怒斥。

「我是說，在那公開而令人作嘔的犯規事件之後——」

「**喬丹，我警告你**——」

「好，好。馬科．福林差點殺死了葛來分多的搜捕手，我非常確定，同樣的事件很可能會發生在任何人身上。所以現在由葛來分多進行罰球，擔任罰球的是西亞．史賓特，她投出去，輕鬆射門得分。現在繼續進行比賽，球依然在葛來分多手中。」

哈利驚險萬分地避開另一個從他頭頂擦過的搏格，事情就發生了。他的掃帚毫無預兆地忽然歪向一邊。在那一瞬間，哈利真的以為自己就要摔下來，他用四肢緊緊攀住掃帚。他從來沒碰過這樣的事。

同樣的事情又再度發生，就好像他的掃帚下定決心要把他甩掉似的，但照理說光輪兩千不應該會發生這種問題。哈利企圖掉過頭來，飛向葛來分多的球門柱；他考慮請木透先喊暫停——這時他才赫然發現，掃帚已經完全失去控制。他沒辦法讓它掉過頭來。他根本就沒辦法再操縱它。它歪歪扭扭地在空中橫衝直撞，不時還劇烈地抖動一下，害他幾乎就滾落下來。

李．喬丹依然在盡責播報球場現況。

「球目前是落在史萊哲林手中——福林抓住快浮——閃過史賓特——閃過貝爾——一個搏格迎面飛來，朝他臉上重重撞了一下，希望可以把他的鼻梁打斷——只是開個玩笑，教授——史萊哲林射門得分——喔，不……」

史萊哲林學生大聲歡呼。似乎誰也沒發現，哈利的掃帚行動有多麼怪異。它帶哈利慢慢往上飛，逐漸遠離球場，途中還不時猛晃亂顫。

「真不曉得哈利到底在幹嘛，」海格喃喃自語，他舉起望遠鏡凝神細看，「我要是不了解狀況的話，我還真會以為，他的掃帚已經失去控制了呢……這不可能呀……」

突然之間，看台上所有的觀眾全都舉手指著哈利。他的掃帚開始在天空不停打滾，其間險象環生，但哈利依然盡力攀附在掃帚上。接下來發生的狀況，更讓所有觀眾屏住氣息。哈利的掃帚劇烈一震，把他整個人震了出去。他現在只剩一隻手抓著掃帚，懸掛在半空中。

「是不是福林在擋住他的時候動了一些手腳？」西莫低聲說。

「不可能，」海格說，他的聲音有些顫抖，「要讓飛天掃帚變成這副德性，只有最強的黑魔法才辦得到——小孩子是絕對不可能在光輪兩千上動手腳的。」

一聽到這些話，妙麗就一把搶過海格的望遠鏡，她並沒有抬頭望哈利，而是狂亂地朝觀眾群裡搜尋。

「妳這是在幹什麼？」榮恩臉色灰白地唉著。

「我就知道，」妙麗喘著氣說，「石內卜——你看。」

榮恩抓住望遠鏡。石內卜正坐在他們對面的看台中央，他的目光緊盯著哈利不放，嘴巴叨叨不停地低聲念誦。

「他是在做某件事——對掃帚下惡咒。」妙麗說。

「我們該怎麼辦？」

「看我的。」

榮恩還來不及開口，妙麗就一溜煙地跑走了。榮恩把望遠鏡轉向天空的哈利，他的掃帚震動得太厲害，看來他大概撐不了多久了。全體觀眾都站了起來，提心弔膽地望著衛斯理雙胞胎飛過去營救。他們企圖把哈利安全地拉到他們其中一人的掃帚上，但一點用也沒有——每當他們快接近哈利的時候，那支掃帚就會咻地一聲，竄得比先前更高。他們改變策略，往下降了一些，在哈利腳下來回盤旋，顯然是打算在他摔下來時好把他接住。馬科．福林抓住快浮，連連射門得分了五次，卻沒有一個人注意到他。

「快點呀，妙麗。」榮恩絕望地低喊。

妙麗已順利擠到了石內卜坐的看台，現在沿著他背後那排座位，朝他的方向快步跑去；甚至在她一不小心，把奎若教授撞得一頭栽到前排座位時，也沒停下來說聲抱歉。到了石內卜背後，她趕緊蹲伏下來，掏出魔杖，低聲念了幾句她精心挑選的咒語。一團明亮的藍色火焰從她的魔杖噴射出來，落在石內卜的長袍衣襬上。

大約三十秒之後，石內卜才發現自己身上著了火。突然爆出的一聲怒喝，讓妙麗知道自己已大功告成。她順手撈起他袍子上的火球，裝進她口袋中的小罐，再沿著座位往回跑——這樣石內卜永遠也不會知道這究竟是怎麼回事。

這樣就夠了。原本吊在半空中的哈利，現在又重新爬上了他的掃帚。

「奈威，你現在可以看了！」榮恩說。奈威在剛才的五分鐘裡，一直都把頭埋在海格的夾克裡低聲哭泣。

哈利現在快速地俯衝，準備降落，觀眾看到他一手摀住嘴巴，就好像快要吐了——他四肢著地落到球場上——不停咳嗽——有個金色的東西落到了他的手中。

「我拿到了金探子！」他喊道，把球舉在頭上不停揮舞，而球賽也在大家一頭霧水之下宣告結束。

「他根本就不是**抓到**的，他差點兒就把它給**吞到**肚子裡去了。」二十分鐘後福林還在忿忿不平地怒吼，這對比賽結果完全不造成任何影響——哈利並沒有違反球賽規則，而李．喬丹現在還在快樂地大聲播報球賽結果——葛來分多以一百七十分對六十分獲得壓倒性的勝利。這些哈利全都沒有聽到。他此時和妙麗及榮恩一起坐在海格的小木屋裡，享受主人為他泡的濃茶。

「都是石內卜搞的鬼，」榮恩正在解釋，「妙麗和我都看到了。他嘴裡叨叨念個不停，眼睛緊盯著你不放，分明就是在詛咒你的飛天掃帚。」

「胡說八道，」海格說，他在球賽時顯然沒聽到旁邊的人在說些什麼，「石內卜幹嘛要做這種事？」

哈利、榮恩和妙麗面面相覷，考慮是不是該把事情告訴他。哈利決定實話實說。

「我發現了他的一些事，」他告訴海格，「他在萬聖節的時候，試圖溜進那隻三頭狗腳下的活板門，結果被狗咬了。我們認為，他是想要偷三頭狗看守的東西。」

海格手裡的茶壺掉到地上。

「你們怎麼會曉得毛毛的事？」他說。

「**毛毛**？」

「是呀——牠是我的狗——是我去年在酒吧裡跟一個希臘小伙子買來的，我把牠借給鄧不利多來看守——」

「看守什麼？」哈利急切地問。

「夠了，不要再問我了，」海格粗聲說，「那是最高機密，懂了吧。」

「可是石內卜想要把它**偷走**啊。」

「胡說八道，」海格又說了一聲，「石內卜是霍格華茲的老師欸，他是絕對不會做這種事的。」

「那他為什麼想要殺死哈利？」妙麗喊道。

這個下午所發生的事，似乎已完全改變了她對石內卜的看法。

「我一眼就可以看出是不是有人在下惡咒，海格，惡咒的書我全都看過！你的眼睛必須緊盯住目標不放，連一刻也不能間斷，而石內卜完全沒有眨過眼，我看得非常清楚！」

「我告訴妳，妳大錯特錯！」海格發怒地說，「我不曉得哈利的掃帚為什麼會變成那個樣子，可是石內卜絕對不會去殺一個學生！現在，聽我說，你們三個——你們實在太愛管閒事，惹上跟你們完全無關的事情，這樣很危險的。你們最好快點忘了那狗，忘了牠看守的東西，那是鄧不利多和尼樂．勒梅之間——」

「啊哈！」哈利說，「所以這牽涉到一個叫做尼樂．勒梅的人，是不是？」

海格顯然對自己非常生氣。

12 意若思鏡

聖誕節即將到來。十二月中旬的一個早晨，霍格華茲在晨曦中甦醒時，發現自己全「身」都覆蓋著一層厚達數呎的積雪。湖水凍結成冰，衛斯理雙胞胎淘氣地捏了幾個小雪球，用魔法驅使它們緊跟著奎若不放，不時還從後方偷襲，朝他的大頭巾撞上幾下，因而遭受到學校的處分。少數幾隻能夠堅忍穿越風雨密布的天空，成功送達郵件的貓頭鷹，也必須在海格的悉心照料下休養好幾天，才能恢復健康，再度飛翔。

每個人都衷心期盼假期快點開始。葛來分多交誼廳和餐廳都有溫暖的爐火，通風的走廊卻變得冰寒刺骨，教室的窗戶也被呼嘯的狂風吹得吱嘎作響。但最糟糕的是在地牢裡上課的魔藥學，在那裡呼出的氣息，都會在眼前凝成一團白煙，而大家總是儘可能靠近沸騰的大釜取暖。

「我真的是替有些人感到難過，」跩哥．馬份在一堂魔藥學的課堂上說，「他們得留在霍格華茲過聖誕節，因為沒有人歡迎他們回家。」

他說話的時候，眼睛一直斜睨著哈利，克拉和高爾在一旁吃吃竊笑。哈利正忙著計算獅子魚脊骨粉末的正確分量，根本懶得搭理。自從魁地奇球賽之後，馬份變得比以前更惹人厭。史萊哲林輸掉比賽，他心裡頭老大不高興，就以隨便一隻大嘴樹蛙，都可以取代哈利當上搜捕手的刻薄話引大家發笑。但他立刻發現，根本沒人覺得這有什麼好笑，因為哈利當時緊攀住掃帚的英勇表現，讓所有的人都大為感動。因此，馬份在妒恨交加的複雜心境中，只好又開始重新搬回老話題，嘲笑哈利的家庭不正常。

哈利確實不準備回水蠟樹街過聖誕節。麥教授上個禮拜特地到寢室來，統計願意留在學校過節的學生人數，哈利毫不考慮地簽下自己的姓名。他一點兒都不為自己感到難過；這可能會是他這輩子最棒的一次聖誕節。榮恩和他的兄弟們也會留在學校，因為衛斯理夫婦打算去羅馬尼亞看查理。

上完魔藥學課，走出冰冷的地牢時，大家發現前方有一株巨大的樅樹擋在走廊中央。樹根下面伸出兩隻大腳，由那一陣響亮的呼氣聲告訴他們，海格就站在樹幹後面。

「嗨，海格，需要幫忙嗎？」榮恩把頭探進枝椏中問道。

「不用了，我應付得來，謝啦，榮恩。」

「請你不要擋路好嗎？」他們背後響起馬份懶洋洋的冷漠嗓音，「你是不是打算賺點零用錢，衛斯理？我想，你是希望在離開霍格華茲以後，也可以擔任這兒的獵場看守人吧——跟你家的破狗窩比起來，海格的小木屋，簡直就像是個皇宮吧。」

在榮恩撲向馬份的時候，石內卜突然出現在樓梯口。

「**衛斯理！**」

榮恩悻悻然地放開馬份的長袍前襟。

「是馬份先挑釁的，石內卜教授，」海格從樹後探出他毛糟糟的大臉，「他侮辱榮恩的家人哪。」

「不管是什麼理由，打架就犯了霍格華茲的校規，海格。」石內卜輕聲說，「葛來分多扣五分，衛斯理，你該感謝我沒扣太多。你們全都走吧。」

馬份、克拉和高爾臉上掛著得意洋洋的笑容，粗魯地從樅樹旁邊硬擠過去，害得針葉撒落滿地。

「我一定要找他算帳，」榮恩咬牙切齒地望著馬份的背影說，「總有一天，我要找他把帳全都算清楚——」

「他們兩個我都討厭，」哈利說，「馬份和石內卜。」

「好了，高興一點，就快要過聖誕節了呢。」海格說，「我跟你們說，現在跟我到餐廳去瞧瞧，包管你們大開眼界。」

於是哈利、榮恩和妙麗三人，就隨著海格和他的樅樹進了餐廳，麥教授和孚立維教授正忙著在裡面布置聖誕裝飾。

「啊，海格，最後一棵樹——請你把它放在那個最遠的角落好嗎？」

餐廳看起來壯觀至極。牆上掛滿了冬青木與槲寄生編成的花綵裝飾，四周矗立著至少十二株高聳的聖誕樹，有些掛滿了晶瑩剔透的小冰柱，有些閃爍著數百枝蠟燭。

「妳回家過節前還會在這兒待多久？」海格問。

「這是最後一天了，」妙麗說，「這正好提醒我——哈利、榮恩，離午餐還有半個鐘頭的時間，我們得趕快上圖書館去。」

「喔，沒錯，妳說得對。」榮恩說，勉強把目光從孚立維教授身上移開，他正在用魔杖變出一個又一個的金色泡泡，再把它們掛到最後一棵聖誕樹的枝椏上。

「圖書館？」海格跟著他們一起走出餐廳，「在過節前上圖書館？你們還真用功呢，是不是？」

「喔，我們可不是去那兒做功課的，」哈利愉快地對他說，「在你提到尼樂．勒梅以後，我們就一直想要查出他到底是誰。」

「**你說什麼**？」海格大為震驚，「聽我說——我告訴你們——忘了這回事吧。不管那頭狗看守的是什麼東西，全都不關你們的事。」

「我們只是想知道尼樂．勒梅是誰，就是這麼簡單。」妙麗說。

「或者，你乾脆把答案告訴我們，省得我們多費工夫，好嗎？」哈利再加上一句，「我們已經翻了好幾百本書，就是找不到他的任何資料——至少給我們一點暗示嘛——我知道我一定在某個地方看過這個名字。」

「我什麼都不會說的。」海格斷然拒絕。

「那我們就自己去找好了。」榮恩說，然後他們就拋下滿臉不高興的海格，飛快地跑向圖書館。

自從海格一時大意說溜嘴之後，他們就開始到處翻書，尋找尼樂．勒梅這個名字。因為除了這個線索之外，他們實在想不出還有什麼方法，可以調查出石內卜想偷的東西。問題是，他們並不曉得尼樂·勒梅究竟做過什麼足以留名青史的偉大事蹟，不知道該從何處著手。他的名字並未出現在《二十世紀的偉大巫師》，或是《今日魔法名流》；在《現代魔法的重大發現》和《近代巫術發展研究》中，也找不到他的資料。再加上，圖書館的龐大規模也讓他們感到有些使不上力，這兒有著數萬本藏書、數千個書架、數百排分類書區。

妙麗掏出一張列著主題與書名的單子，準備按圖索驥。榮恩卻大步走向一排書區，開始隨機採樣地取書翻閱。哈利信步晃到了禁書區，他早就懷疑尼樂·勒梅的資料是藏在這個地方。但不幸的是，除非你能拿到某位師長親筆簽名的特准單，否則學生是絕對不准翻閱禁書區的任何書籍，哈利心裡明白，自己是絕對不可能拿到特准單的。這些書裡記載的全都是霍格華茲從來不肯教授的超強黑魔法，只有那些選修高等黑魔法防禦術的高年級學生才有資格借閱。

「你在找什麼，孩子？」

「沒什麼。」哈利說。

圖書館員平斯夫人對他舉起了雞毛撣子。

「那你最好出去。走啊——出去！」

哈利只好走出圖書館，暗暗懊惱自己為什麼無法立刻編出某個可信的藉口。哈利、榮恩及妙麗三人早已達成共識，千萬別去問平斯夫人哪裡才能找到勒梅的資料。他們相信她應該會說出來，但石內卜也可能因此而探聽出他們的意圖，因此他們不打算冒這個險。

哈利站在外面的走廊等待，看看其他兩人會不會找到什麼有用的線索，他心裡卻沒抱太大希望。他們已經查了整整兩個禮拜，畢竟，他們只能利用下課的零星時間，查不到也是意料中的事。他們真正需要的是一段完整的時間，擺脫平斯夫人的嚴密監視，定下心來好好尋找一番。

五分鐘之後，榮恩和妙麗搖著頭走出來與他會合。三人一同走去吃午餐。

「我回家以後，你們還會繼續查吧，是不是？」妙麗說，「有任何消息，就立刻派隻貓頭鷹送信給我。」

「對了，妳可以問妳爸媽，看他們知不知道尼樂．勒梅是誰，」榮恩說，「問他們應該不會有什麼危險。」

「一點危險也沒有，他們兩個都是牙醫。」妙麗說。

＊＊＊

假期開始之後，榮恩和哈利實在有太多樂子可找，根本沒有多餘時間去管尼樂．勒梅的事。他們兩人獨占整間寢室，而交誼廳也不像平常那麼擠，所以他們總是可以搶到爐火旁最舒服的扶手椅。他們把任何可以串到長柄叉子上的東西——麵包、小圓餅、棉花糖——全都烤來吃，一面還興致勃勃地設計各種害馬份被開除的陰謀詭計，雖然這些詭計幾乎全都不可行，光是說說就夠令人高興的了。

同時，榮恩也開始教哈利下巫師棋。這種棋其實跟麻瓜的西洋棋完全相同，唯一的差別是，巫師棋的棋子全都是活的，這使得下棋就好像是在指揮軍隊作戰一樣。榮恩用的那套棋又舊又破，就像他所有的其他東西一樣，這套棋也是從家人那邊接收過來的——這次物主是他的祖父。其實，舊棋子反而還比新的好用。榮恩早就把它們的脾氣摸得一清二楚，所以在指揮時從來沒碰過任何麻煩。

哈利用的是西莫．斐尼干借給他的棋子，它們完全不信任他。他本來就下得不太好，這些棋子還在一旁扯後腿，七嘴八舌地提供各種令人困惑的意見：「不要把我送過去，你難道沒看到那裡有個騎士嗎？派它去好了，反正我們失掉它也無所謂。」

聖誕夜，哈利上床時滿心期待明日的豐盛大餐和有趣的節目，但並不指望會收到任何禮物。想不到，他第二天早上醒來，第一眼看到的，就是床腳邊的一小堆禮物。

「聖誕快樂。」榮恩睡意矇矓地說了一聲，望著哈利爬下床披上睡袍。

「聖誕快樂，」哈利說，「你來看看這裡好嗎？我有禮物耶！」

「不然你以為是什麼，大頭菜嗎？」榮恩說，轉過頭來望著他自己的禮物堆，那看起來比哈利的豐富多了。

哈利抓起最上面的包裹。它用厚重的褐紙包著，上面有一行鬼畫符似的潦草字跡：送給哈利，海格。裡面是一支粗糙的木笛，一看就知道是海格自己做的。哈利吹了一下——聽起來有點像貓頭鷹的叫聲。

第二個包裹非常小，裡面只放了一張字條。

「我們收到你的信，在此附上你的聖誕禮物。威農姨丈與佩妮阿姨。」紙條上用透明膠帶黏了一枚五十便士硬幣。

「真夠意思。」哈利說。

那枚五十便士硬幣讓榮恩看得入迷。

「**詭異**！」他說，「怎麼會有這種形狀！這真的是**錢**嗎？」

「你喜歡就留著吧，」哈利說，榮恩喜出望外的表情令他哈哈大笑，「海格和我的姨丈阿姨——剩下這些會是誰送的？」

「我知道這個是誰寄來的，」榮恩說，臉紅地指著一個鼓鼓的包裹，「是我媽。我告訴她你不指望會收到任何禮物——喔，不，」他低聲抱怨，「她替你織了一件衛斯理家的套頭毛衣。」

哈利拆開包裹，看到一件厚厚的翡翠綠手織毛衣，還有一大罐自製的軟牛奶糖。

「她每年都會替我們織一件新套頭毛衣，」榮恩拆開他自己的包裹，「我的**永遠都是**茶色。」

「她人真好。」哈利說，嚐了一點牛奶糖，味道非常棒。

他的下一個禮物同樣也是甜食——妙麗寄來的一大盒巧克力蛙。

現在只剩下最後一個包裹了。哈利抓起來摸了一下，很輕。他把它拆開。

一個又輕又軟的銀灰色東西滑落到地板上，散發出淡淡的幽光。榮恩屏住氣息。

「我聽說過這玩意兒，」他用一種像做夢般的輕柔嗓音說，妙麗送給他的一大盒全口味豆全掉到了地上，「如果這真的是我想到的那種東西——那它真的是非常罕見，而且真的**非常**珍貴。」

「這是什麼？」

哈利從地上撿起那塊閃亮的銀布。摸起來的感覺很奇怪，就好像是流水織成的布料。

「這是一件隱形斗篷，」榮恩的臉上帶著敬畏的神情，「我非常確定——穿穿看吧。」

哈利把斗篷披在肩膀上，榮恩發出一聲驚呼。

「**真的是欸**！你自己低頭看看！」

哈利低頭望著自己的腳，卻什麼也看不到。他連忙衝到鏡子前面，這下不會錯了，鏡子裡有他的映像，但只剩下一個飄浮在半空中的頭，他的身體全都不見了。他把斗篷拉到頭上，鏡子裡的映像便完全消失。

「這兒有一封信！」榮恩突然說，「從裡面掉出一封信。」

哈利脫掉斗篷，一把拿起信件。信上是他從來沒見過的字體，細細又圓圓的寫著：

你的父親過世前把這個東西留給你，現在該是把它交還給你的時候了。

好好使用它吧。

祝你有一個非常快樂的聖誕假期。

沒有簽名。哈利望著那封信，榮恩豔羨地欣賞著隱形斗篷。

「我願意用我**所有的東西**交換一件隱形斗篷，」他說，「**所有的東西**。怎麼啦？」

「沒事，」哈利說。他覺得事情很古怪。是誰寄給他這件隱形斗篷？這真的是他父親的遺物嗎？

在他還來不及想或是說任何事情之前，寢室大門就突然敞開，弗雷和喬治跳了進來。哈利趕緊把斗篷藏起來。他現在還不想跟任何人分享這件東西。

「聖誕快樂！」

「嘿，你看——哈利也有一件衛斯理家的套頭毛衣！」

弗雷和喬治身穿藍色套頭毛衣，一件上面有著一個大大的黃色「F」字，另一件上面是大大的黃色「G」字。

「不過哈利的比我們好看多了，」弗雷拿起哈利的毛衣，「不是自家人的話，她就會織得特別用心。」

「你怎麼沒把毛衣穿上呢，榮恩？」喬治問道，「來吧，趕快穿上，這毛衣又漂亮又暖和。」

「我討厭茶色。」榮恩不高興地嘟囔了一聲，穿上毛衣。

「你的毛衣上沒有字，」喬治歪著頭打量，「我想她是認為，你不會把自己的名字給忘掉。可是我們也不笨哪——我們知道自己叫『弗治』和『喬雷』啊。」

「這兒怎麼這麼吵啊？」

派西・衛斯理帶著不以為然的表情探頭進來。他顯然正在拆禮物，因為他手臂上同樣也掛了一件厚鼓鼓的套頭毛衣。弗雷一把抓起派西的毛衣。

「上面可是代表級長的P耶[5]！穿上吧，派西，快點，我們全都穿上自己的毛衣，甚至連哈利都有一件呢。」

「我——不——要——」派西的聲音變得模糊不清，因為雙胞胎兄弟不由分說地把毛衣從他頭上套進去，等到他的頭冒出來時，臉上的眼鏡已經歪掉了。

「而且你今天也不可以跟其他級長坐在一起，」喬治說，「聖誕節是家人聚會的日子。」

派西的雙手還套在毛衣裡沒伸出來，就被他們像押犯人似地推出房間。

＊　＊　＊

哈利這輩子從來沒吃過這麼豐盛的聖誕大餐。一百隻肥嫩的烤火雞、堆積如山的烤煮兩吃馬鈴薯、一盤盤肥腴的辣味小香腸、一碗碗奶油青豆、用銀船盛裝的濃稠肉汁和蔓越橘醬——而且餐桌上每隔幾呎，就放著一堆堆的巫師爆竹。這些神奇的爆竹，跟德思禮家在買小塑膠玩具和軟軟的紙帽時，常會順便帶上一包的蹩腳麻瓜爆竹完全不一樣。哈利跟弗雷一同拉響一個巫師爆竹，它並不只是砰地一聲，而是發出一陣像炸彈爆

5. 級長英文為Prefect，與派西同樣可用P字當作縮寫。

炸似的轟然巨響，冒出一團把他倆完全吞沒的藍色濃煙，同時還從裡面噴出一頂海軍少將軍帽，和幾隻活生生的小白老鼠。在台上的主要餐桌旁，鄧不利多戴著他用巫師尖頂帽跟別人換來的綴花小軟帽，被孚立維教授的笑話逗得咯咯笑。

火雞吃完之後，接著上場的是火燒聖誕布丁。派西的布丁裡面藏了一枚西可銀幣，害他差點兒繃斷了牙。哈利看到海格大杯大杯地灌酒，臉色越來越紅，最後他終於失去控制，膽大包天地在麥教授的面頰上親了一下，哈利驚訝地發現，這位嚴師竟然飛紅了臉吃吃傻笑，連頭上的高頂絲質禮帽都弄歪了。

等到哈利終於離開餐桌時，他的手裡捧了滿滿一大把巫師爆竹爆出來的小玩意，其中包括一包吹不破的發亮氣球、自助長瘤組合包和一套新的巫師棋。白老鼠全都跑不見了，而哈利有一種不太好的預感，覺得牠們最後都會變成瘦貓拿樂絲太太的聖誕大餐。

哈利和衛斯理家的兄弟們在校園中打了場激烈的雪戰，度過一個快樂的下午。然後，在渾身又溼又冷，累得喘不過氣來的情況下，他們返回葛來分多交誼廳的爐火邊，哈利首次啟用他新得到的巫師棋，結果卻被榮恩殺得一敗塗地。他懷疑如果不是派西那麼熱心幫忙的話，他也不至於輸得這麼慘。

在吃過一餐有火雞三明治、小圓餅、乳脂鬆糕和聖誕蛋糕的豐富茶點之後，大家都覺得肚子撐得要命，懶洋洋地提不起勁。因此他上床睡覺之前，除了癱在椅子上，看派西把偷走他級長徽章的雙胞胎兄弟追得在葛來分多塔四處亂竄之外，其他什麼事也不想做。

這是哈利有生以來最棒的一個聖誕節，然而他一整天都覺得心裡有些不太對勁。直到爬上床休息之後，他才有空思索那些揮之不去的問題：隱形斗篷和寄來斗篷的神秘人物。肚子裡裝滿火雞和蛋糕，也沒有任何神秘怪事惹他煩心的榮恩，幾乎是一拉上四柱床的垂幔，就立刻呼呼大睡。哈利把身子探到床外，把斗篷從床底下拉出來。

他父親的遺物……這是他父親用過的東西。他捧起斗篷，柔軟的布料自他手上飄垂下來，比絲綢更光滑，輕得像空氣似的。「好好使用它吧。」信上是這麼寫的。

他必須穿上它，就是現在。他輕輕溜下床，裹上斗篷。他低頭望著自己的腳，卻只看到月光與陰影。這是一種非常奇怪的感覺。

好好使用它吧。

哈利突然完全清醒過來。只要穿上這件斗篷，整個霍格華茲就可以任由他來去自如。他佇立在寂靜的漆黑夜色之中，一陣狂喜竄遍了他的全身。穿上這個以後，他愛去哪裡就去哪裡，飛七絕對逮不到他。

榮恩咕咕噥噥地說著夢話。哈利該叫醒他嗎？某個念頭阻止了哈利——這是他父親的斗篷——他覺得至少在這一次——第一次——他要獨自享用。

他躡手躡腳地溜出寢室，走下樓梯，穿越交誼廳，爬出畫像洞口。

「是誰啊？」胖女士哇哇大叫。哈利沒有回答，他迅速踏上走廊往前走去。

他該去哪兒呢？他停下腳步，腦袋裡飛快地轉著念頭。然後他突然靈機一動：圖書館的禁書區。他可以愛看多久就看多久，直到找到尼樂．勒梅的資料為止。他隨即出發，裹緊他的隱形斗篷大步前進。

圖書館裡一片漆黑，顯得異常陰森詭異。哈利點亮一盞燈，沿著一排排書架向前走去。雖然哈利能夠真確地感覺到自己手裡提著燈，但他曉得別人只能看到一團飄浮在半空中的燈光，其他什麼也沒有，這幅畫面令他感到不寒而慄。

禁書區位於圖書館的後部。他小心翼翼地跨越區隔禁書與其他書籍的圍繩，舉起燈來仔細閱讀那些書名。

但這些書名對他並沒有任何幫助。那些斑駁脫落的燙金字母，拼出的全都是一些哈利看不懂的異國文字，有些書甚至沒有書名。其中有本書上有一大塊黑色的污點，看起來就像是嚇人的血跡。哈利脖子後的寒毛豎了起來，這也許是真的，也可能只是他自己的幻覺，但他真的覺得，這些書現在正發出一陣陣微弱的耳語，就好像它們知道有某個不應該出現的人闖了進來。

不管怎樣，他總得開始進行搜尋。他輕輕把燈放在地板上，蹲下身來望著最下面一排書籍，想要找到一本看起來還挺有趣的書。一本封面是黑底銀字的大書吸引住他的視線，這本書非常重，他費了一番工夫，才把它順利拉出來，用膝蓋頂住，讓它落下來攤在腿上。

一聲足以讓血液凍結的尖叫劃破周遭的寂靜——這本書在尖叫！哈利趕緊把它闔上，但尖叫並沒有停止，反而拖長成一個高亢、持續、震耳欲聾的單音。他慌慌張張地往後退，一不小心踢翻了燈，燈光立刻熄滅。在驚惶之中，他聽到外面的走廊響起一陣越來越近的腳步聲——他連忙把仍在高聲尖叫的書塞回書架，跑向走廊。他差點在門口跟飛七撞個正著；飛七黯淡狂亂的目光穿透哈利，直勾勾地瞪視前方。哈利從飛七怒張的手臂下溜了過去，沿著走廊向前飛奔，耳邊依然迴盪著那本書的刺耳尖叫。

他在一副高聳的盔甲前忽地停下腳步。剛才一心只想著趕快逃離圖書館，沒注意自己跑到了什麼地方。也許是因為周遭太黑，他完全認不出這到底是在哪裡。他知道廚房附近是有一副盔甲，但現在所在的位置，顯然要比廚房高上整整五層樓。

「你吩咐過我，教授，要是發現有任何人在夜間四處亂晃，就立刻向你報告。我剛剛發現有人溜進了圖書館——而且是在禁書區。」

哈利感到自己臉上失去血色。不管他現在是在哪裡，飛七必定知道有一條通往這兒的捷徑，因為他那油腔滑調的諂媚聲音越來越靠近。更令他驚嚇的是，回答的人竟然是石內卜。

「禁書區？嗯，這樣他們跑不遠的，我們一定可以逮到他們。」

哈利文風不動地站在原處，望著飛七和石內卜繞過前方的轉角，朝他走來。他們當然看不見他，但這是一條非常狹窄的走廊，他們只要再走近一些，就會一頭撞到他的身上——這件斗篷並不能讓他變成空氣。

他慢慢朝後退，儘可能不發出任何聲音。他的左邊有一扇半開半閉的門，那是他唯一的希望。他屏住呼吸，緩緩擠進去，努力不讓自己碰到門；他順利擠進房間，絲毫沒有引起他們的注意，這讓他大大鬆了一口氣。他們經過門外，繼續向前走去，哈利靠在牆上，深深呼吸，聽著他們的腳步聲越行越遠。他剛才的遭遇真的是很驚險，非常驚險，過了幾秒鐘之後，他才注意到房間裡的景象。

這裡看起來像是個廢棄的教室。牆邊疊放著暗黝黝的桌椅黑影，地上有一個倒置的字紙簍——在他對面的牆邊，卻擱著某樣看起來不屬於這裡的東西。某樣似乎是因為有人在清理時怕它擋路，而暫時移到這裡的物品。

那是一面高達天花板，非常氣派、壯觀的大鏡子，四周鑲著華麗的金框，下面鑄了兩個爪狀的鏡腳。頂端的鏡框上刻了一段文字：望欲的心內你是而臉的你是只非並的現顯我。

在飛七和石內卜離去之後，哈利現在的情緒已漸漸恢復平靜，不再像剛才那般驚惶失措，於是他朝鏡子走去，想要再享受一次照鏡子卻看不見自己的有趣感覺。他踏到鏡子正前方。

他必須用雙手摀住嘴巴，才不至於尖叫出聲。他猛地旋過身來。他的心跳得比剛才書本尖叫時還要劇烈——因為他在鏡子裡看到的不只是他自己，他的背後還站了一大群人。

可是房間並沒有別人。他的呼吸變得非常急促，鼓起勇氣慢慢轉過頭來望著鏡子。

反映出來的，是他，一個面色慘白滿臉驚嚇的他，而在那裡，反映在鏡子裡，他的背後，至少有十個人站在那裡。哈利回過頭來——還是一樣，什麼人也沒有。或者他們也都是隱形的？難道他是走進了一個擠滿隱形人的房間，而這面鏡子的特點，恰好就是不管你有沒有隱形，它全都照得出來？

他的目光再轉向鏡子。鏡中一個站在他右後方的女人，正微笑著朝他揮手。他連忙往右後方伸手揮了一下，卻什麼也沒碰到。如果她真的站在那裡，他就應該摸得到她。鏡子裡的他們站得那麼近，而實際上他卻只能感覺到空氣——她和其他的人只存在於鏡中世界。

她是一個非常漂亮的女人。她有一頭深紅色的秀髮，她的眼睛——她的眼睛跟我真像，哈利心想著，往前挪了一步，更貼近鏡子。鮮綠色——連形狀都一模一樣，但接著他發現她在流眼淚；臉上帶著微笑，眼角卻掛著淚珠。她旁邊那名高瘦的黑髮男子伸手環住她的肩膀。他戴著眼鏡，頭髮凌亂不堪，後面的髮梢高高翹起，就跟哈利的頭髮一樣。

哈利跟鏡子越靠越近，鼻子都快要碰到鏡中的自己了。

「媽？」他輕聲說，「爸？」

他們只是微笑望著他。哈利慢慢將目光移開，研究起其他鏡中人的面孔。他看到更多跟他一樣的綠眼睛，跟他一樣的鼻子，甚至還有個小老頭有著跟哈利一樣，長滿疙瘩的膝蓋骨——這是哈利這輩子第一次看到自己的家人。

波特夫婦微笑著朝哈利揮手，他把雙手貼在鏡面上，貪婪地凝視他們，恨不得能夠穿透鏡面，撲到他們懷中。他心中感到一陣強烈的痛楚，半是喜悅，半是深沉的憂傷。

他不知道自己在那兒站了多久。鏡中的影像並未消失，他癡癡地望著，不知過了多久，遠處突然響起了某個聲音，才讓他重新回過神來。他不能待在這裡，他必須趕快找到路回床上睡覺。他依依不捨地將目光自他母親臉上移開，輕輕說了一句：「我會再回來的。」就快步踏出房間。

* * *

「你可以把我叫醒啊。」榮恩生氣地說。

「你今天就可以去了，我打算再回去看看，我想帶你去看那面鏡子。」

「我很想看看你爸媽長什麼樣子。」榮恩期待地說。

「我也想看看你的家人，看所有的衛斯理家族，你可以把你其他兄弟和親戚指給我看。」

「你要看他們方便得很，」榮恩說，「只要在放暑假的時候，到我家來玩就行了，而且那面鏡子說不定只能顯現出死人。不過，你沒找到尼樂．勒梅的資料還真是有點可惜。來點培根怎麼樣，你怎麼什麼都不吃呢？」

哈利吃不下。他看到了他的父母，而今晚還會再看到他們。他幾乎把尼樂．勒梅的事忘得一乾二淨。現在這一切似乎都不再重要了，誰在乎那隻三頭狗看守的什麼東西？就算石內卜真的把它偷走，那又有什麼關係呢？

「你還好吧？」榮恩說，「你看起來怪怪的。」

＊＊＊

哈利最害怕的就是再也找不到那個放鏡子的房間。現在斗篷裡多塞了一個榮恩，所以沒辦法像昨晚走得那麼快。他們從圖書館出發，企圖摸索出哈利昨天走過的路線，結果卻在黑暗的通道中晃了將近一個鐘頭，什麼也找不著。

「我快凍斃了，」榮恩說，「乾脆忘了這回事，回去睡覺算了。」

「不！」哈利低吼，「我知道就在這附近。」

途中他們遇到一個正往反方向飛的高瘦女巫幽靈，此外什麼人也沒看見。就在榮恩開始抱怨腿快凍僵的時候，哈利找到了那副盔甲。

「這裡——就是這裡——沒錯！」

他們推開門。哈利脫下斗篷，衝到鏡子面前。

他們就在那裡，他的父母親正笑容可掬地望著他。

「看到了嗎？」哈利輕聲說。

「我什麼也沒看見。」

「你看！看看他們……有好多人哪……」

「我只看到你。」

「你這樣看不對，過來，站到我這個位置。」

哈利退到旁邊，但榮恩一站到鏡子前方，哈利就完全看不到他的家人了。鏡子裡只有穿著渦漩紋花呢睡衣褲的榮恩。

榮恩像定住似地呆呆望著鏡子裡的自己。

「你看我！」他說。

「你看到所有家人都環繞在你身邊嗎？」

「不——只有我一個人——可是我跟現在不一樣——看起來年紀比較大——而且我是學生會男生主席！」

「什麼？」

「我是——我身上別著比爾以前戴過的徽章——而且我手裡拿著學院盃和魁地奇冠軍盃——我也是魁地奇隊長呢！」

榮恩勉強將目光從這幅光榮的景象上移開，帶著興奮的神情望著哈利。

「你覺得這面鏡子是不是可以顯示出未來？」

「這怎麼可能？我的家人全都死了——現在換我看了——」

「你昨天已經看了一整夜，讓我再多看一下嘛。」

「你不過是拿了個魁地奇獎盃，那有什麼好看的？我想看我的父母。」

「不要推我——」

門外走廊上突然響起某種聲音，打斷了這場小小的爭執。他們剛才並不知道自己的聲音有多大。

「快！」

榮恩剛把隱形斗篷罩在他們倆的身上，瘦貓拿樂絲太太發亮的眼睛就出現在門口。

榮恩和哈利嚇得大氣不敢喘一聲，文風不動地站在原地，兩人想著同一件事——隱形斗篷究竟對貓有沒有用？似乎過了好幾個世紀之後，她才終於轉身離開。

「我們還沒有脫險——她很可能是去向飛七通風報信，我敢打賭她一定聽到了我們的聲音。走吧。」

榮恩拉著哈利走出房間。

* * *

第二天早晨，積雪依然沒有融化。

「要不要來下盤棋呀，哈利？」榮恩說。

「不要。」

「那我們下樓去找海格怎麼樣？」

「不……你自己去好了……」

「我知道你心裡在打什麼主意，哈利，那面鏡子是吧？今天晚上不要去。」

「為什麼？」

「不知道，我只是覺得它有些不對勁——不管怎樣，你已經冒過太多次險了。飛七、石內卜和那隻瘦貓拿樂絲太太全都在到處巡邏，就算他們看不見你又怎樣？要是他們撞到你怎麼辦？要是你不小心打翻東西呢？」

「你的語氣簡直跟妙麗一模一樣。」

「我是說真的，哈利，不要去。」

但哈利腦海中只有一個念頭：趕快回到鏡子前面看他的家人，榮恩是絕對無法阻止他的。

＊＊＊

在第三個夜晚，他沒花多少時間就順利到達目的地。他走得很快，他知道自己的腳步聲不算小，所幸他並沒有遇到任何人。

他的父母親仍在那裡看著他微笑，他的一位祖父甚至還高興地對他點頭。哈利坐在鏡子前面，沒有任何事可以阻止他留在這裡，跟家人們度過整個夜晚。任何事都不成。

除了——

「所以——你又回來啦，哈利？」

哈利感到自己的五臟六腑似乎在瞬間凍成了冰。他回過頭，在牆邊的一張桌子上，坐著校長大人阿不思．鄧不利多。剛才哈利八成是大剌剌地直接從他身邊走過，急著想要衝到鏡子前面，以至於完全沒有注意到他。

「我——我剛才沒看到你，先生。」

怪了，看來在隱形以後，你的近視反倒加深了。」鄧不利多說，哈利看到他面帶笑容，覺得安心了不少。

「所以說，」鄧不利多滑下書桌，跟哈利一起坐在地板上，「你呢，就跟在你之前的好幾百人一樣，已經發現了意若思鏡帶來的樂趣。」

「我不曉得它叫做意若思鏡，先生。」

「我想，你現在應該已經了解到它的功能了吧？」

「它──嗯──它讓我看到我的家人──」

「它讓你的朋友榮恩，看到自己成為學生會男生主席。」

「你怎麼知道──？」

「我不需要斗篷就可以隱形。」鄧不利多溫和地說，「現在，你來想想看，這面意若思鏡，究竟讓我們看到了什麼？」

哈利搖搖頭。

「讓我告訴你吧。世上最快樂的人，才有辦法把這面意若思鏡當作普通鏡子使用。也就是說，在他望著鏡子的時候，他看到的是他自己真實的形貌。這讓你想到什麼了嗎？」

哈利想了一會兒。然後他慢慢開口說：「它讓我們看到，我們想要的東西……我們想要的任何東西……」

「對，但也不對。」鄧不利多平靜地說，「它讓我們看到的，不多不少恰好是我們心裡最深沉、最迫切的欲望。你呢，從來沒有見過自己的家人，所以看到的是他們全都環繞在你的身邊。而榮恩・衛斯理，他一直都活在他哥哥們的陰影下，所以看到的是自己一個人站在那裡，變得比他們幾個都要優秀。然而，這面鏡子既不能教給我們知識，也無法讓我們看到真相。人們在它前面虛度光陰，被他們所看到的景象迷得神魂顛倒，或是逼得發狂，因為他們不曉得自己看到的究竟是事實，還是永遠不可能實現的妄想。

「這面鏡子明天會移到另一個地方，哈利，我請你不要再去尋找它。未來你也很可能會在無意間再看到它，所以你必須現在就作好心理準備。活在虛幻的夢境裡，因而遺忘了現實生活，這樣是絕對行不通的，牢牢記住這一點。好了，現在你趕快套上那件令人羨慕的斗篷，回去睡覺好嗎？」

哈利站起來。

「先生——鄧不利多教授？我可以問你一些問題嗎？」

「你不是已經問了嗎？」鄧不利多微笑著說，「不過，你可以再多問我一個問題。」

「在你看這面鏡子的時候，你看見了什麼？」

「我？我看見我手裡抓了一雙厚厚的羊毛襪。」

哈利張大眼睛。

「一個人的襪子永遠都不會嫌多，」鄧不利多說，「另一個聖誕節來了又走，而我連一雙襪子都沒有收到，大家總是堅持要送我書。」

哈利直到躺回床上時，才突然想到鄧不利多或許並沒有說實話。但過了一會兒，當他把斑斑趕下枕頭時，他又想到，那其實是一個相當個人的問題。

13 尋找尼樂．勒梅

哈利決定聽從鄧不利多的吩咐，不再去尋找意若思鏡，而在接下來的聖誕假期中，隱形斗篷就被打入冷宮，擱置在他行李箱的最底層。哈利希望能趕快忘掉他在鏡中看到的影像，但是做不到。他晚上開始做惡夢，不斷在夢中聽到一陣高亢的奸笑，並看到他的父母消失在一道綠色閃光中。

「你看吧，鄧不利多說得沒錯，那面鏡子的確是會把你給逼瘋。」榮恩在聽到哈利描述夢境的時候表示。

妙麗在開學前一天返回學校，她對這件事卻有著不同的看法。她一方面被哈利一連三天晚上偷溜下床，在校園裡到處亂晃的大膽舉動嚇得半死（「你要是被飛七抓到怎麼辦？」），另一方面，她也為他竟然無法利用這個機會找到尼樂．勒梅的資料而感到遺憾。

他們幾乎已放棄在圖書館裡解開勒梅謎團的希望，雖然哈利仍舊非常肯定，他曾在某個地方看過這個名字。等到學期一開始，他們三人又重新利用十分鐘的下課時間，跑到圖書館快速翻閱書籍。哈利的空閒時間甚至比他們兩人還要少，因為魁地奇的集訓又再度開始了。

木透對球員們的訓練遠比過去嚴格許多，甚至連雪融之後的綿綿春雨，也無法澆熄他旺盛的鬥志。衛斯理雙胞胎兄弟被木透操得叫苦連天，說他是個神經病，哈利卻十分支持木透的做法。要是能在下一場跟赫夫帕夫的對抗賽中獲勝，他們就可以一掃七年來的怨氣，打敗史萊哲林贏得魁地奇盃冠軍。除了想要贏球之外，哈利也發現，他練球練得越累，晚上就越不容易做惡夢。

然後，在一次特別辛苦，讓大家全身沾滿溼泥的訓練課程中，木透對全體球員透露了一個壞消息。當時他正被衛斯理雙胞胎兄弟氣得半死，兄弟倆硬是不肯好好練球，淘氣地把自己扮做自殺飛機互相撞擊，不時還裝出快要從掃帚上掉下來的滑稽相。

「你們不要再胡鬧了！」木透忍無可忍地大吼，「這種無聊舉動會害我們輸掉比賽！這次的裁判是石內卜，他巴不得能找到藉口，好多扣葛來分多的分數。」

聽到這些話，喬治．衛斯理嚇得真的從掃帚上掉了下來。

「**石內卜**要擔任裁判？」他不顧滿嘴的泥巴，急促地連聲追問，「他不是從來沒做過魁地奇裁判嗎？他不可能公平，他就怕我們會勝過史萊哲林。」

其他球員紛紛降落在喬治身邊，加入抱怨的陣營。

「這**又不是**我的錯，」木透說，「我們只要不犯錯，規規矩矩地進行比賽，石內卜就找不到藉口來挑我們的毛病。」

這真是太精采了，哈利心想，但他不希望石內卜在他參加魁地奇球賽時擔任裁判，其實還有另外一個理由……

集訓結束之後，其他球員依然留在球場上聊天，哈利直接返回葛來分多交誼廳，在那裡找到正在下棋的榮恩和妙麗。妙麗只有在下棋的時候才會輸給別人，因此哈利和榮恩認為這種活動對她非常有益。

「現在先別跟我說話，」哈利一坐下，榮恩就先發制人，「我得考慮一下——」他瞥見哈利的表情，「你怎麼啦？你臉色好難看啊。」

為了避免讓其他人聽到他們的談話，哈利刻意壓低聲音，告訴他們石內卜突然自願擔任魁地奇裁判，顯然是不懷好意。

「那你就不要上場。」妙麗不假思索地說。

「說你病了。」榮恩說。

「假裝摔斷了一條腿。」妙麗建議。

「乾脆**真的**摔斷腿好了。」榮恩說。

「我不能這麼做，」哈利說，「我們沒有搜捕手的候補球員。我要是退出的話，葛來分多根本就沒辦法上場比賽。」

就在此時，奈威忽然摔進了交誼廳。在場的人全都想不通，他究竟是用什麼方法爬過胖女士畫像的洞口，因為他的兩條腿纏在一起卡得死緊，而他們一眼就看出這是中了鎖腿咒。他剛才想必是像兔子似地跳了好久，才爬上葛來分多塔。

大家都忍不住笑得前仰後合，妙麗卻沉著臉，立刻跳起來施展解咒術。奈威的雙腿應聲彈開，他站起來，不停地發抖。
「發生什麼事了？」妙麗問道，並帶著他坐到哈利和榮恩旁邊。
「是馬份，」奈威用顫抖的聲音說，「我在圖書館外面碰到他，他說他正想找個人來練習鎖腿咒。」
「去找麥教授！」妙麗慫恿奈威，「去告馬份的狀！」
奈威搖搖頭。
「我可不想再給自己多惹麻煩。」他囁嚅地說。
「你必須站起來反抗他，奈威！」榮恩說，「他習慣把所有的人都踩在腳底下，但你也沒必要自己躺下來替他省事啊。」
「你不用再告訴我，說我不夠勇敢，根本沒資格待在葛來分多。這些馬份剛剛已經跟我說過了。」奈威強忍住眼淚。
哈利把手伸進長袍口袋，掏出一個巧克力蛙，這是妙麗送給他的聖誕禮物，現在只剩下這最後一個了。哈利把它遞給奈威，他看起來就快要哭了。
「十二個馬份加起來也比不上你一個，」哈利說，「分類帽不是把你分到葛來分多了嗎？馬份在哪裡呢？在臭氣熏天的史萊哲林。」
奈威拆開巧克力蛙，嘴唇扭出一個虛弱的微笑。
「謝謝，哈利……我想上床睡覺了……你要不要這張卡，你在收集，對不對？」
在奈威離開之後，哈利低頭看看手裡的名巫師卡。

「又是鄧不利多，」他說，「我收集到的第一張卡就是他——」

他屏住氣息，瞪大眼睛望著卡片背面，然後抬起頭看著榮恩和妙麗。

「**我找到他了！**」他輕聲說，「我找到尼樂．勒梅了！**我告訴過你們**，我曾經在某個地方看過這個名字，現在我才想起來，我是在坐火車到這來的時候看到的——聽聽這個：『鄧不利多教授最廣為人知的成就，包括在一九四五年擊敗黑巫師葛林戴華德，發現龍血的十二種使用方法，以及**他與他的研究夥伴尼樂．勒梅在煉金術方面的傑出成績**。』！」

妙麗跳了起來。自他們看到第一次作業的成績以來，她就再也沒有這麼激動過。

「坐著別動！」她交代一聲，就快步衝上樓梯跑進女生寢室。哈利和榮恩甚至還來不及互相交換迷惑的神情，她就又衝了回來，懷裡抱了一本巨大的舊書。

「我從來沒想到要查這本書！」她激動地小聲說著，「我好幾個禮拜前就把它從圖書館借出來，拿來當作輕鬆的消遣讀物。」

「**輕鬆**？」榮恩說，妙麗叫他先閉嘴，讓她專心查資料，接著就開始慌亂地快速翻閱，口裡還不停地喃喃自語。

終於，她找到了她要的東西。

「我就知道！**我就知道**！」

「現在我們總可以講話了吧？」榮恩不滿地抱怨，妙麗並不理他。

「尼樂．勒梅，」她用戲劇化的語氣低聲朗誦，「**是目前所知魔法石的唯一製造**

者！」

但這句話並未達到她預期中的效果。

「什麼的製造者？」哈利和榮恩齊聲問道。

「喔，**真是的**，你們看不懂字嗎？拿去——自己看，就在這兒。」

她把書推到他們面前，哈利和榮恩讀著：

古代煉金術致力於提煉魔法石，這是一種擁有驚人力量的傳奇物質。這種石頭可以把所有金屬變成純金。此外，它也可以用來製造長生不死藥，一種可以讓飲下它的人永生不死的靈藥。

數個世紀以來，出現過許多關於魔法石的研究報告，但目前現存的唯一一顆石頭，是屬於尼樂．勒梅先生所有，他是一位著名的煉金術士，同時也是一位歌劇愛好者。勒梅先生剛於去年歡度他的六百六十五歲生日，目前與他的妻子長春（六百五十八歲）在德文郡過著平靜快樂的生活。

「看到了吧？」哈利和榮恩看完之後，妙麗開口說，「那隻狗看守的一定就是勒梅的魔法石！我敢打賭，這一定是他自己請鄧不利多替他保管，因為他們是朋友，而且他也曉得有人在打這顆石頭的主意，那就是他為什麼要把石頭移出古靈閣的原因！」

「一顆能夠把金屬變成黃金，還可以讓你永遠不死的石頭！」哈利說，「怪不得石內卜想打它的主意！**任何人**都會想要得到這樣的東西。」

「難怪我們沒辦法在《近代巫術發展研究》裡找到勒梅的資料，」榮恩說，「既然他已經六百六十五歲了，那他根本就不能算是近代人嘛，你說是不是？」

在第二天早上的黑魔法防禦術課堂上，大家正忙著抄寫治療狼人咬傷的各種方法，哈利和榮恩依然在興致勃勃地討論著，假如他們得到了一塊魔法石，要拿它來做什麼事。一直到榮恩表示要買下一整個魁地奇球隊時，哈利才重新想到石內卜和即將來臨的球賽。

「我一定要上場比賽，」他告訴榮恩和妙麗，「要是我退出，所有史萊哲林學生，都會以為我是因為怕石內卜才嚇得不敢上場。我要給他們點顏色瞧瞧……我們贏了的話，他們就再也笑不出來了。」

「只要你能上場，他們就休想笑得出來。」妙麗說。

* * *

然而，不論哈利跟榮恩和妙麗說了什麼大話，當比賽越來越靠近時，他的心情就變得越來越緊張。其他球員也比他好不到哪兒去。打敗史萊哲林、贏得魁地奇冠軍的理想的確很棒，畢竟這是連續七年來無人能完成的艱鉅任務，但面對這麼一位偏心的裁判，他們是否有機會順利達到目的？

哈利不知道這是不是自己的想像，他總覺得，不管走到哪裡，似乎總會碰到石內卜。有些時候，他甚至懷疑石內卜是有意跟蹤，想要找機會對付他。魔藥學變成了每週一次的固定酷刑，因為現在石內卜對哈利的態度實在是惡劣得可怕。石內卜是否有可能知道，他們已發現魔法石的秘密？哈利想不通他有什麼辦法探聽到這個消息——但有時哈利會有一種恐怖的感覺：石內卜會讀心術。

* * *

第二天下午，榮恩和妙麗在更衣室門外祝哈利好運時，哈利心裡很清楚，他們真正的意思是：不知道能不能再看到他活著走出球場。這實在不能算是一種安慰人的方式。哈利茫然地套上魁地奇球袍，抓起他的光輪兩千，完全沒聽到木透的賽前精神訓話。

在同一時間，榮恩和妙麗在奈威身邊找到位子坐下。奈威搞不懂他們兩人的表情為何那麼憂慮凝重，也不曉得他們幹嘛要帶著魔杖看球賽。同樣地，甚至連哈利也不知道，榮恩和妙麗早就在偷偷練習鎖腿咒，這是他們從馬份欺負奈威的惡行中得到的靈感，他們倆已經商量好，只要一發現石內卜有任何想要傷害哈利的跡象，就立刻用這個咒語對付他。

「現在，千萬別忘記，咒語是『榫頭——失準』。」妙麗在榮恩把魔杖插進袖口時低聲吩咐。
「**我知道**，」榮恩吼道，「別再嘮叨了。」
此時在更衣室裡，木透將哈利拉到一旁。
「我不是要給你壓力，波特，不過照目前的情況看來，我們真的是非常需要早點抓住金探子。我們得趕在石內卜太過偏袒赫夫帕夫之前，盡快結束這場比賽。」
「整個學校的人全都坐在外面！」弗雷．衛斯理凝神望著門外，「甚至連——哎喲！我的天哪——連鄧不利多都來了。」
哈利的心雀躍地翻了一個觔斗。
「**鄧不利多**？」他衝到門邊，想確定這個消息是不是真的。弗雷說得沒錯。那把銀白閃亮的招牌鬍鬚絕對錯不了。
他心裡的大石頭終於落了地，高興得想要仰頭大笑。他現在安全了。有鄧不利多在場，石內卜絕對不敢暗中動手腳來傷害他。
也許這就是在兩隊球員踏進球場時，石內卜看起來為什麼這麼生氣的原因，而這自然逃不過榮恩的眼睛。
「我從來沒看到石內卜臉色這麼難看過，」他告訴妙麗，「他們開始比賽了。哎喲！」
榮恩的後腦勺被某個人狠狠戳了一下。是馬份。
「喔，抱歉，衛斯理，剛才沒注意到你。」

馬份得意地朝克拉和高爾露齒而笑。

「真不曉得波特這次能在掃帚上撐多久？有人要跟我打賭嗎？你要不要參加啊，衛斯理？」

榮恩並沒有答話，石內卜剛才宣判由赫夫帕夫進行罰球，理由是喬治．衛斯理故意把搏格打到他面前。妙麗把手擱在大腿上，十根手指神經質地交握著，瞇起眼睛緊盯著空中的哈利，他現在正在球場上方繞圈子，搜尋金探子的蹤跡。

「你們知道，他們是用什麼標準來選葛來分多球員嗎？」幾分鐘之後馬份大聲說道，這時石內卜又毫無來由地讓赫夫帕夫罰了一球，「我認為他們是專挑一些可憐人哪。懂了吧，先是波特，他沒有父母，然後是衛斯理兄弟，他們沒有錢——照這樣看來，其實你也應該入選才對，隆巴頓，因為你沒有腦袋。」

奈威的臉脹得通紅，他鼓起勇氣轉過頭面對馬份。

「十二個你也比不上我一個，馬份。」他結結巴巴地說。

馬份、克拉和高爾尖聲狂笑，榮恩雖不敢將目光自球場移開，卻也不忘記為奈威打氣：「說得好，奈威。」

「隆巴頓，假如腦袋是黃金，那你顯然比榮恩還要窮，你總該聽得懂這句話的意思吧。」

榮恩的情緒早就因擔心哈利而太過緊繃，現在已到達爆發邊緣。

「我警告你，馬份——你再多說一個字——」

「榮恩！」妙麗突然說，「哈利——！」

「怎麼啦？在哪裡？」

哈利突然來了一個精采絕倫的俯衝，觀眾群發出一陣驚喘與熱烈的喝采。當哈利加快速度，像一顆子彈似地高速衝向地面時，妙麗站了起來，用交疊的雙手摀住嘴巴。

「你要發財囉，衛斯理，波特顯然是發現地上有塊銅板！」馬份說。

榮恩大喝一聲，馬份還搞不清是怎麼回事，榮恩已撲到他身上，將他扭倒在地。奈威遲疑了一會兒，然後就爬過椅背，上前助陣。

「快呀，哈利！」妙麗尖叫著跳上座位，望著哈利朝著石內卜的方向直衝過去——她甚至不曾注意到在她座位下激烈翻滾的馬份和榮恩，也沒聽到後方由奈威、克拉和高爾三人組成的拳頭陣所發出的混戰吆喝聲。

在空中，石內卜騎著掃帚掉過頭來，正好看到一團猩紅色的影子掠過身邊，只要再稍稍近個幾吋就會撞到他——而下一秒，哈利就拉高掃帚，舉起手來擺出勝利的姿勢，金探子就握在他的手中。

看台上爆發出驚天動地的歡呼；這絕對創下了一項紀錄，沒有人記得過去有哪場魁地奇球賽，在這麼短的時間內就分出勝負。

「榮恩！榮恩！你在哪裡？比賽結束了！哈利贏了！我們贏了！葛來分多領先！」妙麗大喊大叫，興奮地在座位上跳上跳下，甚至還激動得撲過去擁抱前排的芭蒂．巴提。

哈利在離地一呎的地方跳下掃帚。他不敢相信這竟然是真的。他辦到了——比賽已宣告結束；從開始到結束甚至還不到五分鐘。當葛來分多學生們紛紛湧進球場時，哈利看到石內卜降落在他們身邊，他臉色蒼白，緊抿著嘴——這時哈利感到有人在他肩膀上拍了一下，他抬起頭，正好看到鄧不利多的笑臉。

「幹得好，」鄧不利多壓低聲音，因此只有哈利才能聽到他的話，「真高興看到你不再老想著那面鏡子……盡量讓自己保持忙碌……非常好……」

石內卜忿忿地朝地上吐了口痰。

* * *

不久之後，哈利獨自離開更衣室，準備將他的光輪兩千送回掃帚庫。他覺得自己這輩子從來沒這麼快樂過，他現在真的做了一件值得驕傲的大事——沒有誰再能笑他是個徒有虛名的繡花枕頭了。黃昏的氣息從來不曾這麼甜美過，他穿越溼潤的草地，在腦海中重新回味剛才所發生的事，那是一些快樂又有些模糊的印象：葛來分多的學生湧進球場把他抬到肩膀上；榮恩和妙麗在遠方激動得跳上跳下；沾了滿臉鼻血的榮恩為他大聲叫好。

哈利走到了掃帚庫前面。他靠在庫房的木門上，抬頭仰望霍格華茲城堡，那兒的窗戶在夕陽中閃耀出柔紅的光芒。葛來分多領先，他辦到了，他讓石內卜……

說到石內卜……

一個罩著連帽斗篷的身影，飛快地溜下城堡前門的台階。這人顯然是不想被別人看見，用最快的速度衝向禁忌森林。哈利一看到這個人影，心中勝利的喜悅迅速消退。他一眼就可以認出那種鬼鬼祟祟的步伐，石內卜，趁著大家在吃晚餐的時候，偷偷溜進禁忌森林——這到底是怎麼回事？

哈利重新跳上他的光輪兩千，飛向空中。他靜悄悄地在城堡上方滑翔，正好看到石內卜用跑步衝進了禁忌森林，他跟過去。

這裡的樹林非常濃密，他看不到石內卜的身影。他在樹林上空打轉，越飛越低，擦過樹頂的枝椏，終於聽到了一些聲音。他朝著聲音的方向飛過去，輕輕降落在一株高聳的山毛櫸樹上。

他緊抓住飛天掃帚，小心翼翼地爬向其中一根枝椏，透過茂密的樹蔭往下看。

在下面，那個站在一片陰暗伐木空地上的人影，正是石內卜無疑，但他不是獨自一人，奎若也站在那裡。哈利看不清他臉上的表情，他的結巴卻比平常更加嚴重。哈利努力想聽清楚他們究竟在說些什麼。

「……不——不曉得你為什麼偏偏要——要選在這個地方碰面，賽佛勒斯……」

「喔，我希望這事能保持隱密，」石內卜說，他的聲音就像冰一樣寒冷，「無論如何，絕對不能讓學生知道魔法石的事。」

哈利俯向前方。奎若喃喃說了幾句話，就立刻被石內卜打斷。

「你找到制伏海格那頭怪獸的方法了嗎？」

「可——可——可是賽佛勒斯，我——」

「你不會希望我做你的敵人吧，奎若。」石內卜說著，往前踏了一步。

「我——我不——不曉得你這是什麼——」

「你明明知道我是什麼意思。」

一隻貓頭鷹突然大聲嗚嗚啼叫，嚇得哈利幾乎從樹上滾下來。他好不容易穩住身軀時，正好聽到石內卜說：「……你的那些小花招。我在等回音。」

「可——可是我不——不——不知道——」

「好吧，」石內卜打斷他的話，「等到你有時間仔細考慮清楚，決定該對誰效忠以後，我們再來談吧。」

他把斗篷罩在頭上，大步踏出伐木空地。現在天色已接近全黑，哈利依然可以看到奎若的身影，他像生了根似地站在那裡，似乎已經嚇呆了。

＊＊＊

「哈利，你跑**哪兒**去啦？」妙麗哇哇大叫。

「我們贏了！我們贏了！我們贏了！」榮恩喊道，還朝哈利背後捶了一拳，「我送給馬份一個漂亮的黑眼圈，而奈威居然試著獨力對付克拉和高爾！他現在還在昏迷中，不過龐芮夫人說他不會有問題的——終於給史萊哲林一點顏色瞧瞧了！大家全都在交誼廳裡等你呢，我們在開慶祝會，弗雷和喬治從廚房偷了些蛋糕和其他吃的過來。」

「現在先別管這些，」哈利悄聲說，「我們找個空房間，我有話要說……」

他先仔細檢查過，確定皮皮鬼沒有躲在裡面後，才把房門關上，把他剛才看到和聽到的事告訴了他們。

「所以我們猜得沒錯，那的確是魔法石，而石內卜想要逼奎若幫他偷。我親耳聽到他問奎若，要用什麼方法才能通過毛毛那一關——而且他還說了一些關於奎若的『小花招』之類的話——我認為，除了毛毛之外，一定還有其他方法在守護魔法石。可能是設了一些魔法關卡，而奎若大概施了某種讓石內卜沒辦法通過的反黑魔法咒語——」

「所以你的意思是，只要奎若繼續努力對抗石內卜，魔法石就會很安全囉？」

「恐怕到下星期二就沒力了。」榮恩說。

14 挪威脊背龍蘿蔔

然而，奎若要比他們原先料想的勇敢多了。接下來的幾個禮拜，他雖然變得越來越蒼白瘦削，倒也看不出有任何瀕臨崩潰的跡象。

每當經過四樓走廊時，哈利、榮恩和妙麗都會不約而同地把耳朵貼在門上，檢查毛毛是不是還在裡面厲聲咆哮。石內卜的脾氣還是跟往常一樣壞，整天沉著臉在學校裡快步疾走，這很明確的表示魔法石目前還相當安全。這些日子裡，不管什麼時候，只要遇到奎若，哈利都會對這位教授露出一種鼓勵性的微笑，而榮恩則是怒斥所有嘲笑奎若結巴的人。

但是，妙麗心裡卻有比魔法石更重要的事。她已開始擬定課程複習進度表，並用在她所有的筆記上標示出各種顏色的重點記號。哈利和榮恩原本沒把這當作一回事，但她老是在他們耳邊嘮嘮叨叨，叫他們趕快向她看齊。

「妙麗，考試離現在還有好幾百年呢。」

「十個星期，」妙麗厲聲說，「那可不是好幾百年，對尼樂・勒梅來說，大概就只像一秒而已。」

「可是我們又沒有六百歲，」榮恩提醒她，「再說，妳幹嘛要費事去做什麼複習，妳不是全都學會了嗎？」

「我幹嘛要複習？你瘋了嗎？你知道我們必須通過測驗，才能順利升上二年級嗎？這是非常重要的事欸，我應該在一個月前就開始複習的，真不知道我怎麼會昏了頭……」

不幸的是，老師們的看法似乎跟妙麗十分接近。他們開給學生們一大堆作業，因此接下來的復活節假期，就不像聖誕節那麼輕鬆愉快了。再說，要是有個妙麗總是在你身邊喃喃背誦龍血的十二種使用方法，或是練習揮舞魔杖的手勢，你也很難輕鬆得起來。儘管哈利和榮恩總是咳聲嘆氣、呵欠連連，但他們大部分的課外時間，還是跟妙麗一起待在圖書館裡，努力念完所有的複習功課。

「這玩意兒我一輩子都記不起來。」一天下午，榮恩終於熬不住了，摔下他的羽毛筆，滿臉渴望地凝視圖書館窗外的景象。這是好幾個月以來首次出現的好天氣，天空是清澄的藍色，空氣中隱隱透出一絲夏日不遠的訊息。

哈利正埋首翻閱《一千種神奇藥草與蕈類》找「白鮮」的資料，在聽到榮恩詫異的詢問聲：「海格，你跑到圖書館來幹什麼？」才驚訝地抬起頭來。

海格慢吞吞地踱了過來，一看到他們，就把手裡的東西藏到背後。他的鼴鼠皮大衣，在這裡顯得分外格格不入。

「只是來隨便看看嘛。」他說，他那種做賊心虛的語氣，立刻挑起了他們的興趣，「你們又在這兒幹啥啦？」他突然換上一副懷疑的表情，「該不會是還在找尼樂．勒梅的資料吧？」

「喔，那我們早在幾百年前就已經找到了，」榮恩用一種故作莊重的語氣宣告，「而且我們也知道，那頭狗看守的是什麼東西，那是魔法石——」

「**噓**！」海格趕緊四下張望，看看有沒有人在偷聽他們說話，「這種事怎麼能在這裡大聲嚷嚷，你們到底想要怎樣？」

「坦白說，我們是有些事想問你，」哈利說，「是關於看守石頭的關卡，除了毛毛——」

「**噓**！」海格又噓了一聲，「聽著——待會兒到我那兒去，但我可還沒答應要告訴你們什麼，只是拜託你們現在不要再提到這件事了。學生根本就不應該知道的呀。他們會以為是我告訴你們的——」

「那就待會兒見了。」哈利說。

海格一步一拖地走了。

「他剛剛藏到背後的是什麼東西？」妙麗若有所思地說。

「會不會跟石頭有關？」

「我去看看他剛才是在什麼地方找書。」榮恩說，他早就想丟開功課去活動一下。一分鐘之後，他懷裡抱著一堆書走回來，一古腦地扔到書桌上。

「**龍**！」他悄聲說，「海格是在查龍的資料！看看這些：《大不列顛與愛爾蘭的各式龍種》、《從孵育到噴火——養龍手冊》。」

「海格一直都很想養一條龍，這是我剛認識他的時候，他親口告訴我的。」哈利說。

「可是我們的法規是禁止養龍的，」榮恩說，「在一七〇九年的魔法師會議中，正式通過禁止養龍的法案。如果大家都在自家後院養龍，麻瓜很快就會發現我們——再說，根本就不可能把龍當寵物養，牠們危險得很。你真該看看查理身上那些可怕的灼傷，全都是羅馬尼亞野生龍的傑作。」

「**英國境內**應該沒有野生龍吧？」

「怎麼會沒有，」榮恩說，「但只是些平凡的威爾士綠龍和布里底黑龍，魔法部還花許多力氣來隱瞞牠們存在的事實哩。我們這些會魔法的人，必須常常對那些看到龍的麻瓜施法術，叫他們忘了這回事。」

「那海格到底想幹什麼？」妙麗說。

*　*　*

一個鐘頭後，他們去敲獵場看守人的木屋大門時，卻驚訝地發現所有的窗簾都拉了下來。海格先問了聲：「是誰？」才開門讓他們進來，接著又緊張兮兮地趕緊把門關上。

房間裡面又熱又悶。天氣非常暖和，爐柵裡卻生了一盆熊熊烈火。海格替他們泡了茶，又表示要做鼬鼠三明治請他們吃，嚇得他們連忙稱謝推辭。

「所以說——你們有事想問我對不對？」

「是的，」哈利說。現在沒必要拐彎抹角。「我們想知道的是，你可不可以告訴我們，除了毛毛以外，還有什麼其他看守魔法石的關卡？」

海格眉頭一皺。

「當然不可以，」他說，「第一，我根本就不曉得。第二，你們知道的已經太多了，所以，就算我曉得，我也不會告訴你們。石頭會放在這裡，自然有個很重要的理由。它差點兒就在古靈閣被人偷走了——我想這件事你們也早就知道了，對吧？打死我也想不出，你們怎麼會曉得毛毛的事。」

「喔，拜託，海格，你也許真的不想告訴我們，可是你一定曉得的，對不對？我們這兒大大小小的事情，有哪件逃得過你的眼睛呢！」妙麗用一種溫柔、甜膩的奉承語氣說，海格的鬍子抖動了一下，他們知道他在微笑。「我們只是想知道，負責看守石頭的是哪些人而已，真的，」妙麗再加上最後一擊，「而且，我們怎樣也想不出，除了你以外，還有誰能讓鄧不利多這麼信任，願意讓他來參與這麼重要的一件事呢。」

聽到最後這句話，海格忍不住挺起胸膛。哈利和榮恩對妙麗露出讚許的笑容。

「好吧，我想告訴你們應該也沒什麼壞處……是這樣的……他向我借了毛毛……然後請了幾位老師施法術……芽菜教授——孚立維教授——麥教授——」他扳著手指數道，「奎若教授——還有鄧不利多自己也施了些魔法。等一下，我還忘了一個人。喔，對了，是石內卜。」

「**石內卜**？」

「是啊——你們該不會還在懷疑他吧？聽著，石內卜是幫忙**保護**石頭的人欸，他才不會想偷它呢。」

哈利知道現在榮恩和妙麗心裡正轉著和他同樣的念頭。如果石內卜參與了保護石頭的秘密行動，那他必然可以輕易探聽出其他老師守護石頭的方法。說不定他已經全都曉得了——現在尚未洩漏的似乎只剩下奎若的符咒和通過毛毛的方法。

「通過毛毛的方法只有你一個人知道吧，海格？」哈利不安地詢問，「你也不會告訴任何人，對不對？甚至連其中哪位老師來問也不能說，對吧？」

「除了我和鄧不利多之外，沒有任何人會知道。」海格驕傲地說。

「嗯，這點非常重要，」哈利低聲向另外兩位同伴說，「海格，我們可不可以打開一扇窗戶？我快要熱死了。」

「這可不行，哈利，對不起。」海格說。哈利注意到他朝爐火的方向偷偷瞄了一眼。哈利也轉過頭來望著同樣的地方。

「海格，**那是什麼東西**？」

但是他已經看出那是什麼了。在爐火的正中央，大茶壺的正下方，有著一枚巨大的黑蛋。

「啊，」海格緊張地撥弄鬍鬚，「那個呀——呃……」

「你這是從哪兒弄來的，海格？」榮恩蹲在爐火前，仔細研究那枚巨蛋，「這一定花了你不少錢。」

「這是贏來的，」海格說，「在昨兒個晚上。我到村子裡去喝幾杯，就在那兒跟個陌生人玩了一下牌。坦白說，我總覺得，他好像是故意想把它輸給我似的。」

「可是等孵出來以後你要怎麼辦？」妙麗說。

「嗯，我看了一些書，」海格從枕頭下抽出一本大書，「這是我向圖書館借來的——《養龍的快樂與利潤》——當然，這本書是有點兒過時了，不過裡面什麼都有。要把蛋擱在火裡，因為牠們的母親總是朝蛋噴火，明白吧？等到孵出來以後，每隔半個鐘頭，餵牠一桶摻了雞血的白蘭地。還有這兒——如何分辨不同的蛋種——我的這個是挪威脊背龍，這種龍是非常罕見的。」

他顯然對自己十分滿意，妙麗卻不以為然。

「海格，你住的是一棟**木頭房子**。」她說。

但海格根本沒在聽。他忙著撥弄爐火，一面還快樂地哼著小曲。

* * *

因此他們現在又多了一件需要擔心的事：要是有人發現海格屋子裡藏了一頭非法飼養的幼龍，這位獵場看守人最後會落到什麼樣的下場。

「我已經不記得平靜生活是什麼滋味了。」榮恩嘆著氣說，他們每個夜晚都坐在圖書館裡，努力做完所有繁重的功課。妙麗現在也開始替哈利和榮恩擬定複習進度表，這真快把他們給逼瘋了。

然後有一天，在吃早餐時，嘿美又替哈利送來另一封來自海格的信函。信上只寫了幾個字：快要孵出來了。

榮恩想要蹺掉藥草學，直接到木屋去找海格。妙麗不贊成。

「妙麗，我們這輩子有多少機會，可以親眼看到一隻龍從蛋裡孵出來？」

「我們有課要上，我們可能會惹上麻煩，而且，一旦有人發現海格在做什麼，他的下場會比我們還要慘上百倍——」

「閉嘴！」哈利低聲說。

馬份就站在不遠處，顯然是故意停在那兒聽他們說話。他究竟聽到了多少？馬份臉上的表情讓哈利覺得很不舒服。

榮恩和妙麗一直到藥草課開始時還在吵個不停，最後妙麗總算答應利用早上休息時間，和他們一起跑到海格那兒去瞧瞧。城堡的下課鈴聲終於響起，他們三人立刻拋下手裡的小鏟子，越過校園奔到森林邊緣。海格開門迎接，他臉孔發紅，看起來非常興奮。

「快要孵出來了。」他請他們進去。

巨蛋擺在餐桌上，上面已出現許多深深的裂痕。有某個東西正在裡面用力擺動，並發出一種古怪的咔嗒聲。

幾個人全都把椅子拉到餐桌前，屏息觀看等待。

殼內突然響起一種尖銳的刮擦聲，蛋殼應聲裂開。幼龍撲通一聲跳到桌上，長得實在不能算漂亮；哈利覺得牠看起來活像是一把皺巴巴的破黑傘。多角形的翅膀，跟牠骨瘦如柴的漆黑軀體比起來，似乎大得有些不成比例，此外牠還有一個鼻孔巨大的長豬鼻，一對像疙瘩似的頭角，和兩隻鼓凸凸的橘色眼珠。

牠打了個噴嚏，鼻孔中冒出了一、兩點火星。

「你說牠是不是很美？」海格柔聲說。他伸手撫摸幼龍的頭。牠朝著他的手指嘶嘶怒吼，露出兩排尖牙。

「真了不起，你看，牠認得牠的媽咪耶！」海格說。

「海格，」妙麗說，「挪威脊背龍究竟長得多快？」

就在海格準備回答的時候，他的臉上突然失去血色──他跳起來跑到窗口。

「怎麼啦？」

「剛才有人透過窗簾縫偷看──是個孩子──他現在跑回學校去了。」

哈利衝到門口向外看。即使隔著這麼遠的距離，他也可以認出那個背影。

馬份看到幼龍了。

＊＊＊

在下一個禮拜中，馬份臉上天天帶著那種若隱若現、意味深長的詭異笑容，讓哈利、榮恩和妙麗三人緊張得要命。他們大部分的空閒時間，都坐在海格的黑暗木屋裡，企圖說服他改變心意。

「讓牠走，」哈利勸他，「把牠放掉吧。」

「我做不到，」海格說，「牠太小了，會死的。」

他們望著那隻龍。才短短一個禮拜，牠的身子就整整長出三倍，牠的鼻孔周圍環繞著一圈白煙。海格最近忙著照料他的龍寶寶，把獵場看守人的工作全都丟在一邊不管，地板上到處都是空白蘭地酒瓶和雞毛。

「我決定叫牠蘿蔔，」海格雙眼迷濛地望著他的龍寶寶，「牠現在真的認得我了，你們看。蘿蔔！蘿蔔！媽咪在哪兒呀？」

「這個人瘋了。」榮恩附在哈利耳邊說。

「海格，」哈利大聲說，「再過兩個禮拜，蘿蔔就會跟你的房子一樣長了，而且馬份隨時都可能會去向鄧不利多打小報告。」

海格咬著嘴唇。

「我——我知道我不能永遠把牠留在身邊，但我不行就這樣把牠丟掉呀，我做不到。」

哈利突然轉向榮恩。

「查理。」他說。

「完了，連你也昏頭了，」榮恩說，「我是榮恩，記得嗎？」

「不——我是說查理——你的哥哥查理。他在羅馬尼亞研究龍，我們可以把蘿蔔交給他，查理可以照顧牠，等牠長大後再放生！」

「好主意！」榮恩說，「你覺得怎麼樣，海格？」

到了最後，海格總算勉強同意，讓他們先派隻貓頭鷹去問問查理的意見。

＊＊＊

接下來的那個禮拜的時間過得特別慢。星期三晚上，大家早已上床睡覺，妙麗和哈利依然孤零零地坐在交誼廳裡面等待。在壁鐘敲響午夜鐘聲時，畫像洞口突然敞開。接著榮恩就平空冒了出來，這自然是因為他脫下了哈利的隱形斗篷。榮恩剛才是去海格的木屋，協助他餵蘿蔔，現在牠一天要吃掉好幾箱死老鼠。

「牠咬我！」榮恩說，抬起手來給他的朋友看，他的手上裹了一塊沾滿鮮血的手帕，「我大概會有一個禮拜不能拿筆了。我敢說，那條龍是我這輩子看過最恐怖的野獸，可是你們要是看到海格對牠那副神經兮兮的溺愛德性，你會以為牠是隻毛茸茸的可愛小白兔哩。牠咬我的時候，海格竟然怪我嚇到了牠。我走的時候，他還在唱搖籃曲哄牠睡覺呢。」

漆黑的窗口傳來一陣輕輕的敲擊聲。

「是嘿美！」哈利連忙開窗放她進來，「她帶來查理的回信！」

三人爭先恐後地擠在一起閱讀這封信：

親愛的榮恩：

近來好嗎？謝謝你寄來的信——我很樂意收容那隻挪威脊背龍，但是把牠送到這裡並不是那麼容易。我認為，最好還是請我的朋友們把牠帶過來，他們預定下星期到這兒來找我。問題是，絕對不能讓任何人看到他們攜帶一隻非法飼養的龍。

是否可以請你在週六午夜，把挪威脊背龍帶到學校最高的塔上？他們會在那裡和你碰面，趁著黑夜把龍帶走。

請盡快給我回信。

祝好。

查理

三人面面相覷。

「我們有隱形斗篷，」哈利說，「這應該不會太困難——我想斗篷還夠大，可以遮得住我們兩個人再加上蘿蔔。」

這個難挨的漫長禮拜使他們備受煎熬，因此其他兩人毫無異議地同意哈利的看法。只要能擺脫蘿蔔——還有馬份——要他們做什麼都行。

* * *

他們遇到另一個難關。第二天早上，榮恩的手腫得有平常的兩倍大。他不知道去找龐芮夫人安不安全——她會不會一眼就看出這是龍咬的傷口？到了下午，他已別無選擇。傷口變出一種噁心的綠色。看來蘿蔔的牙似乎有毒。

當天放學後，哈利和妙麗立刻衝到醫院廂房去探望榮恩，他們看到榮恩躺在病床上面，臉色非常難看。

「難過的不只是我的手，」他輕聲說，「雖然我老覺得手快要整個掉下來了。更令我難過的是，馬份他剛才對龐芮夫人說想要跟我借一本書，所以他就跑進來大大地嘲笑了我一頓。他一直威脅說要告訴她，真正咬我的是什麼東西——我跟龐芮夫人說是被狗咬的，我想她根本就不相信——我真後悔在魁地奇球賽時揍了他，他現在這麼做完全是為了要報仇。」

哈利和妙麗勸榮恩放輕鬆一點。

「反正捱到星期六午夜就沒事了。」妙麗說，但這句話完全沒有達到安慰的效果。相反地，他立刻從床上坐了起來，頭上冒出一陣冷汗。

「星期六午夜！」他的聲音沙啞，「喔，不——喔，不——我現在才想起來——查理的信就夾在馬份拿走的那本書裡，他現在一定曉得我們打算怎樣擺脫蘿蔔了。」

哈利和妙麗沒有機會做出任何回應。龐芮夫人恰好在這個時候進來趕他們出去，說榮恩需要好好睡一下。

＊　＊　＊

「現在要改變計畫已經來不及了，」哈利對妙麗說，「我們沒時間再派貓頭鷹送信給查理，而且，這很可能是擺脫蘿蔔的唯一機會，我們必須冒險。反正還有**隱形斗篷**，這件事馬份可不曉得。」

他們去向海格通報消息時，發現獵豬犬牙牙坐在木屋外面，尾巴上裹了塊繃帶，海格也反常地沒有開門迎接，而是透過窗口跟他們說話。

「我不請你們進來了，」他氣喘吁吁地說，「蘿蔔正在鬧彆扭——我可沒辦法控制牠。」

他們把查理回函的內容告訴他，他的眼眶裡立刻湧出兩泡淚水，不過這也可能是因為蘿蔔剛在他腿上咬了一口。

「哎唷！沒事，牠只咬到我的靴子——只是在玩嘛——不管怎樣，牠還只是個小貝比嘛。」

這個小貝比的尾巴砰的一聲撞到牆上，把窗戶震得吱吱嘎嘎響。哈利和妙麗走回城堡，只覺得要等到星期六實在太久了。

＊　＊　＊

如果不是太擔心自己身負重任，在海格與蘿蔔告別時，他們應該會為海格感到難過。那是一個異常漆黑多雲的夜晚，在他們到達海格的木屋時，時間已經有些晚了，這是因為在入口大廳，不幸遇上了正在跟牆壁玩網球的皮皮鬼，以致耽擱了不少時間。

海格已經把蘿蔔裝進一個大木板箱，安置妥當。

「我替牠準備了一大堆老鼠和白蘭地，讓牠在路上吃。」海格用一種消沉壓抑的聲音說，「我把牠的泰迪熊也裝了進去，免得牠覺得寂寞。」

木板箱裡傳出一陣撕裂聲，哈利覺得那聽起來好像是泰迪熊的頭被扯掉的聲音。

「再見了，蘿蔔！」哈利和妙麗先用隱形斗篷蓋住木板箱，然後他們兩個也鑽了進去，此時海格終於忍不住哭了出來，「媽咪永遠都不會忘記你的！」

他們究竟是如何將木板箱運回城堡，恐怕連他們自己都不太清楚。當他們扛著沉重的蘿蔔，踏上入口大廳的大理石階梯，再穿越一條條漆黑的長廊時，午夜的鐘聲已開始一分一秒地慢慢逼近。爬上一列階梯，接著眼前又出現另外一列——雖然哈利知道一條捷徑，也沒替他們省下多少力氣。

「就快到了！」哈利喘著氣說，他們只要再登上最後一列階梯，就可以到達最高的塔樓。

前方突然出現一陣騷動，嚇得兩人幾乎失手把木板箱摔到地上。他們完全忘了自己披著隱形斗篷，驚慌地躲進陰暗的角落，呆呆望著前方十呎處那兩個正在扭打的黑影。一盞燈亮了起來。

麥教授穿著格子呢睡袍，頭上罩著髮網，一手揪住馬份的耳朵。

「罰你勞動服務！」她喊道，「再扣史萊哲林二十分！三更半夜四處遊蕩，**你膽子可真不小——**」

「妳不曉得，教授，哈利波特就要到這兒來了——他帶著一條龍！」

「真是胡說八道！連這種謊話你也說得出口！過來——我會請石內卜教授處理你

這件事，馬份！」

在經過這一小段插曲之後，爬上最後一列陡峭螺旋狀樓梯的艱鉅任務，似乎已變成了全世界最輕鬆愉快的一件事。他們一踏入夜風清涼的戶外，就連忙脫下斗篷，大口大口地呼吸，妙麗高興得手舞足蹈。

「馬份被罰勞動服務！我快樂得想唱歌呢！」

「千萬不要。」哈利提出忠告。

他們一面為馬份的事咯咯輕笑，一面耐心等待，蘿蔔在木板箱裡打滾。大約十分鐘之後，四根掃帚衝出漆黑的夜空，呼嘯著朝他們飛過來。

查理的朋友是一群活潑開朗的好人，他們把準備好的馬具展示給哈利和妙麗看，他們說這樣一來就可以將蘿蔔吊懸在四人中間一起飛了。大家合力為蘿蔔扣緊環釦，做好安全檢查，然後哈利和妙麗就跟他們一一握手，並且再三致謝。

終於，蘿蔔起飛了……離開了……**真的走了**。

他們悄悄溜下螺旋狀階梯，心情就跟雙手一樣輕鬆，現在蘿蔔真的走了。龍沒有了——馬份又被勞動服務——現在還有什麼事情能破壞他們的快樂生活呢？

這個問題的答案正在樓梯腳等著他們。在他們踏進走廊時，黑暗中突然浮現出飛七的面孔。

「嘿，嘿，嘿，」他柔聲說，「我們現在**有麻煩囉**。」

他們把隱形斗篷留在塔頂忘了帶下來。

15 禁忌森林

事情糟到無以復加。

飛七把他們帶到二樓的麥教授研究室，他們坐在那裡等待，其間兩人並未交談過一句話。妙麗在發抖，哈利的腦海中接二連三地浮現出無數的藉口、託辭和天馬行空的瘋狂故事，只可惜一個比一個更荒唐薄弱。他完全看不出，這次還有什麼方法可以讓他們逃過一劫。他們已陷入困境，自己怎麼會這麼糊塗，笨得連隱形斗篷都忘了帶走呢？不論是為了什麼原因，麥教授都不會認為他們有理由深夜在學校裡四處遊蕩，更別說是偷偷爬上最高的天文塔了，那是除了上課之外，任何學生都不准踏入的禁地。要是蘿蔔和隱形斗篷的事情再曝光，他們就一定得收拾行李回家去了。

哈利是否以為，現在事情已糟到不能再糟了呢？他錯了。當麥教授終於出現時，奈威緊跟在她的後面。

「哈利！」奈威一看到他們兩人就開口大叫，「我一直在找你，我有事情要提醒你，我聽到馬份說他要去抓你們，他說你有一隻ㄌㄨ——」

哈利用力搖頭，示意奈威趕快閉嘴，但麥教授已經注意到了。她怒沖沖地逼過來，低頭俯看他們，她的樣子看起來比蘿蔔更像噴火龍。

「我簡直不敢相信，你們竟然會做出這種事。飛七先生說你們爬上了占星塔，現在可是凌晨一點鐘啊，**給我解釋清楚**。」

這是妙麗這輩子第一次無法回答老師的問題。她低頭望著自己的拖鞋，像雕像似地一動也不動。

「我想我知道這是怎麼回事，」麥教授說，「要猜出這件事，並不需要什麼特殊的天分。你跟跩哥‧馬份說了一些關於龍的荒唐故事，想要騙他半夜溜下床，陷害他違犯校規。我已經逮到他了。沒想到隆巴頓也在無意間聽到了這個故事，連他也深信不疑，我想，這令你覺得更好玩對不對？」

哈利迎上奈威的目光，努力用眼神告訴他這不是真的，因為奈威愣在那兒，似乎是受到很大的傷害。可憐又傻氣的奈威——哈利知道那得要多大的勇氣，他才敢在半夜偷溜出來摸黑尋找他們，而他這麼做，只是為了要提醒他們小心一點。

「這讓我覺得厭惡透頂，」麥教授說，「一個晚上就有四名學生偷溜下床！我過去從來沒聽說過這樣的事！妳，格蘭傑小姐，我本來還以為妳是個明理的孩子。至於你呢，波特先生，我以為葛來分多在你心中分量應該不止這些。你們三個都必須接受勞動服務——是的，你也一樣，隆巴頓先生，沒有任何理由可以允許你深夜在學校遊蕩，尤其在最近這些日子裡，這麼做是非常危險的——葛來分多會因此而扣掉五十分。」

「**五十分？**」哈利倒抽了一口氣——這樣他們會失掉原本領先的學院積分冠軍，這是他在上次魁地奇球賽中好不容易贏得的傲人成績。

「是**每人**扣五十分。」麥教授說，並用她又長又尖的鼻子重重哼了一聲。

「教授——求求妳——」

「**妳不能**——」

「我不用你來告訴我，什麼能做，什麼不能做，波特。現在你們全都回去睡覺吧，葛來分多的學生從來沒讓我這麼丟臉過。」

扣掉了整整一百五十分，這使得葛來分多迅速滑落到最後一名。短短一個晚上，他們就完全毀掉了葛來分多贏得學院盃冠軍的所有機會。哈利感到他的胃裡似乎空了一個大洞，他們要怎樣做才能彌補這次的損失？

哈利整夜沒睡。奈威把頭埋在枕頭裡嗚嗚低泣，一連哭了好幾個鐘頭都不曾停止。哈利想不出任何話安慰他，他知道奈威就跟他自己一樣，非常害怕黎明到來。他不敢想，當葛來分多其他學生發現他們的劣跡時，究竟會有什麼樣的反應？

第二天早上，葛來分多的學生們在經過那座記錄學院積分的巨大沙漏時，一開始都以為是登記出了錯誤。分數怎麼可能會在突然之間比昨天少了一百五十分？但沒過多久事情就傳開了：哈利波特，那個了不起的名人哈利波特，他們兩次魁地奇球賽的英雄人物，一口氣害他們輸掉了這麼多分；這個慘重的後果，是他和其他幾個一年級白痴一手造成的。

哈利在一夕之間，從學校最出名、最受愛戴的一位風雲人物，淪落成人人痛恨的過街老鼠。現在甚至連雷文克勞和赫夫帕夫的學生，都對他露出明顯的敵意，因為大家原本都十分渴望能看到史萊哲林輸掉今年的學院盃冠軍。不論哈利走到哪裡，路上的人都毫不顧忌地朝他指指點點，即使發表侮辱他的言論時，也不會費神去壓低聲音。而另一方面，史萊哲林的學生一看到哈利卻是大聲鼓掌，吹著口哨歡呼：「謝謝波特，算我們欠你一次啦！」

現在只有榮恩還站在他這一邊。

「他們再過幾個禮拜就會忘了這回事。弗雷和喬治從踏進校門，就不停地輸掉一大堆分數，可是大家還是很喜歡他們。」

「他們從來沒一口氣輸掉一百五十分吧，是不是？」哈利痛苦地說。

「嗯——這倒是沒有過。」榮恩坦白承認。

現在彌補傷害已經有些遲了，但哈利暗暗對自己發誓，就從此刻開始，他絕對不再干預與自己無關的事。以前只要一牽扯到這些事，他就愛鬼鬼祟祟地四處刺探消息。他感到非常內疚，因此決定去找木透，表示要退出魁地奇球隊。

「**退出**？」木透怒吼，「這麼做有什麼好處？要是連魁地奇球賽都贏不了，那我們要靠什麼才能把失掉的分數補回來？」

現在連魁地奇訓練都變得不再有趣。其他球員在練習時根本就不願跟哈利說話，若是在討論戰術時必須提到他，他們就乾脆稱他為「搜捕手」。

妙麗和奈威同樣也在受苦。他們的處境沒有哈利那麼慘，因為他們並不像他那麼出名，不過也同樣沒有人願意跟他們講話。妙麗上課時不再像以前那麼愛出風頭，總是垂著頭默默做她自己的事。

哈利其實還相當高興考試就快到了。繁重的課業複習可以讓他保持忙碌，暫時忘卻自己的悲慘處境。他、榮恩和妙麗總是三個人聚在一起熬夜念書，努力記住複方藥劑裡所有的成分，背誦咒語，弄清魔法史上重大發現與妖精叛亂事件的正確日期……

大約在考試開始前的一個禮拜，哈利那絕不干預任何閒事的決心，面臨意外的考驗。一天下午，他獨自離開圖書館時，聽到前面教室傳出一陣低泣聲。他走近一聽，馬上認出那是奎若的聲音。

「不——不——不要再這樣了，求求你——」

聽起來好像是有人在威脅他。哈利又走近了一些。

「好吧——好吧——」他聽到奎若在啜泣。

在下一秒，奎若就衝出了教室，並伸手整理他的頭巾。他的臉色慘白，似乎就要哭出來了，然後他就快步離去；哈利覺得奎若根本沒有注意到他，他一直等到奎若的腳步聲消失之後，才走上前察看教室裡的情形。裡面一個人也沒有，對面的門卻開了一條縫。哈利往前走了幾步，忽然想到，他已下定決心不再多管閒事。

但事情還是一樣，他敢用十二顆魔法石作擔保，石內卜一定剛剛走出這間教室，而就哈利方才聽到的訊息推斷，石內卜現在應該是走路有風——奎若似乎終於屈服了。

哈利回到圖書館，妙麗正在那裡替榮恩複習天文學。哈利把剛剛聽到的事情告訴他們。

「所以說，石內卜已經達到目的了！」榮恩說，「要是奎若把克服黑魔法防禦術的方法告訴了他……」

「可是還有毛毛啊。」妙麗說。

「說不定，石內卜根本不用去問海格，就可以找到制伏毛毛的方法，」榮恩抬頭望著環繞在他們周遭的數千本書，「我敢打包票，這裡一定有某本書，可以告訴你該如何馴服三頭巨狗。你說現在我們該怎麼辦，哈利？」

榮恩的眼中又再度燃起冒險的光芒，哈利還沒開口，妙麗就搶著回答。

「去找鄧不利多，我們幾百年前就該這麼做了。要是我們這次再自己貿然行動，就一定會被趕出學校了。」

「可是我們沒有**證據**啊！」哈利說，「奎若已經嚇壞了，他不可能會替我們說話的。石內卜只要死不承認，說他不曉得山怪為什麼會在萬聖節的時候跑進學校，說他根本就沒有走到四樓走廊，那我們就沒輒了——妳覺得他們會相信誰，是他還是我們？大家都知道我們討厭石內卜，鄧不利多會以為我們是故意捏造事實，好害石內卜被解雇。飛七要是生命受到威脅，也不會幫我們說話的，他向來都對石內卜特別友善，而且學生開除得越多，他越高興，這樣他就樂得輕鬆一些。別忘了，我們根本就不應該知道魔法石或是毛毛的事，這我們得花一番工夫才能解釋清楚。」

妙麗顯然被說服了，但榮恩卻不以為然。

「要是我們再花點時間打探一下消息——」

「不行，」哈利斷然表示，「我們已經花太多時間去打探消息了。」他把一張木星天文圖拉到面前，開始背誦它所有的衛星名稱。

＊＊＊

第二天早上，哈利、妙麗和奈威三人，在早餐時各收到了一封信函。三封信的內容完全相同：

你們的勞動服務預定於今晚十一點開始進行。屆時請到入口大廳與飛七先生會合。

麥教授

哈利在輸掉分數之後，就面臨到群情激憤、眾人唾棄的難堪處境，以至於完全忘了他們還得接受勞動服務的處分。他原以為妙麗會大發牢騷，抱怨說這害他們少了一整晚寶貴的複習時間，但她卻一句話也沒說。顯然她也跟哈利一樣，覺得自己是罪有應得。

當晚十一點鐘，他們在交誼廳裡跟榮恩道別，然後就和奈威一同下樓走到入口大廳。飛七已經到了——還有馬份也站在那裡。哈利忘了馬份同樣也必須接受勞動服務處分。

「跟我來吧，」飛七說，他點起一盞燈，領著他們走到屋外。「我敢說，以後你們在犯校規之前，就會知道要再多考慮一下了，是不是？」他不懷好意地望著他們，繼續說下去，「喔，沒錯……要是你們問我，我會說苦工和體罰是最好的老師……真可惜他們已經不再用那些古老的刑罰了……把兩隻手腕綁在天花板上，掛在那兒一連吊上好幾天。我現在還把鐵鍊留在我的辦公室裡，定期上油保養，說不定以後還會用到……好了，走吧，千萬別想溜，要不然你們的下場會比現在更慘。」

他們向前出發，穿越黑暗的校園。奈威不停地抽抽搭搭地啜泣。哈利想著，他們究竟會遭受到什麼樣的處罰。必定是某種非常恐怖的酷刑，不然飛七的聲音不會這麼高興。

月色十分明亮，但掠過的雲層總是讓他們陷入一片漆黑。哈利看到前方出現了海格木屋的明亮窗口，然後他們聽到遠處響起一聲吼叫。

「是你嗎，飛七？快點，我想立刻開始。」

哈利的心雀躍不已；如果他們是要和海格一起工作，情況想必不會太糟。他的臉上八成顯現出鬆了一口氣的神情，因為飛七立刻接口說：「你以為跟那個蠢漢在一起，你會覺得很愉快是不是？嗯，再多想一想吧，孩子——你們現在是要走進森林裡去啊，除非我判斷錯誤，否則你們休想全身而退。」

一聽到這句話，奈威就發出一聲微弱的呻吟，而馬份立刻停下腳步。

「森林？」他重複了一遍，聲音聽起來不再像平常那麼酷了，「我們不能在晚上到那兒去呀——裡面什麼都有——聽說還有狼人呢。」

奈威抓住哈利的長袍袖口，發出哽咽的聲音。

「那也是你自找的，對不對？」飛七說，興奮得嗓子都變啞了，「在惹麻煩之前，就應該先想想那些狼人，你說是不是？」

海格踏出漆黑的夜色，朝他們大步走來，牙牙緊跟在他的身後。他抓著他的大石弩，肩上掛了一個箭囊。

「時間差不多了，」他說，「我已經在這兒等了半個鐘頭。你們還好吧，哈利，妙麗？」

「我要是你，我可不會對他們這麼客氣，海格，」飛七冷酷地說，「不管怎樣，他們畢竟是到這兒來接受處罰的。」

「這就是你遲到的原因，對不對？」海格對飛七皺起眉頭，「花時間教訓他們，嗄？你可沒資格做這種事。這兒已經沒你的事了，從現在開始由我負責。」

「我會在天亮的時候回到這裡，」飛七說，「來替他們收屍。」他惡意地加上一句，就轉身走回城堡，他的燈火在黑暗中搖晃跳動，越行越遠。

馬份現在轉身望著海格。

「我不要進那個森林。」他說，他驚恐的語氣令哈利覺得很高興。

「你要是想待在霍格華茲，就乖乖給我進去，」海格兇巴巴地說，「你做錯了事，現在就得接受處罰。」

「可是這是僕人的工作啊，不該叫學生去做的。我還以為我們會被罰抄書什麼的，要是我父親曉得我竟然被逼做這種事，他一定會——」

「——我告訴你，這就是霍格華茲的規定，」海格怒吼，「抄書！那有什麼用！你得做些真正有用的事，要不然就滾吧。如果你覺得你父親寧願看到你被開除的話，那你就回城堡去收拾行李好了。快走！」

馬份並沒有移動，他惡狠狠地瞪了海格一眼，然後垂下視線。

「那就這樣吧，」海格說，「現在，大家先仔細聽我說，因為我們今晚要做的事很危險，而我並不希望讓任何人冒險。現在先跟我過來一下。」

他帶領他們走到森林邊緣。他舉起燈，指著前方一條狹窄的泥巴路，他們看到這條小徑蜿蜒向前，消失在濃密黑暗的樹林中。他們望著那片樹林，一陣微風吹動他們的髮梢。

「看那兒，」海格說，「有沒有看到地上那攤發亮的東西？那攤銀色的東西？那是獨角獸的血。有一隻獨角獸不知道被誰攻擊，受了很嚴重的傷。才一個禮拜就接連發生了兩次這種事，我上星期三發現一隻已經死了的。我們得趕快找到這隻可憐的動物，說不定我們得幫忙牠早點解脫。」

「不過，要是那個傷害獨角獸的東西先找到我們怎麼辦呢？」馬份說，盡力不讓聲音流露出心中的恐懼。

「只要你乖乖待在我或是牙牙身邊，這個森林裡就沒有任何東西可以傷得了你，」海格說，「而且絕對不能離開道路。好了，現在我們得分成兩組，朝兩個不同的方向去找。這裡到處都是血，牠顯然從昨晚就開始在附近亂竄了。」

「我要跟牙牙一組。」馬份望著牙牙的利齒，不假思索地說。

「好啊，不過我得先警告你，這傢伙其實是個膽小鬼。」海格說，「所以我、哈利和妙麗走一邊，馬份、奈威和牙牙走另外一邊。現在聽我說，誰要是先找到獨角獸，就趕緊往空中發射綠色火花，知道嗎？現在先拿出魔杖練習一次──就是這樣──要是有人遇到麻煩了，就馬上發射紅色火花，大家就會立刻趕過來找你──好了，大家小心點──出發吧。」

森林黝黑而寂靜。他們才往前走了幾步，泥巴路就引領他們到達一個岔路口，哈利、妙麗、海格踏上左邊的小徑，馬份、奈威和牙牙走往右邊的道路。

他們默默向前走，目光緊盯著地面。每隔一段路，穿透樹蔭的月光，就會照亮一攤淌在落葉上的銀藍色血跡。

哈利發現海格顯得非常擔心。

「狼人**有辦法**殺死獨角獸嗎？」哈利問道。

「沒這麼簡單，」海格說，「要抓到獨角獸不是那麼容易。牠們是力量非常強的神奇生物，我以前從來沒看過牠們受傷。」

三人經過一塊長滿苔蘚的樹幹。哈利聽到潺潺的流水聲；這附近顯然有一條小溪。蜿蜒的道路上依然有著一攤攤的獨角獸血跡。

「妳還好吧，妙麗？」海格悄聲說，「別擔心，牠受了這麼重的傷是走不遠的，找到牠以後我們就可以回——**快躲到那棵樹後面！**」

海格一把抓住哈利和妙麗，把他們拉到路邊一棵高聳的橡樹後面。他掏出一支箭，搭上石弩，舉起弓來，準備射擊。他們三人屏息傾聽，附近似乎有某個東西正輕輕滑過地上的落葉，聽起來就像是斗篷拖過地面的窸窣聲。海格瞇眼望著前方漆黑的小徑，但過了幾秒，聲音就漸漸消失了。

「我就知道，」他喃喃自語，「我就知道有一個不該出現在這兒的傢伙闖了進來。」

「是狼人嗎？」哈利猜測。

「既不是狼人，也不是獨角獸，」海格沉著臉說，「好了，跟我來吧，現在得小心點。」

他們走得比剛才更慢，並豎起耳朵，仔細傾聽周遭最細微的聲響。忽然間，他們看到前方的一片林中空地中，出現了一個晃動的影子。

「是誰在那兒？」海格喊道，「現身吧——我有武器！」

一個生物緩緩的現身了——那究竟是人還是馬？在腰部以上，是一名紅髮紅鬚的男子，但在腰部以下，卻有著發亮的紅棕色馬身，和一條微帶紅色的長尾巴。哈利和妙麗吃驚得下巴都快要掉下來了。

「喔，是你啊，如男，」海格鬆了一口氣，「你近來好嗎？」

他走上前，握住人馬的手。

「晚安，海格，」如男說，牠的嗓音低沉而憂傷。「你要用箭射我嗎？」

「總得小心一點，如男，」海格說，伸手拍拍他的石弩，「最近林子裡不太平靜。順便跟你介紹一下，這是哈利波特和妙麗．格蘭傑，是上面那個學校的學生。這是如男。牠是一隻人馬。」

「我們注意到了。」妙麗虛弱地說。

「晚安，」如男說，「你們是學生嗎？在學校學到了不少東西吧？」

「呃——」

「只學到了一點。」妙麗怯怯地說。

「一點。嗯，那已經很不錯了，」如男嘆了一口氣，牠仰起頭望著天空。「今晚的火星特別明亮。」

「沒錯，」海格也抬頭看了一下，「聽我說，我真高興可以在這兒碰到你，如男，因為有一隻獨角獸受傷了——你有沒有看到任何動靜？」

如男並沒有立刻回答。牠眼睛眨也不眨地凝視天空，然後又幽幽嘆了一口氣。

「最純潔無辜的總是最先犧牲，」牠說，「亙古以來皆是如此，現在也是一樣。」

「沒錯，」海格說，「但你有沒有看到什麼，如男？有什麼不尋常的事嗎？」

「今晚的火星特別明亮，」海格不耐煩地瞪著牠的時候，如男又重複一次，「亮得很不尋常。」

「沒錯，不過我要問的是，在跟我家比較近的地方，有沒有發生什麼不尋常的事？」海格說，「告訴我，你到底有沒有看到什麼不太對勁的事兒？」

這次還是一樣，如男過了相當長的一段時間才開口回答，牠終於說：「森林裡藏著很多的秘密。」

如男背後的林子裡出現一陣騷動，海格連忙舉起他的石弩，結果只是另一頭人馬，黑髮、黑身，相貌看起來比如男粗野多了。

「哈囉，禍頭，」海格說，「近來好嗎？」

「晚安，海格，你還好嗎？」

「還可以啦。聽我說，我剛剛才問過如男，你最近有沒有在這兒發現到什麼奇怪的事？有一頭獨角獸受傷了——這件事情你清不清楚？」

禍頭走過來站在如男旁邊，牠抬頭仰望天空。

「今晚的火星特別明亮。」牠淡淡地說。

「這我們已經聽如男說過了，」海格沒好氣地說，「好吧，要是你們發現了什麼，請通知我一聲，這樣總可以吧？那我們就告辭了。」

哈利和妙麗跟著他離開林中空地，途中卻依依不捨地頻頻回過頭來望著如男和禍頭，直到樹林完全遮住他們的視線。

「真是的，」海格忿忿地說，「永遠休想從人馬那兒得到直接的答案。這些討厭的觀星者，除了月亮周圍的東西以外，牠們對什麼都不感興趣。」

「這裡有很多**人馬**嗎？」妙麗問。

「喔，不算太多……大部分都只跟自己的族人待在一起，不過牠們還算不錯，在我想跟牠們說話的時候，牠們總是會出現。這些人馬莫測高深……牠們知道的很多……口風卻緊得很。」

「你覺得我們先前聽到的是不是人馬的聲音？」哈利說。

「你覺得那會像是蹄聲嗎？不對，如果你真的要問我，我可以告訴你，那絕對就是殺死獨角獸的傢伙──以前從來沒聽過這類的聲音。」

他們開始穿越一片濃密黝黑的樹林。哈利老是神經緊張地回過頭來張望，他總覺得好像有人在偷看他們，他暗自慶幸自己能有海格和他的石弩為同伴。他們才繞過一個轉彎，妙麗就突然抓住海格的手臂。

「海格！你看！紅色火花，其他人遇到麻煩了！」

「你們兩個待在這兒別動！」海格喊道，「絕對不要離開道路，我會回來找你們的！」

他們聽到他劈哩啪啦地衝過路邊的灌木叢，兩人站在原地面面相覷，感到非常害怕。隨後一切再度歸於平靜，周遭只剩下微風吹動樹葉的沙沙聲。

「他們不會受傷吧？」妙麗小聲說。

「馬份會不會受傷我不在乎，可是奈威如果出了什麼事……那，都是我們的錯才使他受罰的啊。」

時間一分一秒地過去。他們的耳朵似乎變得比平常敏銳許多，哈利覺得自己好像能夠聽出每一聲風的嘆息，每一根細枝的碎裂。究竟發生了什麼事？其他人現在在哪裡？

最後，一陣啪啦啪啦的響亮腳步聲，宣告了海格的歸來。馬份、奈威和牙牙緊跟在他的身邊，海格氣得快冒煙了。剛才似乎是馬份惡作劇地偷偷溜到奈威背後，冷不防一把抱住他，把奈威嚇得在驚恐中發射出求救的紅色火花。

「你們兩個這樣一鬧，現在我們得全憑運氣才能找到牠了。好吧，我們來換組——奈威，你現在跟我和妙麗待在一塊兒，哈利，你跟牙牙和那個白痴一起去。真對不起，」海格小聲向哈利補充一句，「不過他要嚇你沒那麼容易，我們得盡快把事情辦完。」

於是哈利跟馬份和牙牙一同向森林深處走去。他們大約走了整整半個鐘頭，越來越深入森林，周遭的樹木更加濃密，而小徑也變得更加難走。哈利覺得這兒的血跡似乎特別多，有棵樹的根部濺了一大攤銀血，那頭可憐的生物似乎曾在這兒痛苦地打過滾。哈利可以透過一株古橡樹糾結的枝椏，看到前方有一片空地。

「你看——」他低聲說，示意馬份暫時止步。

地上有一樣微微發光的銀白色物體。他們慢慢靠近。

那的確是獨角獸，牠已經死了。哈利從未看過如此美麗又如此憂傷的生物，牠長而纖細的腿扭曲地伸向空中，牠的鬃毛在黝黑的落葉上攤成一片晶瑩的珍珠白。

哈利才往前踏了一步，就又聽到那種令人毛骨悚然的窸窣聲，嚇得他立刻停下腳步。空地邊緣的一株灌木在微微晃動……然後，從暗地裡冒出了一個罩著連帽斗篷的人影，伏著身子徐徐前進，看起來就像是一頭潛行的野獸。哈利、馬份和牙牙嚇得完全呆住了。那罩著斗篷的人影走到獨角獸旁邊，彎下腰來，把頭湊到獨角獸腹側的傷口邊，開始吸牠的血。

「啊啊啊啊啊啊！」

馬份發出一聲恐怖的尖叫，沒命地放足狂奔——牙牙也是一樣。那名罩著斗篷的人影抬起頭來，直勾勾地望著哈利——獨角獸的血滴落下來，沾溼了他的前襟。他站起來撲向哈利——哈利已經嚇得動彈不得。

這時一陣尖銳的痛楚竄入他的頭顱，痛得他幾乎失去意識，就好像他額前的傷疤著了火似的——他在恍惚間踉踉蹌蹌地退向後方。他聽到背後響起一陣疾馳的蹄聲，然後有某個東西俐落地跳過他的頭頂，朝那個人影發動攻擊。

哈利痛得忍不住跪到地上，過了一、兩分鐘之後，額前的劇痛才漸漸消退。等他再度抬起頭來，那個人影已經消失。一隻人馬正關注地望著他，但那不是如男，也不是禍頭；這隻人馬看起來比牠的同伴們年輕許多；牠有著白金色的頭髮與奶油色的身軀。

「你還好吧？」人馬說，伸手把哈利拉起來。

「還好——謝謝你——**那是什麼東西？**」

人馬並沒有回答。牠有一雙美得驚人的藍眼睛，看起來就像是兩顆淺藍色的寶石。牠仔細打量哈利，目光停留在哈利額前那道腫脹而呈青紫色的傷疤上。

「你是波特家的男孩，」牠說，「你最好趕快回到海格身邊。現在這個林子不太安全——特別是對你。你會騎馬吧？這樣比較快。

「我叫翡冷翠。」牠又加了一句，並彎下兩隻前腿，讓哈利爬到牠身上。

空地的另一邊突然響起一陣更急促的蹄聲。如男和禍頭從樹林中衝出來，牠們倆的腹側激烈地起伏著並沾滿了汗水。

「翡冷翠！」禍頭大喝，「你在做什麼？你身上載了一個人類！你沒有一點羞恥心嗎？難道你是一頭平凡的騾子嗎？」

「你知道這是誰嗎？」翡冷翠說，「這是波特家的男孩啊，他最好盡快離開這個林子。」

「你跟他說了什麼？」禍頭怒吼，「你別忘了，翡冷翠，我們發誓過，絕對不能違抗天意。你以為我們看不出星象顯現的預言嗎？」

如男緊張地用腳爪猛刨地上的泥土。

「我相信翡冷翠會這麼做，只是希望讓事情有個最好的結果。」如男略帶怒氣地說。

禍頭生氣地踢踢後腳。

「最好的結果！那跟我們有什麼關係？人馬該關心的是星象的預言！我們沒必要像驢子一樣在林子裡到處亂竄，去尋找什麼迷路的人類！」

翡冷翠忽然憤怒地人立起來，嚇得哈利連忙抱緊牠的肩膀，才沒有摔下來。

「你看到那隻獨角獸了嗎？」翡冷翠對禍頭吼道，「你難道看不出牠為什麼被殺嗎？還是這次星象沒有對你透露那個秘密？我要對抗的是那潛伏在我們林子裡的東西，禍頭，沒錯，必要的話，我願意站在人類這一邊。」

翡冷翠急急繞了一個彎，帶著緊抱著牠的哈利，縱身躍入樹林，開始向前狂奔，把如男和禍頭遠遠拋在背後。

哈利聽得滿頭霧水，完全搞不清這是怎麼回事。

「禍頭為什麼會那麼生氣？」他問道，「對了，剛才被你趕走的那是什麼東西？」

翡冷翠現在放慢腳步，徐徐地前進，不時地吩咐哈利彎下頭來，免得撞到低垂的枝椏，但牠並沒有回答哈利的問題。他們默默在樹林中走了許久，久到哈利以為，翡冷翠大概再也不會跟他說話了。然而，在他們順利穿越一片特別濃密的樹林之後，翡冷翠突然停下腳步。

「哈利波特，你曉得獨角獸的血有什麼功用嗎？」

「不曉得，」哈利被這個沒頭沒腦的怪問題嚇了一跳，「我們在調配魔藥的時候，通常只會用到牠的角和尾毛。」

「那是因為，殺害獨角獸是一種非常殘酷的事。」翡冷翠說，「只有那些已經一無所有，可是又想要獲得一切的人，才會犯下如此恐怖的罪行。即使你只剩下最後一口氣，獨角獸的血也可以延續你的生命，但你也必須為此付出慘重的代價。為了拯救自己，而殺死某種純潔無辜的生物，那麼，在鮮血觸到你嘴唇的那一刻起，你就只能擁有一種半死不活的生命，一種受詛咒的生命。」

哈利望著翡冷翠的後腦勺，月光在他的白金髮上灑滿閃亮的銀點。

「誰會不顧一切去做這種事呢？」他好奇地問，「要是你一輩子都得受到詛咒，那還不如死了算了，你說是不是？」

「沒有錯，」翡冷翠完全同意，「除非是，你只需要用它來拖延一段時間，好讓你喝下另外一種東西——一種可以讓你完全恢復精力與法術的東西——一種可以讓你永生不死的東西。波特先生，你知道現在學校裡藏著什麼嗎？」

「魔法石！當然——長生不死藥！可是我不明白有誰會——」

「你難道想不出，有什麼人多年來一直等著想要恢復法力，有誰必須緊攀住一絲生機，靜靜等待東山再起的機會？」

哈利感到似乎有一隻鐵手猛然攫住了他的心臟。在微風吹動樹葉的沙沙聲中，他的耳邊似乎又再度響起海格在他們初次會面時說的話：「有人說他死了。真是胡說八道，我的看法是，他已經不能算是個人了，所以他也不可能會死。」

「你是說，」哈利大叫，「那是**佛**——」

「哈利！哈利！你沒事吧？」

妙麗從前方的小徑朝他們奔來，海格氣喘吁吁地跟在她背後。

「我沒事，」哈利答道，但他其實不太清楚自己究竟在說些什麼，「獨角獸死了，海格，就在後頭那片空地上。」

「我就把你留在這兒了，」翡冷翠在海格趕去檢查獨角獸屍體時低聲說，「你現在已經沒有危險了。」

哈利從牠背上跳下來。

「祝你好運，哈利波特，」翡冷翠說，「在這之前，星象也曾經被誤讀過，甚至連善觀星象的人馬，有時也可能會出錯。我希望這次也是一樣。」

牠轉過身，拋下渾身顫抖的哈利，慢慢跑回森林深處。

＊＊＊

榮恩獨自坐在漆黑的交誼廳裡面，等他們回來都等得睡著了。哈利用力搖醒他時，他正大聲喊著一些關於魁地奇球賽作弊之類的夢話。不過短短幾秒鐘，哈利一開始述說他和妙麗在森林裡的驚險遭遇，他就立刻睜大眼睛，完全清醒過來。

哈利根本就坐不住，他在爐火前來回不停地踱著，直到現在他還在發抖。

「石內卜想要把石頭交給佛地魔……佛地魔一直在森林裡面等著……而我們卻還以為石內卜只是想要發財……」

「不要再說那個名字了！」榮恩用一種驚恐的耳語說，似乎是害怕佛地魔會聽到他們的談話。

但哈利沒有把他的話聽進去。

「翡冷翠救了我，可是牠不應該這麼做……禍頭大發雷霆……牠提到了一些干涉星象預言之類的話……星象一定顯示出佛地魔會東山再起……禍頭認為翡冷翠應該讓佛地魔殺了我……好吧，我想星象同樣也顯示出了這一點。」

「**拜託你別再說那個名字了！**」榮恩尖著聲音說。

「所以我現在能做的，就是等石內卜去偷石頭，」哈利發狂似地繼續往下說，「然後佛地魔就可以到這兒來取我的小命……很好，我想這樣禍頭就高興了。」

妙麗看起來非常害怕，但她依然堅強地安慰哈利。

「哈利，大家都說『那個人』唯一害怕的就是鄧不利多。有鄧不利多在這兒，『那個人』休想動你一根寒毛。何況，誰說人馬的話就一定可信？我覺得那聽起來就像是算命，而麥教授說過，那是一種非常不精確的魔法。」

他們一直談到天空開始泛白，喉嚨又乾又痛，才筋疲力竭地上床睡覺。然而這個夜晚的驚奇尚未宣告結束。

當哈利拉開床罩時，竟看到他的隱形斗篷折得整整齊齊，靜靜躺在他的床上，上面還別了一張紙條：

以備萬一。

16 穿越活板門

在往後的歲月中，哈利可能永遠也記不清，當時在那種提心弔膽，隨時害怕佛地魔會突然衝進來殺害他的情況下，他究竟是怎麼順利通過考試的。至於眼前，日子一天天地過去，毛毛依舊安穩地守在那扇緊鎖的大門後面，什麼事也沒發生。

天氣異常酷熱，他們考筆試的大教室更是熱得可怕。他們拿到了考試專用的新羽毛筆，每一支都下過防作弊咒語。

他們也有術科測驗。孚立維教授要他們一個一個地走進他的教室，看看他們是否能夠驅使一個鳳梨用踢踏舞的步伐，輕快地走過一張書桌。麥教授仔細看著他們把一隻老鼠變成鼻煙盒——盒子越精緻美觀，分數就越高，盒子上面如果有鬍鬚就要扣分。石內卜在他們努力回想調配忘情水的正確程序時，目不轉睛地站在一旁嚴密監視，搞得大家全都緊張得要命。

哈利儘可能地全心投入考試，刻意忽略他額頭上可怕的刺痛感，自從上次禁忌森林一夜遊之後，這種感覺一直纏著他。哈利晚上總是睡不好，奈威誤以為他有嚴重的考試症候群，然而真正的原因是，他又開始受舊有的夢魘所苦，而且情況比過去更糟。現在，夢裡又多了一個罩著連帽斗篷、嘴角淌血的恐怖魅影。

榮恩和妙麗並不像哈利這麼擔憂魔法石的問題，這也許是因為他們並未目睹哈利在森林中撞見的可怕景象，但也可能是因為他們額上並沒有一道痛如火燒的傷疤。佛地魔確實嚇到了他們，但那畢竟只是個抽象的觀念，他並沒有持續在他們的夢中出現，況且他們現在正忙著複習功課，根本沒時間去操心石內卜或是其他任何人所可能採取的行動。

最後一堂考試是魔法史。只要再花一個鐘頭的時間，回答一些諸如發明自動攪拌大釜的是哪幾位瘋癲老巫師之類的問題，他們就可以獲得解脫，暫且享受整整一個禮拜的美好時光，直到考試成績揭曉。當丙斯教授的幽靈宣布要他們放下羽毛筆，捲好羊皮紙試卷時，甚至連哈利也忍不住和其他人一起大聲歡呼。

「考試內容比我原先以為的要簡單多了，」他們三人隨人群湧到陽光燦爛的校園時，妙麗愉快地表示，「早知道我就不用花時間去記什麼一六三七年狼人管理法案、急切的艾福列克起義事件始末之類的。」

妙麗習慣在考試後把答案查對一遍，榮恩大力反對，說這會讓他心情變壞，因此他們散步走到湖邊，坐在樹蔭下休息。一隻大烏賊游到溫暖的淺水區曬太陽，衛斯理雙胞胎兄弟和李．喬丹蹲在岸邊，頑皮地搔弄牠的觸鬚。

「再也不用去複習了，」榮恩快樂地嘆口氣，躺在草地上伸懶腰，「不要這麼愁眉苦臉嘛，哈利，我們還可以逍遙一整個禮拜，才會知道自己的成績有多爛，現在沒必要去擔心。」

哈利伸手揉搓自己的額頭。

「我真希望知道這到底是**什麼意思！**」他突然憤怒地大叫，「我的疤一直在痛——以前也出現過這種現象，可是從來沒有這麼頻繁過。」

「去找龐芮夫人看看好了。」妙麗建議。

「我這又不是病，」哈利說，「我覺得這好像是一種警告……它代表危險逼近……」

榮恩完全提不起勁來，天氣實在太熱了。

「哈利，放鬆一點，妙麗說得沒錯，只要鄧不利多還在這裡，那石頭就不至於會有危險。再說，我們也還不能確定，石內卜是不是已經探聽出制伏毛毛的方法。他上次差點兒連腿都被咬斷了，他不會急著馬上再試一次的。再說，要是連海格都會出賣鄧不利多，那奈威都可以入選英國的魁地奇國家代表隊了。」

哈利點點頭，但他還是無法甩掉心裡那種隱隱的不安，他總覺得自己好像有某件事忘了做，一件非常重要的事。他試著把這種感覺告訴他們時，妙麗的反應卻是：「那只是因為考試啦。我昨天半夜起來，正準備再把變形學課筆記拿出來看的時候，才突然想到我們已經考過這一科了。」

但哈利相當確定，這種不安跟考試毫無關聯。一隻貓頭鷹振翅掠過淡藍色的天空，往學校的方向飛去，哈利看到牠的嘴裡叼了一封信。海格是唯一會寄信給他的人。海格絕對不會背叛鄧不利多。海格永遠不會對任何人透露制伏毛毛的方法……永遠不會……

但是——

哈利突然跳了起來。

「你要去哪裡？」榮恩睡眼惺忪地問道。

「我剛想到一件事，」哈利說，他的臉色變得慘白，「我們必須去找海格，現在就去。」

「為什麼？」妙麗在後面氣喘吁吁地追著他問。

「你們難道不覺得事情有點古怪嗎？」哈利爬上長滿青草的坡道，「海格最想要的就是龍，結果剛好就有一個口袋裡放了枚龍蛋的陌生人出現在他面前？既然養龍違反巫師的法律，那還會有多少人敢帶著龍蛋到處亂跑？你們難道不覺得，他能找到海格實在太走運了嗎？我為什麼過去沒想到這一點？」

「你到底要說什麼啊？」榮恩問道，但哈利此時正加緊腳步，全速衝向前方的森林，沒有回答他的問題。

海格坐在屋外的一張扶手椅上；他的長褲和襯衫袖口都高高捲起，面前擱了一個大碗，正忙著剝豆莢。

「哈囉，」他笑著說，「考完試啦？有沒有空陪我喝杯茶啊？」

「好的，謝啦。」榮恩說，哈利卻不同意他的決定。

「不用了，我們在趕時間，海格，我必須問你一件事。你還記得，你贏到蘿蔔那天晚上的事吧？那個跟你玩牌的陌生人，到底是長得什麼樣子？」

「不曉得耶，」他漫不經心地答道，「他一直沒脫下斗篷。」

他發現其他三人似乎被這個答案給嚇著了，於是他抬起眉毛。

「這沒什麼好大驚小怪的，豬頭——這是村子裡的一家酒館——裡面的怪胎多得很。我想他大概是個賣龍的私販吧，對不對？我沒看到他的臉，他頭上一直罩著斗篷帽。」

哈利頹然坐到大碗旁的地上。

「你跟他說了些什麼，海格？你有沒有提到霍格華茲？」

「大概有吧。」海格說，皺起眉來努力回想，「對了……他問我是幹哪行的，我告訴他我是這兒的獵場看守人……他又問我照顧過哪些動物……所以我就跟他談了一些……然後我就說，我真正最想養的是龍……然後……接下來我就記不清了，因為他一直買酒請我喝……讓我再想想看……對了，然後他說他有一個龍蛋，如果我想要，我們可以拿它當賭注來玩牌……可是他得先確定我能不能制伏牠，因為他不希望牠到處亂闖惹禍……所以我就告訴他，在照料過毛毛以後，龍根本就不算什麼……」

「那麼他——他是不是好像對毛毛很有興趣？」哈利問道，儘可能讓自己的聲音保持穩定。

「這個嘛——當然是啦——三頭狗可是很罕見的耶，甚至在霍格華茲附近也不容易看到。所以我告訴他，你要是曉得該怎樣讓毛毛安靜下來，要對付牠實在容易得很，你只要對牠奏一小段音樂，牠就會立刻呼呼大睡——」

海格臉上突然出現一副驚駭至極的神情。

「我不應該把這告訴你們！」他不假思索地衝口而出，「忘了我說的話！嘿——你們要上哪兒去？」

哈利、榮恩和妙麗三個人在路上一句話也不說，一直衝到城堡入口大廳才停下腳步，相較於戶外的陽光，這裡似乎顯得異常陰暗、寒冷。

「我們必須去找鄧不利多，」哈利說，「海格已經把制伏毛毛的方法告訴了那個陌生人，依我看，這個披斗篷的人要不是石內卜，就是佛地魔本人——要套海格的話容易得很，只要把他灌醉就行了。我現在只希望鄧不利多能夠相信我們。如果禍頭不出面阻止，翡冷翠也許會願意替我們作證。鄧不利多的辦公室在哪兒？」

他們環顧四周，像是希望能看到一個指引正確方向的標誌。他們從來沒聽說過鄧不利多住在哪裡，也不曾見過有任何人被派去找過他。

「我們現在必須——」哈利才開口，餐廳對面就突然響起另一個嗓音。

「你們三個還待在屋子裡做什麼？」

說話的是麥教授，她的懷裡抱了一大疊書。

「我們想見鄧不利多教授。」妙麗說，哈利和榮恩暗暗讚嘆，覺得這傢伙還真是勇敢。

「見鄧不利多教授？」麥教授重複了一遍，彷彿這是個不可思議的怪念頭，「為什麼？」

哈利嚥了一口口水——現在該怎麼說？

「那應該算是一個秘密。」他說，但話一出口他就開始後悔，因為他看到麥教授的鼻翼立刻向外擴張。

「鄧不利多教授已經在十分鐘前離開學校，」她冷冷地說，「他收到魔法部派來的貓頭鷹快遞之後，就馬上出發飛往倫敦。」

「**他走了**？」哈利慌亂地追問，「**現在**已經離開了？」

「鄧不利多教授是一位非常偉大的巫師，波特，他的時間排得很緊——」

「可是這件事非常重要。」

「難道你要說的事情，會比魔法部還重要嗎，波特？」

「聽我說，」哈利現在什麼都不管了，「教授——這是關於魔法石——」

麥教授完全沒料到會從哈利口中聽到這三個字。她懷裡的書全都掉到地上，但她沒有去撿。

「你怎麼會知道——？」她急促地追問。

「教授，我認為——**我知道**——那個石內——有某個人想要偷走魔法石，我必須跟鄧不利多教授談談。」

她用一種又驚又疑的目光打量著他。

「鄧不利多教授明天就回來了，」她最後終於開口說，「我不曉得你們是怎麼發現魔法石的事，不過你們大可放心，沒有人可以把它偷走，我們做了最嚴密的保護措施。」

「可是教授——」

「波特，我的話可不是隨便說說而已，」她斷然表示，彎腰拾起掉落的書本，「我建議你們現在全都到外面去，跟其他人一起曬曬太陽。」

他們並沒有聽從吩咐。

「就是今天晚上，」等到麥教授一走出聽力所及範圍，哈利就說，「石內卜今晚就會穿越那扇活板門。他已經探聽到所有他要的情報，而現在鄧不利多又正好離開。那封快遞分明就是他派來的，我敢說，魔法部的人要是看到鄧不利多，一定會大吃一驚。」

「可是我們能怎麼——」

妙麗倒抽了一口氣，哈利和榮恩連忙回過身來。

石內卜就站在他們身後。

「午安。」他柔聲說。

他們呆呆地望著他。

「這麼好的天氣，你們實在不應該待在屋子裡。」他說，臉上出現一個怪異的扭曲笑容。

「我們——」哈利開口，他其實根本不曉得自己要說些什麼。

「你們最好小心一點，」石內卜說，「像這樣鬼鬼祟祟地躲在這裡，別人會以為你們又在打什麼壞主意。再說，葛來分多也實在禁不起再多扣一次分了，你們說是不是？」

哈利氣得脹紅了臉。他們轉身走向戶外，石內卜卻叫住他們。

「我先警告你，波特——你要是再在夜晚亂晃，我可以擔保你一定會被開除。祝你們今天愉快。」

他大步朝教員辦公室的方向走去。

哈利一踏上門前的石階，就轉過身來望著其他兩人。

「對，我們就這麼做，」他急促地低聲說道，「現在得有個人去盯住石內卜——先到教員休息室外面等著，他只要一離開就去跟蹤他。妙麗，最好是妳去。」

「為什麼是我？」

「事情很明顯啊，」榮恩說，「妳可以假裝是在等孚立維教授，對不對？」他尖起嗓子，怪腔怪調地說，「喔，孚立維教授，我好擔心唷，我好像把第十四題b的部分給搞錯了……」

「喔，你給我閉嘴。」妙麗說，但她也同意由她去盯住石內卜是比較妥當。

「我們兩個最好是去守在四樓走廊外面，」哈利告訴榮恩，「走吧。」

這部分的計畫並未成功。他們才走到那扇將毛毛與整個學校隔離的大門前，麥教授就再度出現，而這次她發脾氣了。

「我想你們是自以為比一連串的魔法符咒還要厲害是不是？」她怒喝道，「別再跟我胡說八道了！要是再讓我知道你們靠近這裡一步，我就再多扣葛來分多五十分！沒錯，榮恩，扣我自己學院的分數，別以為我會放水！」

哈利和榮恩只好灰頭土臉地回交誼廳。哈利才只說了一句：「幸好還有妙麗去盯住石內卜。」畫像洞口就忽然敞開，妙麗爬了進來。

「真對不起，哈利，」她哭喊，「石內卜走出來問我站在那兒幹什麼，我告訴他我是在等孚立維，沒想到石內卜去把他給叫了出來。我陪他聊了半天才好不容易脫身，石內卜早就不曉得跑到哪裡去了。」

「好吧，那就只好動手了，對不對？」哈利說。

其他兩人瞪大眼睛看著他。哈利臉色慘白，雙眼閃閃發光。

「我今天晚上要溜出去，想辦法先把石頭拿到手。」

「你瘋了！」榮恩說。

「你不能去啊！」妙麗說，「麥教授和石內卜不是都警告過你了嗎？你會被開除的！」

「**那又怎樣**？」哈利吼道，「你們還不明白嗎？要是讓石內卜拿到石頭，佛地魔就會回來了！你們難道沒聽人說，在他想奪權統治的時候，這裡會變成個什麼樣嗎？到時候連霍格華茲都保不住了，誰還管什麼開除不開除！他會把這裡夷為平地，或是變成黑魔法學校！會不會被扣分，現在已經不再重要了，你們連這都看不出來嗎？難道你以為葛來分多贏得學院盃冠軍，他就會放過你們和你們的家人嗎？要是我在拿到石頭前就被逮住，好吧，那我就得回德思禮家，等著佛地魔去那兒找我。那只不過是比現在晚點死而已，因為我絕不會去投靠黑暗勢力！今晚我一定要穿越那扇活板門，你們兩個不論說什麼都攔不住我！別忘了佛地魔是殺害我父母的仇人。」

他怒目瞪視他們。

「你說得沒錯，哈利。」妙麗小聲說。

「我會披上隱形斗篷，」哈利說，「幸好還拿回了這個法寶。」

「可是它遮得了我們三個人嗎？」榮恩說。

「我們──我們三個人？」

「喔，別裝蒜了，你以為我們會讓你一個人去嗎？」

「當然不會啦，」妙麗立刻接口說，「你以為沒有我們幫忙，你一個人能拿得到石頭嗎？我最好趕快去翻翻書，說不定能找到一些派得上用場的東西……」

「可是，我們如果被逮到，你們兩個也會被開除的。」

「要是這樣，我也沒有辦法，」妙麗態度堅決地表示，「而且孚立維偷偷告訴我，說我這次考試得了一百一十二分。我想在成績公布之後，他們是捨不得把我趕出去的。」

＊＊＊

晚餐之後，他們三人避開人群，緊張地圍坐在交誼廳的一個角落。沒有人會來打擾他們；事實上，現在再也沒有任何葛來分多的學生，會想要走過來跟哈利說話了。今晚是他長久以來，第一次沒有為這件事感到難過。妙麗忙著翻閱她的筆記，希望能誤打誤撞地看到某個稍後可以派上用場的魔法。哈利和榮恩幾乎不曾開口說話，他們兩人心裡都惦記著那場即將展開的冒險行動。

慢慢地，隨著學生們陸續上床去睡覺，交誼廳裡的人也漸漸減少。

「現在最好趕快去拿隱形斗篷。」榮恩低聲說道。這時一直賴著不走的李・喬丹，也終於伸著懶腰，呵欠連連地離開了交誼廳。哈利快步衝上樓梯，跑到他們黑暗的寢室。他先取出隱形斗篷，然後目光落向聖誕節時海格送他的木笛。他把木笛塞進口袋，準備用它來對付毛毛——他可不想對三頭狗唱歌。

他跑回樓下的交誼廳。

「我們最好在這兒就披上隱形斗篷，先確定一下，看它是不是能把我們三個完全遮住——要是飛七看到有一雙腿離開身體自己走動的話——」

「你們在幹什麼？」房間的某個角落響起了一個聲音。奈威從一張椅子背後走出來，雙手緊抓著他的寶貝蟾蜍吹寶，這個小東西似乎正準備開始進行另一場爭取自由的抗爭行動。

「沒什麼，奈威，沒什麼。」哈利說，趕緊把隱形斗篷藏到背後。

奈威望著他們心虛的面孔。

「你們又要溜出去了。」他說。

「沒有，沒有，沒有，」妙麗說，「真的沒有，我們不會溜出去的。你怎麼還不上床睡覺呢，奈威？」

哈利看一看門邊的老爺鐘。他們實在不能再繼續耽擱時間，石內卜現在說不定已經在奏樂替毛毛催眠了。

「你們不能出去，」奈威說，「你們會再被逮到的，這樣葛來分多就會變得比現在還要慘。」

「你不了解，」哈利說，「這件事非常重要。」

奈威顯然是吃了秤砣鐵了心，決定不計一切代價阻止他們。

「我不會讓你們去的，」他說，並快步跑上來擋住畫像出口，「我要——我要跟你們打架！」

「**奈威**，」榮恩忍不住爆發，「別擋住出口，拜託你不要那麼白痴——」

「不准你叫我白痴！」奈威說，「我是真的覺得，你們真的不能再犯規了！而且也是你們鼓勵我站起來反抗別人的！」

「沒錯，但不是要你來反抗**我們**啊，」榮恩勃然大怒，「奈威，你根本不知道自己現在是在做什麼。」

他往前踏了一步，奈威扔下手中的蟾蜍吹寶，牠立刻就蹦蹦跳跳地跑不見了。

「那就來吧，來打我啊！」奈威舉起拳頭說，「我準備好了！」

哈利轉向妙麗。

「**快想點辦法吧**。」他焦急地說。

妙麗踏上前去。

「奈威，」她說，「這麼做我真的是非常非常抱歉。」

她舉起魔杖。

「整整——石化！」她指著奈威喊道。

奈威的手臂啪搭一聲貼到身體兩邊，雙腿收攏立正站好。他的身體整個僵硬起來，站在原地微微搖晃了一會兒，就撲通一聲趴倒在地，看起來活像是塊僵硬的木板。

妙麗跑過去幫忙翻了個面。奈威的上下顎卡在一起，所以也沒辦法開口講話。他現在唯一還能動的是兩隻眼珠，此時正害怕地望著他們。

「妳對他做了什麼？」哈利低聲詢問。

「這是全身鎖咒，」妙麗難過地說，「喔，奈威，我真的是非常抱歉。」

「我們非這麼做不可，奈威，現在沒時間跟你解釋。」哈利說。

「你將來就會明白的，奈威。」榮恩說，接著他們就從奈威身上跨過去，披上了隱形斗篷。

然而，讓奈威不能動彈地躺在地板上，對他們來說實在不能算是一個好預兆。在這種慌亂緊張的狀態之下，每一座雕像的影子，看起來都像是飛七，而每一絲遙遠的風聲，聽起來都像是皮皮鬼正呼嘯著朝他們飛來。

在他們準備登上第一道階梯時，卻瞥見瘦貓拿樂絲太太潛伏在近頂端的暗處。

「踢她一腳吧，這可是難得的機會啊。」榮恩附在哈利耳邊小聲說，哈利搖搖頭。他們躡手躡腳地繞過她身邊，拿樂絲太太突然轉過頭，用兩隻像燈一樣明亮的眼睛望著他們的方向，她當然什麼也看不見。

之後他們沒有再碰到任何人，一路通行無阻地抵達通往四樓的階梯。他們看到皮皮鬼正蹦蹦跳跳地爬上樓梯，一面還興高采烈地忙著扯鬆梯上的毯子，想要害別人絆倒。

「是誰？」他們一踏上樓梯，皮皮鬼就突然發問，他瞇起他那淘氣的黑眼睛，「就算我看不見你，我也知道你站在這裡。你是食屍鬼？還是幽靈？還是討厭的學生寶寶？」

他飛起來停在半空中，瞇眼望著他們的方向。

「有個看不見的鬼東西溜進來囉，我看我該馬上去找飛七。」

哈利突然靈機一動。

「皮皮鬼，」他用沙啞的嗓音輕聲說，「血腥伯爵要是不想讓別人看見，自然有他的道理在。」

皮皮鬼嚇得差點從空中掉下來。他在樓梯上方一呎處及時穩住身軀，焦急地在那兒飛著兜圈子。

「真是太抱歉了，血大人，伯爵先生，大爺，」他諂媚地說，「全都是小的的錯，小的的錯——我沒看到您啊——我當然看不到，您隱形了嘛——您大人不計小人過，饒了皮皮鬼這一回吧，大爺。」

「我在這兒有事要辦，皮皮鬼，」哈利吼道，「今晚不准再到這兒來。」

「小的照辦，大爺，小的一定照辦，」皮皮鬼說，重新升到半空中，「希望您一切順利，伯爵，小的就不再打擾您辦事了。」

他一溜煙地飛走了。

「**太厲害了**，哈利！」榮恩低聲讚道。

幾秒鐘之後，他們就到達四樓走廊門外——那扇門已經開了一半。

「看吧，」哈利小聲地說，「石內卜已經通過毛毛了。」

那扇半開的門，似乎讓他們更真確地意識到即將面對的一切。在斗篷下，哈利轉向其他兩個人。

「你們現在想打退堂鼓的話，我不會怪你們的，」他說，「你們可以把斗篷帶走，我現在已經不需要它了。」

「別傻了。」榮恩說。

「我們一起進去。」妙麗說。

哈利推開門。

門咿咿嘎嘎地敞開，他們耳邊立刻響起一陣低沉的咆哮。那隻三頭狗雖然看不見他們，牠的三個鼻子，卻不約而同地朝他們的方向狂嗅猛吸。

「牠腳下那是什麼東西？」妙麗低聲問道。

「看起來像是一把豎琴，」榮恩說，「那一定是石內卜留下來的。」

「顯然音樂一停止，牠就會馬上醒過來。」哈利說，「好吧，聽聽我的……」

他把海格的木笛湊到唇邊，開始吹奏。那其實不能算是一首曲調，但哈利才吹出第一個音符，那頭野獸的雙眼就垂了下來。哈利緊張得幾乎不敢換氣，慢慢地，三頭狗的咆哮逐漸停止——牠蹣跚地晃了一晃，膝蓋一軟跪了下來，然後砰地一聲倒在地上，呼呼大睡。

「繼續吹下去。」榮恩提醒哈利，然後他們輕輕脫下隱形斗篷，躡手躡腳地走向活板門。他們逐漸接近野獸巨大的頭顱，清楚地感覺到牠那溫熱難聞的氣息。

「我們現在可以拉開活板門了，」榮恩說著，凝神打量三頭狗後面的地板，「妳要走第一個嗎，妙麗？」

「不，我才不要！」

「好吧。」榮恩咬緊牙關，小心翼翼地跨過三頭狗的巨腿。他彎下腰，拉起活板門上的銅環，洞口立刻敞開。

「你看到什麼？」妙麗焦急地詢問。

「什麼也沒有——只是漆黑一片——也沒有樓梯可以下去，看來我們只好跳了。」仍在吹笛子的哈利，聽到之後連忙朝著榮恩用力揮手，並騰出一隻手來指著自己。

「你要打頭陣？你確定嗎？」榮恩說，「我看不出這地方究竟有多深。把笛子交給妙麗，這樣她就可以讓牠繼續睡下去。」

哈利遞出笛子。在這短短幾秒鐘的沉默中，三頭狗又開始低聲咆哮並微微晃動，但妙麗一吹出聲音，牠就又立刻陷入沉睡。

哈利從牠身上爬過去，趴在洞口邊往下看。深不見底。

他慢慢地滑下洞口，最後只剩十個指尖還攀在洞口邊緣。他抬起頭來望著榮恩說：「等等要是我發生了什麼事，就別跟著下來。直接到貓頭鷹屋，派嘿美送信給鄧不利多，好嗎？」

「好。」榮恩說。

「那就待會兒見了，希望……」

於是哈利鬆開手。冰冷、潮溼的空氣呼嘯著從他身邊掠過，他不斷地朝下墜落、墜落、墜落，然後——

噗通。伴隨著一種悶悶的怪異撞擊聲，哈利降落在某種相當柔軟的東西上面。他坐起來，伸手往四周摸索，他的眼睛尚未適應陰暗的光線，感覺上他好像是坐在某種植物上面。

「沒問題！」他往上面的洞口喊道，現在那裡看起來只是一個郵票大小的光點，「安全降落，你可以跳了！」

榮恩跟著往下跳，他四仰八叉地降落在哈利身邊。

「這是什麼東西？」他第一句話就問。

「不曉得，某種植物吧？我想它大概就是用來阻止落勢的。下來吧，妙麗！」

遠方的樂聲立刻停止。三頭狗發出一聲驚天動地的怒吼，但妙麗已經跳了下來，她落在哈利的另一邊。

「我們顯然是在學校下面好幾哩的地方。」她說。

「說真的，有這個怪植物擋住還真是幸運。」榮恩說。

「**幸運個鬼！**」妙麗尖叫，「看看你們兩個！」

她跳了起來，掙扎著爬向一面潮溼的石牆。她必須用力地掙扎，因為從她落下來的那一刻起，植物就開始用它那蛇般的卷鬚纏繞住她的腳踝。而哈利和榮恩兩人，早在不經意間被長長的藤蔓捆住了雙腿。

藤蔓還來不及把妙麗捆牢，她就機警地逃脫了它的束縛。現在她滿臉驚恐地貼在牆邊，望著兩個男孩努力掙脫身上的藤蔓，他們掙得越用力，植物就捆得越快越緊。

「不要動！」妙麗叮囑，「我知道這是什麼——它是魔鬼網！」

「喔，我真高興可以知道它叫什麼，這對我們太有幫助了！」榮恩沒好氣地吼道，身子直往後仰，努力避開那纏向他脖子的藤蔓。

「少囉嗦，我正在努力回想該怎麼殺死它！」妙麗說。

「那妳就快一點嘛，我快要不能呼吸了！」哈利喘著氣說，拚命抵抗那纏住他胸膛的藤蔓。

「魔鬼網，魔鬼網……芽菜教授是怎麼說的？它喜歡黑暗和潮溼——」

「那就用火燒！」哈利發出窒息般的聲音。

「沒錯——當然——可是這裡沒有木頭呀！」妙麗急得絞著手哭喊。

「**妳瘋了嗎？**」榮恩吼道，「**妳到底是不是女巫啊？**」

「喔，對啊！」妙麗說，順手抽出她的魔杖，口中念念有詞地一揮，向怪植物噴出她曾用來對付過石內卜的藍鈴花火焰。在短短幾秒鐘之內，植物就畏畏縮縮地避開光明與溫暖，兩個男孩身上的束縛也為之一鬆。藤蔓不停地扭曲、蠕動，自動拆解纏繞在他們軀體上的死結，他們才總算掙脫了所有的捆綁。

「幸好妳上藥草學時很專心聽講，妙麗。」哈利說，此時他已跟妙麗一樣退到牆邊，一面拭去臉上的汗水。

「沒錯，」榮恩說，「幸好哈利在遇到危機時沒像妳一樣昏了頭——『可是這裡沒有木頭呀』，**真是！**」

「走這裡。」哈利指著一條石頭走廊，這是唯一往前的道路。

這裡除了他們自己的腳步聲，只能聽到順著牆壁淌下來的輕柔滴水聲。這條走廊是陡峭的下坡路，哈利不禁想起古靈閣的地底通道。他心底猛然一驚，想到傳說中看守巫師銀行地下金庫的巨龍。假如他們遇上一條龍，一條完全長成的龍——蘿蔔就已經夠可怕了……

「你有沒有聽到一些聲音？」榮恩悄聲說。

哈利凝神傾聽，前方似乎傳來一陣柔和的沙沙聲和叮咚輕響。

「你看會不會是幽靈？」

「我不曉得……我覺得聽起來像是拍翅膀的聲音。」

「前面有光——我看到有東西在動。」

他們走到通道盡頭，眼前出現一個非常明亮的房間，上面有著高聳的拱形天花板。裡面有許多像寶石般璀璨發光的小鳥，正拍著翅膀在房中飛來飛去。房間對面有一扇厚重的木門。

「要是我們穿越這個房間，你看牠們會不會來攻擊我們？」榮恩問道。

「很有可能，」哈利說，「牠們看起來並不是很兇，不過我擔心牠們會全部一起衝過來……好了，反正也沒別的方法可想……我要跑過去了。」

他深深吸了一口氣，舉手護住臉，用最快的速度衝過房間。他隨時都在提防尖嘴利爪來撕咬他的身體，結果什麼也沒發生，他毫髮無傷地順利抵達對面的木門。他拉動門把，門是鎖著的。

其他兩人也跑了過來。他們使勁全力又拉又抬，木門絲毫不動，甚至連妙麗拿手的阿咯哈嚀啦咒語也沒有用。

「現在怎麼辦？」榮恩說。

「這些小鳥……牠們在這兒不可能只是為了裝飾。」妙麗說。

他們抬頭望著那些在頭上飛翔的鳥兒，閃閃發光——**閃閃發光**？

「它們根本不是鳥！」哈利突然說，「它們是**鑰匙**啊！有翅膀的鑰匙——你們仔細看看。所以這表示……」他環顧四周，搜索房間的每個角落，而另外兩人則仰頭凝視天空的鑰匙陣，「沒錯——你們看！飛天掃帚！我們必須先抓住木門的鑰匙。」

「可是這裡有**好幾百支**耶！」

榮恩俯身檢查門上的鑰匙孔。

「我們要找的是一把老式的大鑰匙——大概是銀色的，就和門把一樣。」

他們一人抓了一支掃帚飛向空中，衝入鑰匙雲陣。三個人努力地又抓又撈，但這些施過法術的鑰匙出奇地靈活，在空中飛快地竄升俯衝，要抓住幾乎是不可能的。

然而，身為本世紀最年輕搜捕手的哈利，當然不是徒有虛名。他擁有過人眼力，認準搜尋目標的絕佳天賦。在彩虹羽毛漩渦中穿梭了一分鐘之後，哈利就注意到，有一支翅膀微彎的銀色大鑰匙，看起來就是一副曾被人抓住，粗魯地塞進鑰匙孔的狼狽相。

「就是那一支！」他對其他兩個人喊著，「那支大鑰匙——那裡——不對，是那裡——那支有天藍色翅膀的——它的羽毛全都歪向一邊。」

榮恩朝著哈利指的方向直衝過去，結果一頭撞上了天花板，差點就從掃把上掉下來。

「我們必須先把它包圍住！」哈利喊道，目不轉睛地盯牢那支翅膀受傷的鑰匙，「榮恩，你從上面衝下來朝它進攻——妙麗，妳守在下面，不要讓它飛下去——讓我來想辦法逮住它。好了，**就是現在！**」

榮恩朝下俯衝，妙麗向上竄升，鑰匙避開他們兩人的上下包抄，現在只剩下哈利一人還緊追著它不放；它朝著牆壁的方向疾飛而去，哈利俯身向前，伴隨著一聲難聽的擠壓聲，一手把鑰匙按在牆上。榮恩和妙麗的歡呼聲，在高聳的房間中迴盪不已。

三個人降落到地面上，哈利緊抓著不斷掙扎的鑰匙，快步跑到門前。他把它塞進鑰匙孔，用力轉動——沒錯，就是這支鑰匙。門鎖一彈開，它就趕緊拍著翅膀飛走，一連被抓了兩次之後，它現在看起來已經相當破爛了。

「準備好了嗎？」哈利握住門把，轉頭問其他兩個人。他們點點頭，他拉開木門。

下一個房間非常黑暗，他們什麼也看不見。可是一踏進去，室內立刻大放光明，顯露出一幅驚人的景象。

他們就站在一個巨大的棋盤邊緣，黑色棋陣的正後方。這些棋子全都比他們還要高，看起來似乎是用黑石雕成。在他們正對面，房間的另外一端，矗立著同樣高聳的白色棋陣。哈利、榮恩和妙麗不禁微微發抖——那些高大的白色棋子全都沒有臉。

「現在我們該怎麼辦？」哈利低聲說。

「事情很明顯，是不是？」榮恩說，「我們必須下棋才能穿過這個房間。」

他們可以看見有一扇門在白色棋陣後面。

「怎麼下？」妙麗緊張地問道。

「我想，」榮恩說，「我們必須自己當棋子。」

他走到一個黑騎士旁邊，伸手觸摸騎士的坐騎。他才輕輕一碰，石頭就立刻活了過來。馬兒用腳抓地，騎士將他套著頭盔的臉轉向榮恩。

「我們——呃——我們是不是得加入你們才能走過去？」

黑騎士點點頭，榮恩轉身望著其他兩人。

「這我要先好好想一想……」他說，「我猜，我們大概是要用自己來取代其中三枚棋子……」

哈利和妙麗保持沉默，等著榮恩慢慢想清楚。終於他開口說：「現在，希望兩位不要覺得我說話不客氣，不過說真的，你們兩個都不太會下棋——」

「我們不會覺得你不客氣，」哈利立刻接口說，「只要告訴我們該怎麼做就行了。」

「好的，哈利，你去站在那個主教的位置，而妙麗呢，妳去站在那個城堡的位置。」

「那你呢？」

「我要當騎士。」榮恩說。

那些棋子似乎一直都在聽他們說話，因為榮恩才剛剛說完，一個騎士、一個主教和一個城堡就立刻轉身背對白棋，走出棋盤，留下三個空位給哈利、榮恩和妙麗。

「西洋棋通常都是由白棋先走，」榮恩說，仔細盯著對面的白棋，「沒錯……你們看……」

一枚白色卒子往前移了兩格。

榮恩開始指揮黑棋作戰，它們默默聽從他的指示移動。哈利的膝蓋不停打顫，萬一他們輸了怎麼辦？

「哈利，往右邊對角方向前進四格。」

直到另一枚騎士棋被吃掉時，他們才真正開始感到恐懼。白皇后先用力將他打倒在地，再把他拖出棋盤，他面朝下地躺在那裡，一動也不動。

「只好如此了，」榮恩白著臉說，「這樣你才有辦法去吃掉那個主教，妙麗，去吧。」

他們每失掉一枚棋子，白棋都展現出毫不留情的殘酷手段。沒過多久，牆邊就亂七八糟地躺了一大堆癱軟無力的黑棋。哈利和妙麗各遇到一次危機，兩次都是榮恩及時趕來營救，才倖免於難。榮恩自己英勇地在棋盤中衝鋒陷陣，他一個人所吃掉的白棋，幾乎就跟失去的黑棋總數一樣多。

「我們就快走到了，」他突然低聲說，「讓我想一想——讓我想一想……」

白皇后將她那沒有五官的空白面孔轉向哈利。

「沒錯……」榮恩輕聲說，「只有這個辦法……我必須被吃掉。」

「**不行！**」哈利和妙麗喊道。

「這是下棋啊！」榮恩吼道，「你總得做某些犧牲！我會走過去，讓她吃掉我——這樣你們才能對白國王喊將軍啊，哈利！」

「可是——」

「你到底想不想阻止石內卜？」

「榮恩——」

「聽我說，你再不快點，他就要把魔法石搶到手了！」

這句話比什麼都有效。

「準備好了嗎？」榮恩喊道，他臉色慘白但卻十分堅決，「我要走了——現在聽著，贏了以後馬上離開，千萬別在這兒耽擱時間。」

他一步上前，白皇后立刻撲過來。她用她的石頭手臂朝榮恩太陽穴重捶了一拳，他噗通一聲摔到地上——妙麗忍不住大聲尖叫，但仍留守在原地不動——白皇后把榮恩拖到棋盤旁邊，看起來他似乎是被打昏了。

哈利拖著顫抖的雙腿往左邊移了三格。

白國王摘下皇冠，扔到哈利腳下。他們贏了，白棋紛紛鞠躬後退，讓出一條路讓他們通過。哈利和妙麗回過頭來，絕望地看了榮恩最後一眼，然後毅然決然地衝過前方的大門，踏上另一條通道。

「要是他——？」

「他不會有事的，」哈利說，努力想要說服自己相信這個說法，「妳覺得接下來會碰到什麼？」

「我們先是通過芽菜教授的關卡，也就是魔鬼網——孚立維顯然是對那些鑰匙施了法術——麥教授用變形術把棋子變成活的——現在就剩下奎若的符咒，還有石內卜……」

他們走到另一扇門前。

「可以了嗎？」哈利輕聲問道。

「進去吧。」

哈利推開門。

一股噁心的臭味竄進他們的鼻孔，兩人連忙抓起長袍遮住鼻子。他們嗆得眼睛都紅了，在淚眼模糊中，他們看到前面的地板上，躺了一個巨大的山怪，甚至比他們萬聖節遇到的還要龐大許多，但此刻已完全失去意識，牠頭上還有一個鮮血淋漓的大腫包。

「我真高興不必跟這個傢伙打架，」哈利悄聲說，小心翼翼地跨過山怪的粗腿，「快點，我快要不能呼吸了。」

他拉開下一扇門，他們兩個其實已不太敢去看接下來會是什麼可怕的東西了——但這裡並沒有什麼特別駭人的景象，只有一張桌子，上面放了一排七個，形狀各異的瓶子。

「這是石內卜的，」哈利說，「這次我們該做什麼？」

一跨過門檻，在他們背後和門口之間，就出現了一團熊熊烈火。那並不是普通的火焰，是紫色的魔火。在同一瞬間，通向前方的門口也竄出一團黑色的火焰。他們被困住了。

「你看！」妙麗抓起瓶子旁邊的一個紙捲，哈利連忙湊到她背後一起讀著：

危險在前，安全在後，
我們之中有兩個可以給你援手，
但你得先把它們給喝進口，
七個裡面有一個可以讓你繼續前進，
另一個會將飲者送回門後，
我們有兩個裡面只裝著蕁麻酒，
三個是殺手，藏在隊伍中靜靜等候。
選擇吧，除非你想永遠在此逗留，

為了幫助你選取，在此提供你四個線索：
首先，不論毒藥藏得多麼滑頭，
它們總是往蕁麻酒的左邊去躲；
其次，左右兩端的飲料各不相同，
但你若想繼續前進，它們就不是你的朋友；
第三，如你所見，七個瓶子個個不同，
矮鬼或是巨人裡面，都沒有死神在等候，
第四，左邊第二與右邊第二乍見之下完全不同，
嚐了以後才知道它們是無獨有偶。

妙麗長長吁了一口氣，哈利驚訝地發現她竟然在微笑，他可是一點也笑不出來。

「**太厲害了**，」妙麗說，「這不是魔法——這是邏輯——一個謎語。有很多最傑出的巫師，卻沒有一點邏輯觀念，他們會被這個謎語困住，永遠也走不出去。」

「那我們會不會也永遠走不出去？」

「當然不會，」妙麗說，「我們需要的線索，全都寫在這張紙上。七個瓶子：三瓶是毒藥；兩瓶是酒；一瓶可以讓我們安全通過黑色火焰，另一瓶可以讓我們穿越紫色火焰往回走。」

「可是我們怎麼曉得該喝哪一瓶呢？」

「給我一分鐘。」

妙麗拿著那張紙反覆讀了幾遍。然後她在那排瓶子前來回踱步，口中念念有詞地指著它們數了許久。最後，她終於兩手一拍。

「找到了，」她說，「最小的那一瓶，可以讓我們穿越黑色火焰——走到魔法石那裡。」

哈利望著那個小得可憐的瓶子。

「這只夠一個人喝，」他說，「根本連一口都不到。」

兩人面面相覷。

「哪一瓶可以穿越紫色火焰走回去？」

妙麗指著最右邊的一個圓瓶。

「妳喝那個吧，」哈利說，「不要這樣，聽我說——回去找榮恩——在飛行鑰匙的房間拿兩根飛天掃帚，這樣你們就可以順利飛出活板門，避開毛毛逃出去——脫身以後直接到貓頭鷹屋，派嘿美送信給鄧不利多，我們需要他。我也許可以抵擋石內卜一陣子，說真的，我實在不是他的對手。」

「可是哈利——要是『那個人』跟他在一起怎麼辦？」

「這個——我以前僥倖逃過一次，不是嗎？」哈利指著額前的傷疤說，「說不定我這次也一樣幸運呢。」

妙麗的嘴唇微微顫抖，她突然衝過來緊緊抱住哈利。

「**妙麗！**」

「哈利——你真是一位偉大的巫師。」

「我才比不上妳呢。」哈利等到妙麗鬆開手，才難為情地說。

「我！」妙麗說，「靠書本啦！小聰明啦！但還有一些東西更重要——友愛和勇氣還有——喔，哈利——**千萬小心！**」

「妳先喝，」哈利說，「妳真的確定什麼是什麼嗎？」

「毫無疑問，」妙麗說。她舉起圓瓶，咕嘟咕嘟地灌下去，喝完後忍不住打了個哆嗦。

「這該不會是毒藥吧？」哈利擔心地問道。

「不是——不過冷得像冰似的。」

「快點，快走吧，再不走藥效要退了。」

「祝你好運——保重了——」

「**快走！**」

妙麗轉身，直接踏進紫色火焰。

哈利深深吸了一口氣，抓起最小的瓶子，轉身面對黑色火焰。

「我來了。」他說，舉起瓶子一口飲盡。

那的確就像是冰塊淹沒了全身的感覺。他放下瓶子，向前走去；他鼓起勇氣作好心理準備，眼看著黑色火舌舔遍他的身軀，卻什麼也感覺不到——然後他就到了另一邊，踏進最後的房間。

那兒已經有個人站在裡面——但並不是石內卜，甚至也不是佛地魔。

17

雙面人

那是奎若。

「**是你！**」哈利喘著氣說。

奎若露出微笑，現在他的臉一點也沒有抽搐。

「是我，」他平靜地說，「我剛剛才在想，會不會在這兒碰到你，波特。」

「可是我以為——石內卜——」

「你說賽佛勒斯？」奎若縱聲大笑，這不是他平常那種神經質的顫抖高音，而是一種冷酷而尖銳的獰笑。「沒錯，賽佛勒斯看起來就是一副壞蛋德性，不是嗎？有他在這兒像隻超大蝙蝠似地到處亂闖，對我們來說還真是有用。跟他一比，誰還會去懷疑可——可憐又結——結巴的奎——奎若教授呢？」

哈利無法相信。這不可能是真的，不可能。

「可是石內卜想要殺我啊？」

「不，不，不，是我想要殺你。在那場魁地奇球賽中，你的朋友格蘭傑小姐，衝過去對石內卜放火的時候，不小心把我撞倒了。她打斷了我對你的凝視，只要再等幾秒鐘，我就可以讓你摔下掃帚了。那時要不是石內卜一直嘮嘮叨叨地在旁邊念解咒術，想要救你脫險，我早就把你給解決掉了。」

「石內卜想要**救**我？」

「當然，」奎若冷冷地說，「要不然，你以為他為什麼要自動擔任你下一場球賽的裁判？他想要確保我不會再在暗中動手腳。真好笑……他根本就不用這麼費事，有鄧不利多在場，我是不可能搞鬼的。其他所有的老師都以為，石內卜這麼做是故意不想讓葛來分多贏球，他還**真是**把自己搞得很不討人喜歡……不過，這一切全都是在浪費時間，在經過他這麼多的努力之後，我還是會在今晚殺了你。」

奎若搓了一下手指，一圈圈繩索就平空冒了出來，緊緊捆住哈利的身軀。

「你實在太愛管閒事，我不能再讓你活下去，波特。萬聖節那天你在學校裡到處亂竄，當時我就以為，在我溜去察看魔法石關卡的時候，一定不小心被你看到了。」

「是**你**把山怪放進來的？」

「當然啦，我對於山怪特別有一套——你八成已經看到，我是怎麼修理前面房間的那個傢伙吧？不幸的是，在所有的人都忙著到處找山怪的時候，已經開始懷疑我的石內卜，直接趕到四樓去阻止我——結果不僅我的山怪沒把你給打死，甚至連那隻三頭狗也沒把石內卜的腿給咬斷。

「現在先不要說話，波特。我需要好好檢查一下這面有趣的鏡子。」

直到此時，哈利才察覺到奎若背後是什麼東西。那是意若思鏡。

「這面鏡子是找到魔法石的重要關鍵，」奎若喃喃說著，伸手沿著鏡框輕輕敲了一圈，「也只有鄧不利多才能拿出這樣的東西……不過他到倫敦去了……等他回來的時候，我早就遠走高飛……」

哈利現在腦袋裡唯一能想到的辦法，就是繼續引奎若說話，避免他專心研究那面鏡子。

「我在森林裡看到你和石內卜——」他不假思索地衝口而出。

「是的，」奎若漫不經心地說，他繞到鏡子後面去檢查，「那時他已經知道我的意圖，只是想要查明我究竟進行到什麼地步。他早就在懷疑我了。他想要嚇我——他還以為自己有多大的能耐，他不知道我有佛地魔王做我的靠山……」

奎若回到鏡子正前方，滿臉渴望地凝視鏡中的影像。

「我看到了魔法石……我正要把它獻給我的主人……可是它究竟在哪兒呢？」

哈利努力想要掙脫身上的繩索，結果卻越纏越緊。他必須想辦法讓奎若分心，**絕對不能**讓他全神貫注地研究下去。

「可是石內卜好像一直都很討厭我。」

「喔，他是討厭你沒錯，」奎若隨口答道，「天啊，當然是這樣啦。他以前在霍格華茲念書的時候，跟你父親是同學，難道你不曉得嗎？他們兩個是死對頭，不過他可從來沒希望你**死掉**。」

「幾天前我聽到你在哭——我還以為是石內卜在恐嚇你……」

奎若臉上首次出現一絲恐懼的痙攣。

「有的時候，」他說，「我發現自己很難去遵行我主人的指令——他是一位偉大的巫師，而我是這麼軟弱——」

「你的意思是，那時候他也同樣在那間教室裡面？」哈利屏息問道。

「不論我走到哪裡，他都跟我在一起，」奎若平靜地表示，「我是在環遊世界的旅途中遇到他。那時我還是個愚蠢的年輕人，腦袋裡充滿了善惡是非之類的荒謬觀念。佛地魔王讓我認清自己的錯誤，世上並沒有善與惡，有的只是權力，還有那些軟弱得無法認清這一點的庸碌之輩……從那時候開始，我就一直忠心追隨他，但是我卻經常令他失望。他不得不對我非常嚴厲，」奎若突然打了個哆嗦，「他不輕易原諒錯誤。我沒辦法從古靈閣偷走石頭，這件事真的讓他非常不高興。他懲罰我……決定要就近監視我的一舉一動……」

奎若的聲音漸漸沉了下來。哈利回想起他前往斜角巷採購時的情形——他怎麼會這麼笨？他就是在**那一天**遇到了奎若，而且還跟他在破釜酒吧裡握過手呢。

奎若低聲咒罵。

「我不明白……難道石頭是藏在鏡子**裡面**嗎？我該不該把它打破？」

哈利腦袋裡飛快地轉著各種念頭。

我現在心裡最想要的，他想著，就是趕在奎若之前，先找到魔法石。所以如果望著鏡子，我應該可以看到自己找到石頭的畫面——這表示，我就可以看到它藏在什麼地方了！但我該怎麼做，才能在不被奎若發現的情況下，靜下心來凝視鏡子？

他慢慢往左邊移動，想要趁奎若不注意的時候，偷偷挪到鏡子前面，可是他腳踝上的繩索實在纏得太緊，因此他不小心絆了一跤，倒在地上。奎若並不理。他仍在喃喃自語。

「這面鏡子究竟有什麼功能？應該怎樣去使用它？幫助我吧，主人！」

哈利驚駭莫名地聽到另一個嗓音出聲回答，而且這個聲音似乎就是從奎若自己身上發出來的。

「利用那個男孩……利用那個男孩……」

奎若轉向哈利。

「沒錯……波特……過來吧。」

他拍了一下手，哈利身上的繩索應聲掉落。他慢慢站了起來。

「過來，」奎若說，「看著鏡子，把你看到的告訴我。」

哈利朝奎若走去。

「我一定要說謊，」他孤注一擲地想著，「我要看著鏡子，隨便瞎掰一些謊話告訴他，就這麼辦。」

奎若緊貼在他的背後。哈利聞到一股古怪的氣味，那似乎是從奎若的頭巾裡發出來的。他閉上眼睛，走到鏡子前面，再把眼睛張開。

一開始，他看見的是自己的映像，面無血色，顯得十分害怕。過了一會兒，鏡子裡的映像就對他露出微笑。它把手伸進口袋，掏出一顆血紅色的石頭。它眨一眨眼，把石頭放回口袋——它在這麼做的時候，哈利感到有一個沉甸甸的東西落入了他真正的口袋。由於某種不可解——令人難以置信——的原因，**他已經得到了魔法石**。

「怎樣？」奎若焦急地詢問，「你看到了什麼？」

哈利鼓起勇氣。

「我看到我自己在跟鄧不利多握手，」他信口捏造，「我——我替葛來分多學院贏得了學院盃冠軍。」

奎若又氣得咒罵起來。

「走開。」他說。哈利移到旁邊，清楚地感覺到魔法石緊貼著自己的大腿。他敢不敢現在就帶著它開溜？

但是走不到五步，他耳邊就響起一聲高亢尖銳的叫聲，而奎若的嘴唇根本沒動。

「他說謊……他說謊……」

「波特，回來！」奎若喊著，「跟我說實話！你到底看到了什麼？」

那個高亢的嗓音又再度響起。

「讓我跟他談談……面對面談清楚……」

「主人，你的力量還沒有恢復啊！」

「這點力量還是有的……我可以應付……」

哈利覺得自己似乎已被魔鬼網緊緊纏住，渾身上下完全無法動彈。他已經嚇呆了，在茫然失措中望著奎若舉起手來，慢慢解開頭巾。這究竟是怎麼回事？頭巾落到地上。失去了頭巾，奎若的頭看起來小得詭異。然後很慢很慢的，他在原地轉過身來。

哈利想要尖叫，卻一點聲音也發不出來。在原本應該是奎若後腦勺的地方，有著一張面孔。哈利這輩子從來沒看過這麼可怕的面孔。在粉筆般慘白的皮膚上，嵌著一對炯炯發光的紅眼睛，和兩道像蛇一般的細縫鼻孔。

「哈利波特……」它低低地說。

哈利想要退後一步，他的腿卻不聽使喚。

「看看我變成了什麼樣子？」那張臉說，「只剩下影子和氣味……只有在和別人共用一具軀殼時，我才能擁有形體……但總是有人會願意讓我進入他們的心靈和頭腦……這幾個星期以來，獨角獸的血增強了我的力量……你在森林裡看到，我忠心的奎若替我喝下獨角獸血……只要再喝下長生不死藥，我就可以再創造出一具屬於我自己的身體……現在……你為什麼不快點把你口袋裡的石頭交給我呢？」

他知道了。哈利的雙腿突然恢復知覺，他踉踉蹌蹌地退向後方。

「別做傻瓜，」那張臉吼著，「你要是想保住性命，最好還是乖乖加入我的陣營……否則你就會落到跟你父母一樣的下場……他們臨死前還在求我大發慈悲……」

「**說謊！**」哈利忽然大吼。

奎若用後退的方式慢慢走向哈利，這樣佛地魔就可以一直盯著他不放。那張邪惡的面孔在微笑。

「多麼感人哪……」他嘶聲說，「我向來都非常佩服勇氣……是的，孩子，你的父母很勇敢……我先下手殺你的父親，他寧死不屈，英勇地反抗到底……你的母親原本不用死的……她為了保護你才喪命……你要是不希望她是白白送死，就快把石頭交給我吧。」

「**休想！**」

哈利衝向那道黑色火焰門，佛地魔高聲尖叫：「**抓住他！**」就在下一秒，哈利發覺奎若的手已經抓住了他的手腕。瞬間，哈利額前的傷疤立刻出現一陣針刺般的劇痛，他的頭彷彿就要裂開了。他大聲喊叫，拚命掙扎，而令他驚訝的是，奎若竟然鬆開了手。他額上的劇痛隨即緩和下來——哈利狂亂地四處張望，找尋奎若的身影，只見奎若痛得縮成一團，茫然地望著自己的手指——水泡在他眼前一個接一個地冒了出來。

「抓住他！抓住他！」佛地魔再次尖叫，奎若跳起來，把哈利撲倒在地，坐在他的身上，兩手掐住哈利的脖子——哈利額前的傷疤痛到讓他眼前發黑，但他依然可以看到奎若在痛苦地哀號。

「主人，我抓不住他——我的手——我的手！」

雖然奎若依舊用膝蓋將哈利壓在地上，他的手已放開哈利的脖子，而他此時正滿臉迷惑地凝視自己的手掌——哈利看到他的手就像燒傷了似的，又紅又腫。

「那就殺了他，笨蛋，快動手！」佛地魔尖聲怪叫。

奎若舉起一隻手，準備下一個致命的詛咒，哈利出於本能地抬起手來，一把抓住奎若的臉。

「啊啊啊啊啊！」

奎若滾到一旁，他臉上也冒出了許多水泡，於是哈利明白了：奎若只要一碰到他的皮肉，就會感受到非常劇烈的痛楚——現在哈利唯一的逃生機會，就是緊抓著奎若不放，讓他痛得要死，沒辦法下詛咒。

哈利跳起來，抓住奎若的手臂，無論如何不肯鬆手。奎若高聲尖叫，拚命想要把哈利甩開——哈利額上的疼痛變得越來越強烈——他痛得什麼都看不見了——只能聽到奎若恐怖的尖叫，和佛地魔那「**殺了他！殺了他！**」的怒吼，另外還有一些其他的聲音，但那可能只是他腦海中的想像，他聽到那聲音在幽幽呼喚著：「哈利！哈利！」

他感到奎若的手臂掙脫了他的掌握，他知道現在一切都完了。他陷入無邊無際的黑暗深淵，不斷地墜落……墜落……墜落……

＊ ＊ ＊

有某個金色的東西在他上方閃閃發光，是金探子！他想要抓住它，手臂卻重得抬不起來。

他眨眨眼睛。那根本不是金探子，那是一副眼鏡，真奇怪。

他又眨了眨眼，眼前漸漸浮現出阿不思·鄧不利多笑吟吟的面龐。

「午安，哈利。」鄧不利多說。

哈利望著他，然後他全部都想起來了。「先生！魔法石！是奎若！他拿到了魔法石！先生，快一點——」

「鎮定一點，親愛的孩子，你現在時間有點兒跟不上啦，」鄧不利多說，「奎若並沒有拿到石頭。」

「那是被誰拿走了？先生，我——」

「哈利，拜託你放輕鬆一點，要不然龐芮夫人就要把我趕出去了。」

哈利嚥了一口口水，打量周遭的環境。他這才明白自己現在是在醫院廂房裡面。他躺在一張鋪著白色床單的病床上，旁邊的桌子上堆得滿滿的，看起來簡直就像是把半個糖果店搬了過來。

「這是你的朋友和崇拜你的人送來的禮物。」鄧不利多微笑著說，「你和奎若教授，在地牢裡究竟發生了什麼事，對大家來說是個百分之百的謎，所以呢，很自然地，全校師生現在全都知道了。本來這兒應該還有個馬桶圈，我相信那應該是你的朋友弗雷和喬治·衛斯理先生送過來的，他們顯然是認為這東西可以博君一笑。不過，龐芮夫人覺得很不衛生，所以就把它給沒收了。」

「我在這裡躺多久了？」

「三天了。榮恩·衛斯理先生和格蘭傑小姐要是知道你已經清醒過來，他們就可以放心了。這幾天他們真是太擔心了。」

「可是先生，那魔法石……」

「我知道你不想轉移話題，好吧，我們就來談談那顆石頭。奎若教授沒辦法把它從你那裡搶走，那時我正好及時趕到，阻止了這件事，但我必須說，其實你自己一個人就處理得非常好。」

「你趕到那裡去了？你收到妙麗派出的貓頭鷹了？」

「我們八成剛好在空中錯過了，但我一到達倫敦，就知道應該立刻返回我剛剛離開的地方。我趕到的時候，正好及時把奎若從你身上拉開——」

「原來是**你**。」

「我當時很害怕自己來得太晚了。」

「你是差點就來得太晚了，我那時候已經撐不了多久，石頭就快要落到他手裡——」

「我指的不是石頭，而是你啊，孩子——你為了保護石頭所做的努力，幾乎就要了你的命。當時我嚇得愣了一下，還以為你真的死了。至於那顆石頭，它早就被毀了。」

「毀了？」哈利茫然地說，「可是你的朋友——尼樂．勒梅——」

「喔，你連尼樂都知道啊？」鄧不利多說，聲音聽起來很高興，「你把這件事調查得很**徹底**嘛，對不對？好吧，我跟尼樂談了一下，他也同意，這麼做是最好的辦法。」

「但這表示他和他太太都會死囉？」

「他們還存了一些長生不死藥，夠他們把事情安排妥當，然後，是的，他們會死。」

鄧不利多望著哈利吃驚的神情，忍不住露出微笑。

「我可以確定，對你這麼年輕的人來說，這的確讓人感到難以置信，但是對尼樂和長春而言，這其實就好像是過完**極端漫長**的一天之後，好好上床睡覺一樣。再說，對一個真正健全的心智而言，死亡只不過是下一場偉大的冒險。你知道，魔法石其實並不是那麼棒的東西。有了它，不管你想擁有多大的財富和多長的壽命，它都可以幫助你實現願望！而這正是大多數人類所最希望獲得的兩樣東西——但問題是，人類偏偏就是喜歡選擇那些對自己最沒好處的東西。」

哈利躺在床上，完全說不出話來。鄧不利多愉快地哼著小曲，自得其樂地對著天花板微笑。

「先生，」哈利說，「我剛剛在想……先生——就算魔法石已經沒用了，但佛地——我是說，『那個人』——」

「叫他佛地魔，哈利。你要記住，永遠都要使用事物的正確稱呼。對於名稱的恐懼，會更強化對於事物本身的恐懼。」

「是的，先生。嗯，佛地魔是不是還會找其他方法再回來？我是說，他還沒死吧，是不是？」

「不，哈利，他沒有死。他仍然躲在某個地方，也許正在物色另一具願意讓他分享的軀體……他並不能算是真正的活著，所以他也不會被殺死。他當時一看到情況不對就立刻開溜，完全不顧奎若的死活——他對自己的手下，就像對敵人一樣的無情。不管怎樣，哈利，雖然你可能只是延緩了他恢復力量的時間，但這同時也代表，另外有某個人可以利用這段時間進行準備，好在下一次再去跟他一決生死——而結果他要是又被耽擱一次，然後再一次，這樣的話，他也許就永遠沒辦法再恢復力量了。」

哈利點頭，才點了一下就立刻打住，因為這使他的頭痛得要命，然後他說：「先生，我另外還想知道一些事情，如果你能告訴我……我想知道一些事情的真相……」

「真相，」鄧不利多嘆了一口氣，「這是一件美麗卻也十分可怕的事，因此我們在面對它的時候，必須特別謹慎。不過，除非我有非常好的理由，不管你問什麼，我都會回答。但萬一不能告訴你的話，也請你原諒我，因為我是不會說謊的。」

「好的……佛地魔說他會殺死我的母親，完全是因為她想要阻止佛地魔殺我。可是他為什麼會想要先殺我呢？」

這次鄧不利多深深嘆了一口氣。

「天哪，你問我的第一件事，我就沒辦法回答你。不是今天，不是現在。你總有一天會明白的——現在先忘了這件事吧，哈利。等到你長大一點……我知道你很討厭聽這樣的話……等到你準備好以後，你就會知道的。」

哈利曉得他再問也沒用。

「那奎若為什麼不能碰我呢？」

「你的母親為了救你而死。如果說，世上真有一件佛地魔所無法了解的事，那必然就是愛了。他並不曉得，像你母親對你那樣強烈的愛，必定會留下它自己的印記。我指的並不是疤痕，不是肉眼可見的記號……曾經被某個人這樣深深愛過，即使那個愛我們的人已經死亡，也將會留給我們某種永遠的保護力量，那就存留在你自己的皮肉上。奎若心中充滿了仇恨、貪婪和野心，並且與佛地魔共同分享一個靈魂，所以他是因為這個原因才無法碰你。他要是碰到一個曾被如此美好事物留下印記的人，就會感受到非常強烈的痛楚。」

鄧不利多現在突然對一隻站在外面窗台上的鳥兒，產生非常強烈的興趣，這使得哈利有時間用床單把眼淚擦乾。等到他終於能再度發出聲音時，才繼續開口問道：「那麼隱形斗篷——你知道是誰把它送給我的嗎？」

「啊——你的父親恰好把這個東西留給我，而我想你大概會喜歡它。」鄧不利多的眼睛閃爍著光芒，「這是很有用的東西……你父親在這兒的時候，主要是用它來溜進廚房偷東西吃。」

「另外還有一件事……」

「你問吧。」

「奎若說石內卜——」

「是石內卜**教授**，哈利。」

「是的，他——奎若說他會恨我，是因為他恨我的父親。這是真的嗎？」

「嗯，他們的確是彼此看不順眼。就跟你自己和馬份先生的情況差不多。而且，後來你父親還做了一件讓石內卜永遠無法原諒他的事。」

「什麼事？」

「他救了石內卜的命。」

「**什麼**？」

「是的……」鄧不利多用做夢般的語氣說，「真奇怪，人類的心實在是難以預料，你說是不是？石內卜教授受不了欠你父親的人情……我自己是認為，他這一年來會這麼努力地去保護你，主要是因為，他認為他可以藉這個機會跟你父親兩相抵銷，互不相欠，這樣他就能問心無愧地重溫痛恨你父親的記憶……」

哈利努力想要理解這樣微妙的心理，但才一開始想，他的頭就又痛了，於是他只好立刻停止。

「對了，先生，還有最後一件事……」

「只有一件了嗎？」

「我當時是怎麼把石頭從鏡子裡面取出來的？」

「啊，終於來了，我真高興你問我這件事。這是我自己最得意的妙計之一，而且這關係到我們兩個之間的默契，這一點是非常難得的。你知道，只有一個想要**找到**石頭的人——是找到它，但並不想使用它——才能把它取出來，否則他們就只會看到自己拿它來變黃金啦，或是喝下長生不死藥之類的畫面。我的腦袋有時靈光得甚至連我自己都會嚇一跳……好了，現在問題問得夠多了。我建議你開始嚐嚐這些零嘴。啊！柏蒂全口味豆！我小時候不幸吃到一個味道很噁心的豆子，從那時候開始，我就對它們沒什麼興趣了——不過，我現在選個太妃糖口味的，總不會有問題了吧？」

他笑吟吟地把一個金褐色的豆子塞進嘴裡，然後他立刻嗆得連連咳嗽：「我的媽呀！是耳垢！」

＊＊＊

護士長龐芮夫人人很好，但是非常嚴格。

「只要五分鐘。」哈利懇求。

「絕對不行。」

「可是妳讓鄧不利多教授進來了……」

「嗯，這是當然的啦，他是校長，情況自然不一樣。你需要**休息**。」

「我一直在休息啊，妳看，乖乖躺在床上，什麼都不做。喔，好啦，龐芮夫人……」

「唉，好吧，」她說，「**只能**五分鐘。」

於是她開門讓榮恩和妙麗進來。

「**哈利**！」

妙麗又準備要撲過來抱住哈利，但到緊要關頭克制住了，這讓哈利覺得很高興，因為他的頭還是痛得要命。

「喔，哈利，我們還以為你一定會——鄧不利多擔心死了——」

「整個學校全都在談論這件事，」榮恩說，「**真正**的情況到底是怎樣的？」

這實在是非常罕見的情形：這次真實的故事甚至比瘋狂的謠言還要怪誕、精采。哈利把一切經過全部告訴他們：奎若、鏡子、魔法石和佛地魔。榮恩和妙麗是非常好的聽眾，總是在適當的時候喘氣或失聲驚呼，而當哈利告訴他們奎若的頭巾下藏著什麼東西時，妙麗甚至還大聲尖叫。

「魔法石已經沒用了？」榮恩最後終於開口說，「所以這代表勒梅就會**死**囉？」

「我也這麼問，可是鄧不利多認為——他是怎麼說的？——『對一個真正健全的心智而言，死亡只不過是下一場偉大的冒險。』」

「我早就說他這個人有點兒瘋瘋癲癲的。」榮恩說，他對於心目中這位英雄的瘋狂程度感到相當大的震撼。

「那你們兩個後來怎麼了？」哈利問。

「嗯，我聽你的話走回去。」妙麗說，「我把榮恩叫醒——那花了我不少時間——然後我們就立刻趕回去，準備到貓頭鷹屋去送信給鄧不利多，結果卻在入口大廳碰到了他。他那時候已經知道了——他一開口就問：『哈利去找他了，對不對？』然後就用最快的速度衝到四樓。」

「你覺不覺得，他好像是有意要讓你去做這件事？」榮恩說，「故意把你父親的隱形斗篷送給你，好引你往這個方向去走？」

「**好吧**，」妙麗氣沖沖地說，「要是他真的是這樣——那我必須說——那實在太可怕了——你可能會被殺死啊。」

「不，不是這樣的，」哈利若有所思地說，「鄧不利多是個怪人，我覺得他大概是想要給我一次機會吧。我想，這裡大大小小的事情，他多少都知道一些。我認為，他一直相當清楚我們準備去做什麼，可是他非但沒有阻止我們，反而還暗中指點，助我們一臂之力。我想，我當初會發現那面鏡子的使用方法，其實並不是偶然，而是他有意的安排。那就好像是，他認為要是我可以的話，我就有權利去直接面對佛地魔……」

「沒錯，鄧不利多就是這種人。」榮恩驕傲地下了個結論，「聽著，你明天一定要來參加學年年終宴會。分數已經結算清楚，史萊哲林當然又是第一名——你錯過了最後一場魁地奇球賽，結果你沒上場，我們就被雷文克勞痛宰了一頓——但再怎麼說，宴會的餐點還是很不錯的。」

就在此時，龐芮夫人匆匆忙忙地走了進來。

「你們待了將近十五分鐘，現在立刻給我**出去**。」她堅決地表示。

* * *

在睡飽一夜好覺之後，哈利覺得自己幾乎已完全復原了。

「我想去參加宴會，」哈利告訴正在替他整理糖果盒的龐芮夫人，「我可以去嗎？」

「鄧不利多教授特別交代要讓你去，」她不以為然地說，似乎覺得鄧不利多教授根本不明白宴會對哈利有多麼危險，「而且你還有一位訪客。」

「喔，太好了。」哈利說，「是誰？」

就在他發問的時候，海格悄悄地走了進來。就像往常一樣，海格只要一走進室內，體積就顯得特別龐大。他坐在床邊，才抬頭看了哈利一眼，就忍不住哭了出來。

「這——全部——都是——我的錯！」他把臉埋進手裡，抽抽噎噎地說，「我把制伏毛毛的方法告訴了那個壞雜種！我告訴了他！他就只有這件事情不知道，而我卻傻乎乎地告訴了他！你差點兒就死了欸！就為了一個勞什子的龍蛋！我再也不要喝酒了！我應該立刻被解雇，罰我一輩子做個麻瓜！」

「海格！」哈利喊道，海格傷心懊悔得全身打顫，斗大的淚珠滲進濃密的鬍髭，這副可憐相把哈利嚇得驚慌失措，「海格，不管怎樣，他都會曉得的。我們說的是佛地魔呀，就算你不告訴他，他也會有辦法查出來的。」

「你差點就死了！」海格哭著說，「而且拜託你不要說那個名字！」

「**佛地魔**！」哈利大吼，把海格嚇得連哭都忘了，「我親眼見過他，在他面前，我也是這樣直呼他的名字。拜託你高興一點好不好，海格，我們保住了魔法石欸，它已經毀了，他沒辦法利用它了。吃個巧克力蛙吧，我這兒有一大堆……」

海格用手臂擦擦鼻子，說：「這倒提醒了我，我有禮物要送你。」

「該不會是鼬鼠三明治吧？」哈利擔心地問，海格終於發出一陣微弱的笑聲。

「不是啦。昨天鄧不利多特別放了我一天的假，好來整理這個東西，當然，他其實應該炒我魷魚才對——別說這些了，這個給你……」

那看起來是一本漂亮的皮面書。哈利好奇地翻開。裡面全部都是巫師的照片，而在每一頁上對他微笑揮手的人物，正是他自己的父母親。

「我派貓頭鷹去找你父親所有的老同學，請他們提供照片……我曉得你連一張也沒有……還喜歡吧？」

哈利說不出話來，海格完全了解。

* * *

那天晚上，哈利獨自走下樓去參加學年年終宴會。剛才龐芮夫人的大驚小怪讓他耽擱了不少時間，她堅持要替他做最後一次的健康檢查，因此在他到達餐廳時，裡面幾乎已全坐滿了。室內的裝飾是採用代表史萊哲林的綠色和銀色，以示慶祝史萊哲林連續第七次贏得學院盃冠軍。主要餐桌背後的牆上，掛著一面史萊哲林蛇的巨大旗幟。

哈利踏進餐廳時，室內忽然一靜，然後全體又不約而同地開始大聲喧譁。他悄悄溜到葛來分多的餐桌，坐在榮恩和妙麗中間，假裝沒注意到那些站起來看他的人群。

幸運的是，沒過多久，鄧不利多就走了進來。室內的喧譁立刻沉寂下來。

「又過了一學年！」鄧不利多愉快地說，「在大家開懷大嚼我們的美味大餐前，必須先勞駕各位聽聽我這老頭子的嘮叨廢話。這是多精采的一年啊！希望現在各位的腦袋比剛來的時候滿了一些……接下來會有一整個夏天的時間，可以讓大家在下學期開始之前，好好再把腦袋給騰空……

「現在呢，就我所知，我們必須先舉行學院盃的頒獎典禮，目前的分數是這樣的：第四名，葛來分多，成績是三百一十二分；第三名，赫夫帕夫，三百五十二分；雷文克勞獲得四百二十六分，而史萊哲林的分數是，四百七十二分。」

史萊哲林的餐桌爆發出一陣驚天動地的歡呼和跺腳聲。哈利看到跩哥．馬份正在用他的酒杯用力敲桌子。這實在是一幅令人作嘔的畫面。

「好了，好了，你們的確是表現得很不錯，史萊哲林，」鄧不利多說，「不過，最近發生的事情，同樣也必須列入計算。」

室內馬上變得非常安靜，史萊哲林學生們臉上的笑容也黯淡了許多。

「嗯哼，」鄧不利多說，「我這兒有些最後的分數需要進行分配。讓我看看，沒錯……」

「第一項——榮恩．衛斯理先生……」

榮恩的臉羞得脹成了紫色；他看起來活像是一根曬乾的紅蘿蔔。

「……他下了霍格華茲多年來最精采的一盤棋，我要為此獎賞葛來分多學院五十分。」

葛來分多的歡呼聲幾乎快把魔法天花板給掀翻了，上面的星星似乎全都在晃動。在吵鬧聲中仍可聽到派西正得意洋洋地告訴其他級長：「我的弟弟，你知道吧！我最小的弟弟！順利通過了麥教授的巨人棋關卡！」

最後室內終於再度安靜下來。

「第二項——妙麗．格蘭傑小姐……她在面對烈火門時，冷靜地運用邏輯脫困，因此我要再獎賞葛來分多五十分。」

妙麗把臉埋進臂彎；哈利猜想她大概是在偷偷哭泣。葛來分多學生興奮至極，忘形地在餐桌邊跳上跳下——他們的分數整整提高了一百分。

「第三項——哈利波特先生……」鄧不利多說，餐廳立刻陷入一片死寂。「……由於他展現出純真的豪情與驚人的勇氣，我要再賞給葛來分多六十分。」

歡呼聲震耳欲聾。那些善於心算的人在把嗓子喊啞的同時，也立刻計算出他們目前的分數是四百七十二分——跟史萊哲林的分數完全相同。他們的成績已逼近學院盃冠軍——如果鄧不利多再多給哈利一分就好了。

鄧不利多舉起一隻手，餐廳內漸漸安靜下來。

「勇氣有很多種，」鄧不利多微笑著說，「我們需要非常大的勇氣，才能站起來反抗我們的敵人，但要反抗我們的朋友，同樣也需要非凡的勇氣才能做到。因此我要為奈威．隆巴頓先生的表現，再獎賞給葛來分多十分。」

站在餐廳外的人，大概會以為裡面有東西突然爆炸，因為葛來分多餐桌所發出的聲音實在是太嚇人了。哈利、榮恩和妙麗跳起來大聲歡呼，而驚得臉色發白的奈威，卻被一大堆搶著要擁抱他的人潮給淹沒，他過去從來沒替葛來分多贏過一分。哈利一面歡呼，一面用手肘輕輕頂了榮恩一下，舉手指著馬份，他的表情看起來簡直比中了全身鎖咒還要驚慌、呆滯。

「這表示，」鄧不利多必須用吼的才能蓋過如雷的鼓掌聲，因為現在甚至連雷文克勞和赫夫帕夫的學生們也開始加入，和葛來分多一同慶祝史萊哲林的落敗，「我們需要把這兒的裝飾改一下。」

他拍拍手。剎那間，綠色的垂飾就轉變成猩紅色，而銀色也變成了金色；巨大的史萊哲林蛇迅速消失，一頭高大的葛來分多獅取代了原先的位置。石內卜臉上掛了個硬擠出來的可怕笑容，跟麥教授握手道賀。石內卜迎上哈利的視線，而哈利立刻知道，石內卜對他的看法並沒有絲毫改變。但是哈利對這一點都不擔心，對他來說，這彷彿代表著明年的生活將會完全恢復正常，或者應該說，恢復成霍格華茲所謂的常態。

這是哈利這輩子最棒的一個晚上，甚至比贏得魁地奇球賽，或是聖誕節，或是打倒山區山怪的時候還要棒……他將永遠、永遠不會忘記這個夜晚。

＊＊＊

哈利幾乎忘了還有考試成績尚未揭曉，那個重要的日子終於來臨了。他們驚喜地發現，他和榮恩兩人都得到很好的成績；而妙麗呢，自然是該學年的榜首。甚至連奈威都以低分掠過，他優異的藥草學分數，有效彌補了他魔藥學的悲慘成績。他們原本希望那個愚蠢程度和卑鄙個性不相上下的高爾，會在成績揭曉後被趕出校門，但是他同樣也順利通過考試。這讓他們覺得稍稍有些美中不足，但就像榮恩所說的，人生本來就不可能事事如意。

突然之間，他們的衣櫥就空了，行李箱也打包妥當，而奈威的蟾蜍被人發現躲在廁所的一個角落；學生們每人都收到一張通知，警告他們不得在假期中使用魔法（「我一直希望他們會忘了把這個發給我們。」弗雷・衛斯理悶悶不樂地說）；海格前來帶領他們登上越過湖泊的船隊；他們坐上了霍格華茲特快車，一路快樂地聊天談笑，望著窗外的鄉野變得越來越青翠且井然有序；嘴裡含著柏蒂全口味豆，看著火車疾馳駛過一個又一個的麻瓜城鎮；脫下他們的巫師長袍，換上夾克和大衣；最後終於抵達王十字車站的九又四分之三月台。

他們必須多花一些時間，才能讓所有人順利走出月台。一個乾巴巴的老警衛守在收票口，一次只允許兩或三個人通過，這樣才不會因為所有的人突然一起從牆上迸出來，而驚動了那些麻瓜。

「你們今年夏天一定要到我家裡來玩，」榮恩說，「你們兩個——我會派貓頭鷹去找你們。」

「謝謝，」哈利說，「我非常需要一些可以期待的事情。」

他們走向返回麻瓜世界的出口，人潮三三兩兩地擠過他們身邊。其中有些人喊著：

「拜拜，哈利！」

「下學期再見了，波特！」

「還是這麼有名。」榮恩咧嘴對他笑笑。
「我現在要去的地方就不是了，這我可以對你保證。」哈利說。
他和榮恩、妙麗一同通過出口。
「他在那裡，媽咪，他在那裡耶，妳看！」
那是金妮．衛斯理，榮恩的妹妹，但她指的並不是榮恩。
「哈利波特！」她尖叫，「快來看哪，媽咪！我可以看到──」
「小聲點，金妮，這樣指人很不禮貌。」
衛斯理太太微笑望著他們。
「這一年過得很忙吧？」她說。
「非常忙，」哈利說，「謝謝妳送我的牛奶糖和套頭毛衣，衛斯理太太。」
「喔，那不算什麼，親愛的。」
「喂，該準備好了吧？」
是威農姨丈，依然是一張醬紫色的大臉，依然掛著一把鬍鬚，依然用不以為然的憤怒眼神打量著哈利。這大膽的傢伙竟然敢在擠滿正常人的車站裡，大剌剌地提著一個裝了貓頭鷹的鳥籠。佩妮阿姨和達力站在他的背後，露出一副只要看到哈利就嚇得半死的窩囊德性。
「你們應該就是哈利的家人囉！」衛斯理太太說。
「可以這麼說，」威農姨丈說，「快點，小子，我們可沒一整天的時間來等你。」

他掉頭就走。

哈利躊躇不前，決定先留下來跟榮恩和妙麗做最後的道別。

「那就暑假過後再見了。」

「祝你有一個——呃——一個美好的假期。」妙麗說，但在見過威農姨丈之後，發現世上竟然有這麼討厭的人，她對這句祝福顯然也變得沒什麼把握了。

「喔，我會的，」哈利說，他們驚訝地看到，他的臉上竟然綻開了一個笑容，「他們並不曉得我們在家裡不准使用魔法，這個暑假我和達力可有得樂了……」

國家圖書館出版品預行編目資料

哈利波特①神秘的魔法石 / J.K. 羅琳 著；彭倩文譯. -- 二版. -- 臺北市：皇冠, 2020. 8
面; 公分. --(皇冠叢書；第4868種) (Choice；331)
譯自：Harry Potter and the Philosopher's Stone
ISBN 978-957-33-3556-6 (平裝)

873.57　　109009648

皇冠叢書第4868種
CHOICE 331

哈利波特①
神秘的魔法石

【繁體中文版20週年紀念】

Harry Potter and the Philosopher's Stone

作　　者—J.K. 羅琳（J.K. Rowling）
譯　　者—彭倩文
發 行 人—平　雲
出版發行—皇冠文化出版有限公司
臺北市敦化北路120巷50號
電話◎02-27168888
郵撥帳號◎15261516號
皇冠出版社(香港)有限公司
香港銅鑼灣道180號百樂商業中心
19字樓1903室
電話◎2529-1778　傳真◎2527-0904
總 編 輯—許婷婷
責任編輯—蔡承歡
美術設計—王瓊瑤
著作完成日期—1997年
二版一刷日期—2020年8月
二版十一刷日期—2024年3月
法律顧問—王惠光律師

讀者服務傳真專線◎02-27150507
電腦編號◎375331
ISBN◎978-957-33-3556-6
Printed in Taiwan
本書定價◎新臺幣420元/港幣140元

WIZARDING WORLD